Conclave

Du même auteur

Fatherland
Julliard 1993, Pocket 1996

Enigma
Plon 1996, Pocket 1996

Archange
Plon 1998, Pocket 1999

Pompéi
Plon 2004, Pocket 2006

Imperium
Plon 2006, Pocket 2008

L'Homme de l'ombre
Plon 2007, Pocket 2011

Conspirata
Plon 2009, Pocket 2016

D.
Plon 2014, Pocket 2015

Dictator
Plon, 2016, Pocket 2017

Robert Harris

Conclave

roman

Traduit de l'anglais par
Natalie Zimmermann

PLON

www.plon.fr

Titre original
Conclave

Ce roman est une œuvre de fiction. Les noms, personnages et actions sont le fruit de l'imagination de l'auteur, et toute ressemblance avec des personnes réelles, vivantes ou décédées, des événements ou des lieux serait purement fortuite.

Pour Charlie

Note de l'auteur

Même si, par souci d'authenticité, j'ai utilisé des titres bien réels tout au long de ce roman (archevêque de Milan, doyen du Collège des cardinaux et ainsi de suite), je les ai utilisés de la même façon qu'on peut décrire un président des États-Unis ou un Premier ministre britannique de fiction. Les personnages que j'ai créés pour remplir ces fonctions ne sont pas censés présenter la moindre ressemblance avec les personnalités qui les occupent effectivement aujourd'hui. Si je me suis égaré et qu'il existe certaines similitudes superficielles, je m'en excuse. De même, malgré quelques traits communs apparents, le défunt Saint-Père décrit dans *Conclave* n'est nullement supposé être un portrait du pape actuel.

«J'ai estimé plus sage de ne pas déjeuner avec les cardinaux. J'ai déjeuné dans ma chambre. Au onzième tour, je fus élu pape. Ô Jésus, je puis dire moi aussi ce qu'a dit Pie XII lors de son élection. "Ayez pitié de moi, mon Dieu, selon Votre grande miséricorde." On pourrait dire que cela ressemble à un rêve, et pourtant, jusqu'à ma mort, voilà qui restera la réalité la plus solennelle de toute ma vie. Je suis prêt, Seigneur, à la vie à la mort. Environ trois cent mille personnes m'ont applaudi sur le balcon de Saint-Pierre. Les projecteurs m'ont empêché de voir autre chose qu'une masse informe.»

PAPE JEAN XXIII, *Journal de l'Âme*, 28 octobre 1958

«Ma position est unique. Cela veut dire qu'elle me place dans une extrême solitude. Elle était déjà grande auparavant, à présent elle est totale et terrible. Elle donne le vertige. Comme une statue au sommet d'une flèche, même si je suis une personne vivante, voilà ce que je suis[1].»

PAPE PAUL VI

---

1. *La Documentation catholique*, n° 2175, 1er février 1998. (Note de la traductrice)

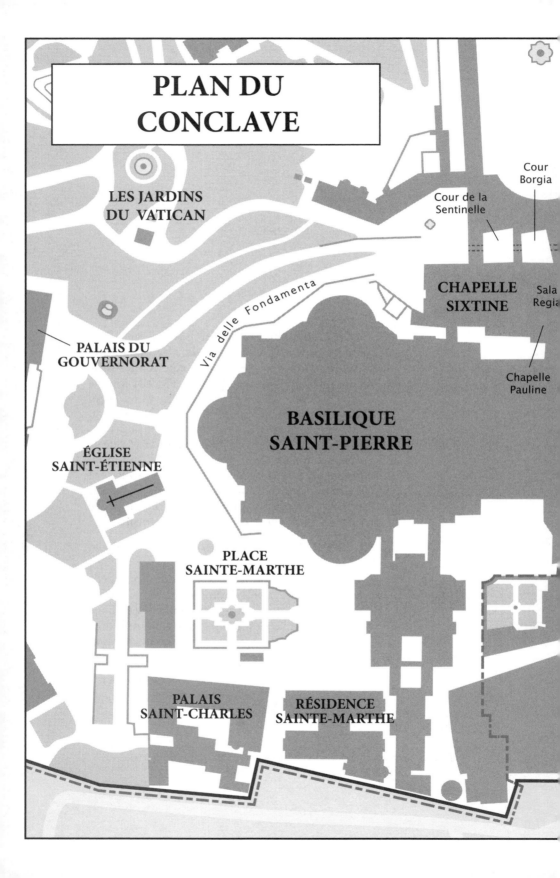

PALAIS
APOSTOLIQUE

Cour des
Perroquets

Cour du
Maréchal

PLACE
SAINT-PIERRE

PALAIS DU
SAINT-OFFICE

R O M E

- - - Frontière internationale
─── Mur d'enceinte

0	25	50	75	100 mètres
0	100	200	300	400 pieds

1

Sede vacante

Le cardinal Lomeli quitta son appartement du palais du Saint-Office peu avant 2 heures du matin et traversa d'un pas rapide les cloîtres sombres du Vatican vers les appartements du pape.

Il priait : *Ô Seigneur, il lui reste tant à faire alors que mon utilité à Ton service est terminée. Il est aimé alors que je suis dans l'oubli. Épargne-le, Seigneur. Épargne-le, Prends-moi plutôt que lui.*

Il remonta péniblement la côte pavée vers la place Sainte-Marthe. Il faisait encore doux et brumeux à Rome et pourtant le cardinal y détectait déjà la première fraîcheur de l'automne. Il bruinait. Le préfet de la Maison pontificale avait semblé dans un tel état de panique, au téléphone, que Lomeli s'attendait à trouver une scène de totale confusion. En réalité, la place était particulièrement déserte, à l'exception d'une ambulance solitaire garée à distante discrète, qui se découpait contre le flanc méridional illuminé de Saint-Pierre. Le plafonnier était allumé, les essuie-glaces balayaient le pare-brise, et le cardinal parvint à distinguer le visage du chauffeur et d'un brancardier. Le chauffeur parlait dans un téléphone portable, et l'évidence s'imposa soudain à Lomeli : ils ne sont pas venus conduire un malade à l'hôpital, ils sont venus chercher un corps.

À l'entrée vitrée de la résidence Sainte-Marthe, le garde suisse le salua, portant un gant blanc au plumet rouge de son casque.

15

— Éminence.

— Voudriez-vous vous assurer que cet homme n'appelle pas les médias? répliqua Lomeli avec un signe de tête vers l'ambulance.

Il régnait dans la résidence une atmosphère austère et aseptisée, rappelant celle d'une clinique privée. Dans le hall de marbre blanc, une dizaine de prêtres, dont trois en robe de chambre, attendaient, visiblement ahuris, comme s'ils venaient d'être réveillés par une alarme d'incendie et ne savaient quelle conduite adopter. Lomeli hésita sur le seuil, sentit quelque chose dans sa main gauche et s'aperçut qu'il serrait sa calotte rouge. Il ne se rappelait pas l'avoir prise. Il la déplia et la posa sur son crâne. Il avait les cheveux mouillés. Un évêque, un Africain, voulut l'arrêter pendant qu'il avançait vers l'ascenseur, mais Lomeli se contenta d'un salut de la tête et poursuivit son chemin.

La cabine mit une éternité à descendre. Il aurait dû prendre l'escalier, mais il était trop essoufflé. Il sentait le regard des autres dans son dos. Il devait dire quelque chose. L'ascenseur arriva et les portes s'ouvrirent. Lomeli se retourna et leva la main en signe de bénédiction.

— Priez, dit-il.

Il pressa le bouton du second étage; les portes se refermèrent et il entama son ascension.

Si Ta volonté est de l'appeler à Toi et de me laisser ici-bas, accorde-moi la force d'être un rocher pour les autres.

Sous la lumière jaune, le miroir lui renvoya un visage cadavérique, gris et brouillé. Il attendait désespérément un signe, l'infusion d'une force. L'ascenseur s'immobilisa dans un sursaut, mais son estomac continua de se soulever et le cardinal dut s'agripper à la rampe de métal pour reprendre son équilibre. Il se souvenait d'être monté dans ce même ascenseur avec le Saint-Père au début de sa papauté, et que deux vieux prélats étaient entrés. Ils étaient immédiatement tombés à genoux, ébahis de se trouver face à face avec le représentant du Christ sur terre, et le pape avait ri en disant : « Ne vous en

16

faites pas, relevez-vous. Je ne suis qu'un vieux pécheur et ne suis pas au-dessus de vous... »

Le cardinal releva le menton. Son masque public. Les portes s'ouvrirent. Un épais rideau de complets sombres s'écarta pour le laisser passer. Il entendit un agent chuchoter dans sa manche :

— Le doyen est ici.

De l'autre côté du palier, devant la suite papale, trois religieuses appartenant à la congrégation des Filles de la Charité de Saint-Vincent-de-Paul se tenaient par la main et pleuraient. L'archevêque Woźniak, préfet de la Maison pontificale, vint à sa rencontre. Ses yeux gris pâle étaient gonflés derrière ses lunettes à monture d'acier.

— Éminence..., dit-il avec désespoir en levant les mains.

Lomeli prit les joues de l'archevêque entre ses paumes et les pressa doucement. Il sentait la barbe de l'homme plus jeune sous ses doigts.

— Janusz, ta présence l'a rendu si heureux.

Puis un autre garde du corps – à moins qu'il ne s'agît d'un employé des pompes funèbres : ils s'habillaient pratiquement pareil –, bref, un autre homme en noir ouvrit la porte de la suite.

Le petit salon et la chambre plus petite encore sur laquelle il donnait étaient bondés. Pus tard, Lomeli établit une liste de plus d'une douzaine de personnes présentes, sans parler des membres de la sécurité – deux médecins, deux secrétaires particuliers, le Maître des célébrations liturgiques pontificales, qui était l'archevêque Mandorff, au moins quatre prêtres de la Chambre apostolique, Woźniak, et, bien sûr, les quatre principaux cardinaux de l'Église catholique : le secrétaire d'État, Aldo Bellini ; le camerlingue – ou chambellan – du Saint-Siège, Joseph Tremblay ; le Cardinal Pénitencier Majeur, sorte de grand confesseur, Joshua Adeyemi ; et lui-même, en tant que doyen du Collège cardinalice. Dans sa vanité, il s'était cru le premier à avoir été prévenu ; il découvrait qu'en réalité il avait été le dernier.

17

Il suivit Woźniak dans la chambre. C'était la première fois qu'il en voyait l'intérieur. Jusqu'ici, la grande double porte avait toujours été fermée. Le lit Renaissance du pape, surmonté d'un crucifix, faisait face au salon. Il occupait presque tout l'espace – carré, en chêne lourdement ciré, bien trop grand pour la chambre. C'était la seule touche de magnificence du lieu. Bellini et Tremblay se tenaient à genoux à côté, tête baissée. Lomeli dut enjamber leurs pieds renversés pour s'approcher des oreillers contre lesquels le pape était légèrement relevé, le corps dissimulé par la courtepointe blanche, les mains croisées sur sa poitrine par-dessus sa toute simple croix pectorale en fer.

Il n'était pas habitué à voir le pape sans ses lunettes. Celles-ci reposaient, repliées, sur la table de chevet, à côté d'un vieux réveil de voyage éraflé. Les plaquettes avaient laissé des marques rouges de part et d'autre de l'arête du nez du Saint-Père. Souvent, selon l'expérience de Lomeli, les morts présentaient un visage flasque et hébété. Mais celui-ci paraissait alerte, presque amusé, comme s'il avait été interrompu au milieu d'une phrase. Alors qu'il se penchait pour lui baiser le front, Lomeli remarqua une trace légère de dentifrice blanc à la commissure gauche de ses lèvres, et il perçut un parfum de menthe mêlé à une pointe de shampoing floral.

— Pourquoi vous a-t-Il appelé alors qu'il vous restait tant à faire ? murmura-t-il.

— *Subvenite, Sancti Dei...*

Adeyemi commença à entonner la liturgie, et Lomeli comprit qu'ils l'avaient attendu. Il s'agenouilla lentement sur le parquet incroyablement brillant, joignit les mains pour prier et les posa sur le côté de la courtepointe. Puis il enfouit son visage dans ses paumes.

— *... occurrite, Angeli Domini...*

Venez à lui, saints de Dieu, Accourez, anges du Seigneur...

La basse profonde du cardinal nigérian résonna dans la toute petite chambre.

— ... *Suscipientes animam eius, Offerentes eam in conspectu Altissimi...*

Recevez son âme, Offrez-la à la vue du Très-Haut...

Les mots bourdonnaient dans la tête de Lomeli sans avoir de sens. Cela lui arrivait de plus en plus fréquemment. *Mon Dieu, je t'appelle, mais Tu ne réponds pas.* Cela faisait un an qu'une sorte d'insomnie spirituelle, comme une interférence bruyante, l'avait gagné et lui interdisait cette communion avec le Saint-Esprit à laquelle il parvenait autrefois tout naturellement. Et, comme avec le sommeil, plus on recherchait la sincérité dans ses prières, plus elles devenaient fuyantes. Il avait confessé sa crise au pape lors de leur dernière rencontre – il lui avait demandé la permission de quitter Rome, de renoncer à sa charge de doyen et de se retirer dans un ordre. Il avait soixante-quinze ans, l'âge de la retraite. Mais le Saint-Père s'était montré particulièrement cassant. «Certains sont choisis pour être les bergers, et d'autres sont appelés à s'occuper de la ferme. Votre rôle n'est pas d'ordre pastoral. Vous n'êtes pas un berger. Vous êtes un administrateur. Vous croyez que c'est facile pour moi? J'ai besoin de vous ici. Ne vous inquiétez pas. Dieu vous reviendra. Il revient toujours.» Lomeli était blessé – un administrateur, c'est ainsi qu'il me considère? – et ils s'étaient séparés dans une certaine froideur. C'était la dernière fois qu'il l'avait vu.

— ... *Requiem aeternam dona eis, Domine, et lux perpetua luceat eis...*

Donne-leur le repos éternel, Seigneur, et que la lumière perpétuelle les illumine...

Une fois la liturgie chantée, les quatre cardinaux demeurèrent autour du lit funèbre et prièrent en silence. Après quelques minutes, Lomeli tourna très légèrement la tête et entrouvrit les yeux. Derrière eux, dans le salon, tout le monde s'était agenouillé et gardait la tête baissée. Il enfouit de nouveau le visage dans ses mains.

Cela l'attristait de penser que leur longue association s'était terminée sur une note si déplaisante. Il essaya de se remémorer quand la scène avait eu lieu. Deux semaines plus tôt?

Non, un mois – le 17 septembre, pour être exact, après la messe de commémoraison de l'impression des stigmates de saint François –, soit le plus long intervalle sans une audience privée depuis que le pape avait été élu. Peut-être le Saint-Père avait-il déjà commencé à sentir que la mort était proche et qu'il ne pourrait pas achever sa mission ; peut-être cela expliquait-il cette irritation qui ne lui ressemblait pas ?

La pièce était plongée dans le silence. Lomeli se demanda qui serait le premier à briser la méditation. Il misa sur Tremblay. En bon Nord-Américain, le Canadien français était toujours pressé. Et de fait, au bout de quelques instants, Tremblay poussa un soupir – une longue respiration théâtrale, presque extatique.

— Il est avec Dieu, dit-il en tendant les bras.

Lomeli crut qu'il allait prononcer une bénédiction, mais son geste se révéla un signal à deux de ses assistants de la Chambre apostolique, qui entrèrent aussitôt dans la pièce et l'aidèrent à se mettre debout. L'un deux portait un coffret en argent.

— Monseigneur Woźniak, dit Tremblay alors que tout le monde se relevait, voudriez-vous avoir l'amabilité de m'apporter l'anneau du Saint-Père ?

Lomeli se redressa sur des genoux qui craquaient après sept décennies de constantes génuflexions. Il se plaqua contre le mur afin de laisser passer le préfet de la Maison pontificale. La bague ne vint pas facilement. Le malheureux Woźniak, que l'embarras faisait transpirer, dut la faire aller et venir sur la jointure avant qu'elle se décide à glisser et qu'il puisse aller la déposer dans la paume ouverte de Tremblay. Le camerlingue saisit une pince dans le coffret d'argent – une pince qui n'était pas sans rappeler les sécateurs qu'on utilise pour couper les roses fanées, songea Lomeli – et inséra le sceau de anneau entre les mors de l'outil. Puis il serra, grimaçant sous l'effort. Il y eut un claquement sec, et le chaton de métal à l'effigie de saint Pierre remontant un filet de pêcheur fut rompu.

— *Sede vacante*, annonça Tremblay. Le siège apostolique est vacant.

Lomeli resta quelques minutes les yeux baissés vers le lit, en un adieu contemplatif, puis aida Tremblay à étendre un fin voile blanc sur le visage du pape. La veillée se dispersa en petits groupes qui chuchotaient.

Le doyen retourna dans le salon. Il se demanda comment le pape avait pu supporter cela, année après année − pas seulement le fait de devoir vivre entouré de gardes armés, mais cet appartement. Cinquante mètres carrés anonymes, meublés dans le goût et pour les revenus d'un représentant de commerce lambda. Il ne contenait rien de personnel. Des rideaux et des murs jaune pâle, un parquet vitrifié. Une table et un bureau réglementaires plus un sofa et deux fauteuils à dossier coquillage recouverts d'un tissu bleu lavable. Le prie-Dieu de bois sombre lui-même était identique à la centaine d'autres que contenait la résidence. Le Saint-Père avait séjourné à Sainte-Marthe en tant que cardinal avant d'être élu pape par le conclave et n'en avait jamais bougé : un simple regard sur l'appartement luxueux auquel il avait droit au Palais apostolique, avec sa bibliothèque et sa chapelle privée, avait suffi à le faire fuir. Et sa guerre contre la vieille garde du Vatican avait commencé sur-le-champ, à ce sujet et dès ce premier jour. Devant les objections de certains chefs de la Curie, qui avaient jugé sa décision indigne de sa position, il leur avait cité, comme à des écoliers, les recommandations du Christ à ses disciples : *Ne prenez rien pour le voyage, ni bâton, ni sac, ni pain, ni argent ; et n'ayez pas deux tuniques.* À partir de cet instant, n'étant qu'humains, ils avaient senti son regard désapprobateur posé sur eux chaque fois qu'ils rentraient dans leurs somptueux appartements officiels ; et, n'étant qu'humains, ils lui en avaient voulu.

Le secrétaire d'État, Bellini, se tenait près du bureau et tournait le dos à la pièce. Ses fonctions avaient pris fin avec le bris de l'anneau du pêcheur, et son grand corps maigre et

21

ascétique, qu'il tenait habituellement aussi dressé qu'un peuplier de Lombardie, semblait avoir été brisé en même temps.

— Mon cher Aldo, dit Lomeli. Je suis si triste.

Il vit que Bellini examinait l'échiquier de voyage que le Saint-Père emportait toujours dans sa serviette. L'homme passait un long index mince sur les toutes petites pièces de plastique rouges et blanches. Elles formaient un entrelacs compliqué au centre du plateau, immobilisées en une bataille obscure à présent condamnée à n'être jamais résolue.

— Tu crois que ça gênerait quelqu'un si je gardais ça en souvenir ?

— Ça m'étonnerait.

— On jouait souvent en fin de journée. Il disait que ça l'aidait à se détendre.

— Qui gagnait ?

— Lui. Toujours.

— Prends-le, le pressa Lomeli. Il t'aimait plus que quiconque. Il aurait voulu que tu l'aies. Prends-le.

Bellini regarda autour d'eux.

— Je crois qu'il vaut mieux attendre et demander l'autorisation. Il semble que notre zélé camerlingue soit sur le point de mettre les scellés.

Il désigna de la tête Tremblay et ses prêtres-assistants rassemblés autour de la table basse sur laquelle ils disposaient de quoi interdire l'entrée – du ruban rouge, de la cire, de l'adhésif.

Soudain, les yeux de Bellini se remplirent de larmes. Il avait la réputation d'être froid – un de ces intellectuels blêmes et distants. Lomeli ne l'avait jamais vu montrer d'émotions, et cela lui fit un choc. Il posa la main sur le bras de Bellini et lui dit avec compassion :

— Comment c'est arrivé, tu le sais ?

— Ils disent que c'est une crise cardiaque.

— Mais je croyais qu'il avait un cœur d'acier.

— Pas tout à fait, pour être honnête. Il y avait eu des alertes.

22

Surpris, Lomeli cilla.

— On ne m'en avait rien dit.

— Eh bien, il ne voulait pas que ça se sache. Il disait qu'à l'instant où la nouvelle se répandrait, on ferait courir le bruit qu'il allait démissionner.

On. Bellini n'avait pas besoin de préciser qui recouvrait ce *on.* Il parlait de la Curie. Pour la seconde fois de la nuit, Lomeli se sentit confusément offensé. Était-ce pour cela qu'il ne savait rien de ce problème médical déjà ancien? Parce que le Saint-Père l'avait considéré non seulement comme un administrateur, mais aussi comme l'un d'*eux*?

— Je crois, dit-il, qu'il faudra se montrer très prudents lorsque nous parlerons de sa santé aux médias. Tu sais mieux que moi comment ils sont. Ils voudront connaître tous ses antécédents de problèmes cardiaques et ce que nous avons fait à ce sujet. Et s'il s'avère que le problème a été étouffé et que nous n'avons rien fait, ils voudront savoir pourquoi.

Maintenant que le choc initial s'estompait, il commençait à entrevoir toute une série de questions urgentes auxquelles le monde attendrait des réponses – auxquelles lui-même attendrait des réponses.

— Dis-moi, y avait-il quelqu'un avec le Saint-Père lorsqu'il est mort? A-t-il reçu l'absolution?

— Non, répondit Bellini en secouant la tête. Je crois bien qu'il était déjà mort quand on l'a découvert.

— Qui l'a trouvé? Quand? demanda Lomeli en faisant signe à Woźniak de les rejoindre. Janusz, je sais que c'est difficile pour toi, mais nous devons préparer une déclaration détaillée. Qui a découvert le corps du Saint-Père?

— C'est moi, Éminence.

— Bien, Dieu merci, c'est déjà ça.

De tous les membres de la Maison pontificale, Woźniak était celui qui avait été le plus proche du pape. Il était rassurant de penser qu'il avait été le premier sur les lieux. Et aussi, du point de vue des relations publiques, il valait mieux que ce fût lui plutôt qu'un agent de sécurité ; et encore mieux lui plutôt qu'une religieuse.

— Qu'est-ce que tu as fait ?

— J'ai appelé le médecin du Saint-Père.

— Il est arrivé au bout de combien de temps ?

— Tout de suite, Éminence. Il dort toujours dans la chambre voisine.

— Et il n'y avait plus rien à faire ?

— Non. Nous avions tout le matériel de réanimation nécessaire, mais c'était trop tard.

Lomeli réfléchit.

— Il était dans son lit ?

— Oui, tout à fait paisible, pratiquement comme maintenant. J'ai cru qu'il dormait.

— Quelle heure était-il ?

— Dans les 23 h 30, Éminence.

— *23 h 30 ?*

C'était plus de deux heures et demie plus tôt.

L'étonnement de Lomeli dut transparaître sur son visage, car Woźniak ajouta vivement :

— Je voulais vous appeler plus tôt, mais le cardinal Tremblay a pris les choses en main.

Tremblay tourna la tête en entendant son nom. La pièce était si exiguë. Il ne se tenait qu'à quelques enjambées et fut aussitôt près d'eux. Malgré l'heure, il paraissait en forme et présentait une mine soignée et reposée avec ses épais cheveux argentés impeccablement coiffés. Avec sa démarche souple, il évoquait un ancien athlète qui se serait reconverti avec bonheur en commentateur sportif de télévision ; Lomeli avait vaguement souvenir qu'il avait pratiqué le hockey sur glace dans sa jeunesse.

— Je suis sincèrement désolé, Jacopo, assura le Canadien français dans son italien appliqué, que vous soyez blessé de n'avoir pas été prévenu plus tôt – je sais que Sa Sainteté n'avait pas de plus proches compagnons que vous et Aldo – mais, en tant que camerlingue, j'ai jugé que ma première responsabilité était d'assurer l'intégrité de l'Église. J'ai demandé à Janusz de ne pas vous prévenir tout de suite afin que nous disposions d'un bref moment de calme pour vérifier tous les faits.

Il joignit les mains pieusement, comme pour prier.

Ce type était insupportable.

— Mon cher Joe, répliqua Lomeli. Je ne me soucie que de l'âme du Saint-Père et de ce qu'il y a de mieux pour l'Église. Que l'on m'informe d'une chose à minuit ou à 2 heures n'a, en ce qui me concerne, aucune importance. Je ne doute pas que vous ayez agi au mieux.

— C'est simplement que... Quand un pape meurt brutalement, une petite erreur commise dans la confusion du choc initial peut entraîner toutes sortes de rumeurs malveillantes par la suite. Il suffit de se rappeler la tragédie de la mort du pape Jean-Paul Ier : nous avons passé les quarante dernières années à nous efforcer de convaincre le monde qu'il n'a pas été assassiné, tout cela parce que personne ne voulait admettre que son corps avait été découvert par une sœur. Cette fois, il ne doit pas y avoir la moindre incohérence dans la version officielle.

Des plis de sa soutane, il sortit une feuille de papier pliée qu'il tendit à Lomeli. Elle était chaude au toucher. (Elle vient d'être imprimée, pensa Lomeli.) Soigneusement mise en page, elle portait, en anglais, le titre de « Chronologie des faits ». Lomeli fit descendre son doigt le long de la colonne de caractères. À 19 h 30, le Saint-Père avait dîné avec Woźniak dans l'espace délimité par un cordon qui lui était réservé dans la salle à manger de la résidence Sainte-Marthe. À 20 h 30, il s'était retiré dans son appartement pour lire et méditer sur un passage de *L'Imitation de Jésus-Christ* (Chapitre huit, « Éviter une trop grande familiarité »). À 21 h 30, il s'était couché. À 23 h 30, l'archevêque Woźniak était venu vérifier que tout allait bien et avait constaté l'arrêt des fonctions vitales. À 23 h 34, le Dr Giulio Baldinotti, détaché de l'hôpital San Raffaele du Vatican à Milan, prenait des mesures d'urgence.

Une combinaison de massages cardiaques et de défibrillations avait été tentée, en vain. Le décès du Saint-Père avait été prononcé à 0 h 12.

Le cardinal Adeyemi s'approcha derrière Lomeli et se mit à lire par-dessus son épaule. Le Nigérian s'aspergeait toujours copieusement d'eau de Cologne. Lomeli sentit le souffle chaud sur sa nuque. La présence physique d'Adeyemi lui parut soudain trop puissante, et il lui donna le document avant de se détourner. Tremblay en profita pour lui fourrer aussitôt une autre liasse de documents dans la main.

— Qu'est-ce que c'est? questionna le doyen.

— Le dernier dossier médical du Saint-Père. Je l'ai fait apporter. Ça, c'est un angiogramme effectué le mois dernier. Regardez ici, dit Tremblay en portant une radio à la lumière, il y a des traces d'obstruction...

L'image monochrome paraissait vrillée, fibreuse... sinistre. Lomeli eut un mouvement de recul. Mais à quoi pouvait bien rimer tout cela? Le pape avait plus de quatre-vingts ans. Son décès n'avait rien de surprenant. Combien de temps aurait-il été censé vivre? C'était à son âme qu'ils devaient penser à présent, pas à ses artères.

— Donnez les chiffres si nécessaire, décréta-t-il d'une voix ferme, mais pas la radio. C'est trop indiscret. Cela le rabaisse.

— Je suis d'accord, intervint Bellini.

— J'imagine, ajouta Lomeli, que vous allez ensuite nous annoncer qu'il faudra procéder à une autopsie?

— Eh bien, on s'expose à des rumeurs si on ne le fait pas.

— C'est vrai, convint Bellini. Autrefois, Dieu était l'explication à tous les mystères. Aujourd'hui, il est supplanté par les théoriciens de la conspiration. Ce sont les hérétiques de notre époque.

Adeyemi avait fini de lire l'emploi du temps du défunt pape. Il retira ses lunettes cerclées d'or et en suçota l'une des branches.

— Que faisait le Saint-Père avant 19 h 30? s'enquit-il.

Woźniak répondit :

— Il célébrait les vêpres, Éminence, ici, à la résidence Sainte-Marthe.

— Alors, nous devrions le dire. C'est son dernier acte sacramentel et il implique un état de grâce, d'autant plus qu'il n'a pas pu y avoir de viatique.

— Bien vu, commenta Tremblay. Je vais l'ajouter.

— Et avant, insista Adeyemi, à l'heure qui précédait les vêpres. Qu'est-ce qu'il faisait ?

— Des entretiens de routine, pour autant que je sache, avança Tremblay, comme sur la défensive. Je n'ai pas tous les détails. Je me suis concentré sur les heures juste avant sa mort.

— Qui a été le dernier à avoir un rendez-vous prévu avec lui ?

— En fait, je crois bien que ce doit être moi, dit le Canadien. Je l'ai vu à 16 heures. C'est bien cela, Janusz ? Étais-je le dernier ?

— Oui, Éminence.

— Et comment était-il quand vous avez parlé avec lui ? Y avait-il quoi que ce soit indiquant qu'il était souffrant ?

— Non, pas que je me souvienne.

— Et plus tard, quand il a dîné avec vous, Monseigneur ?

L'archevêque Woźniak regarda Tremblay, comme pour lui demander la permission de répondre.

— Il était fatigué, très, très fatigué. Il n'avait pas faim. Il avait la voix un peu enrouée. J'aurais dû me rendre compte...

Il s'interrompit.

— Vous n'avez rien à vous reprocher.

Adeyemi rendit le document à Tremblay et remit ses lunettes. Chacun de ses mouvements était empreint d'une théâtralité étudiée. En véritable prince de l'Église, le Nigérian ne perdait jamais conscience de sa dignité.

— Indiquez tous les rendez-vous qu'il a eus ce jour-là. Cela montrera qu'il travaillait, jusqu'à la toute fin. Et cela prouvera qu'il n'y avait aucune raison de soupçonner qu'il était malade.

— *A contrario*, rétorqua Tremblay, si nous rendons son emploi du temps public, n'y a-t-il pas un risque qu'on nous accuse d'avoir placé une charge énorme sur les épaules d'un malade ?

— La papauté *est* une charge énorme. Il n'est pas inutile de le rappeler.

Tremblay se rembrunit, mais ne dit rien. Bellini regarda par terre. Une tension légère, mais manifeste s'était installée, et il fallut un moment à Lomeli pour en comprendre la raison. Ce rappel de la charge immense que constituait la papauté impliquait clairement qu'il fallait l'attribuer à un homme plus jeune – et Adeyemi, tout juste sexagénaire, avait près de dix ans de moins que les deux autres.

Lomeli finit par briser le silence :

— Puis-je suggérer de corriger le document afin d'insérer la participation du Saint-Père aux vêpres et de laisser le reste tel qu'il est ? Et aussi, par précaution, de préparer un second document qui ferait état de tous les engagements du Saint-Père en cette dernière journée et que nous garderions en réserve pour le cas où cela deviendrait nécessaire ?

Adeyemi et Tremblay échangèrent un bref regard puis acquiescèrent.

— Remercions Dieu pour notre doyen, commenta sèchement Bellini. Je sens que ses talents diplomatiques nous seront précieux dans les jours à venir.

Par la suite, Lomeli considérerait cet instant comme le départ de la compétition pour la succession.

On savait que les trois cardinaux avaient leurs partisans au sein du collège électoral : Bellini, ancien recteur de l'Université grégorienne, ancien archevêque de Milan et grand espoir intellectuel des progressistes d'aussi loin que remontaient les souvenirs de Lomeli ; Tremblay, qui, en plus de sa charge de camerlingue, était aussi préfet de la Congrégation pour l'évangélisation des peuples et donc un candidat disposant de sérieux liens avec le tiers-monde, et qui avait l'avantage de paraître américain sans présenter l'inconvénient d'en être un ; et Adeyemi, qui portait en lui, telle une étincelle divine, la possibilité révolutionnaire, infiniment fascinante pour les médias, de devenir un jour « le premier pape noir ».

Et, lentement, alors qu'il observait le début des manœuvres dans la résidence Sainte-Marthe, Lomeli prit conscience que ce serait à lui, en tant que doyen du Collège cardinalice, d'organiser l'élection. C'était une tâche dont il n'avait jamais pensé devoir s'acquitter. On lui avait diagnostiqué un cancer de la prostate quelques années plus tôt et, même s'il était censé être guéri, il avait toujours cru qu'il mourrait avant le pape. Il ne s'était jamais considéré comme autre chose qu'un bouche-trou. Il avait voulu démissionner. Mais il semblait à présent qu'il lui incomberait d'organiser un conclave dans une conjoncture particulièrement difficile.

Il ferma les yeux. *Si Ta volonté, Ô Seigneur, est que je remplisse cette mission, je prie pour que Tu me donnes la sagesse de l'accomplir de façon à renforcer notre Mère l'Église...*

Tout d'abord et surtout, il devrait se montrer impartial. Il ouvrit les yeux et demanda :

— Quelqu'un a-t-il appelé le cardinal Tedesco ?

— Non, répondit Tremblay. Tedesco en particulier ? Pourquoi ? Vous pensez qu'on devrait ?

— Eh bien, étant donné sa position dans l'Église, ce serait la moindre des politesses...

— Des politesses ? s'écria Bellini. Et qu'a-t-il fait pour mériter une telle politesse ? Si l'on peut dire de quelqu'un qu'il a tué le Saint-Père, c'est bien lui !

Lomeli comprenait sa véhémence. De tous les opposants du pape, Tedesco s'était montré le plus virulent, et avait même poussé, selon certains, ses attaques contre le Saint-Père et Bellini à la limite du schisme. On avait même parlé d'excommunication. Il jouissait cependant de fervents partisans parmi les traditionalistes, ce qui ferait sans doute de lui un candidat important à la succession.

— Je devrais tout de même le prévenir, insista Lomeli. Il vaudrait mieux qu'il l'apprenne par nous plutôt que par un quelconque journaliste. Dieu sait ce qu'il pourrait dire à brûle-pourpoint.

Il décrocha le téléphone fixe du bureau et pressa le zéro. Une opératrice, la voix tremblante d'émotion, lui demanda ce qu'elle pouvait faire pour lui.

— Passez-moi le Patriarcat de Venise... la ligne privée du cardinal Tedesco.

Il supposa qu'on ne répondrait pas – il n'était pas encore 3 heures du matin – mais la première sonnerie n'avait pas fini de retentir qu'on décrocha.

— Tedesco, fit une voix bourrue.

Les autres cardinaux s'entretenaient à voix basse de la date des funérailles. Lomeli leva la main pour réclamer le silence et leur tourna le dos pour se concentrer sur son interlocuteur.

— Goffredo ? C'est Lomeli. Je crains d'avoir une terrible nouvelle. Le Saint-Père vient de mourir.

Il y eut une longue pause. Lomeli perçut un bruit de fond. Des pas ? Une porte.

— Patriarche ? Vous avez entendu ?

La voix de Tedesco résonna dans l'immensité de sa résidence officielle.

— Merci, Lomeli. Je prierai pour son âme.

Il y eut un déclic. On avait raccroché.

— Goffredo ?

Le doyen tint le combiné à bout de bras, déconcerté.

— Alors ? questionna Tremblay.

— Il savait déjà.

— Vous en êtes sûr ?

Tremblay sortit de sa soutane ce qui ressemblait à un livre de prières relié de cuir noir, mais se révéla être un téléphone portable.

— Évidemment qu'il savait, intervint Bellini. Cet endroit grouille de partisans à lui. Il a probablement su avant nous. Et si on n'y prend pas garde, c'est lui qui fera l'annonce officielle, depuis la place Saint-Marc.

— J'ai eu l'impression qu'il y avait quelqu'un avec lui...

Tremblay passait rapidement son pouce sur l'écran, faisant dérouler les informations.

— C'est tout à fait possible. Des rumeurs sur la mort du pape commencent déjà à se propager sur les réseaux sociaux. Nous devons agir rapidement. Puis-je faire une suggestion ?

S'ensuivit alors le deuxième désaccord de la nuit : Tremblay insistait pour que le corps du pape soit transféré sans attendre à la morgue au lieu de remettre cela au matin (« Nous ne pouvons pas nous permettre d'avoir un train de retard sur les médias. Ce serait un désastre »). Il proposait de faire aussitôt une déclaration officielle et de laisser deux équipes de tournage du Centre de Télévision du Vatican ainsi que trois photographes et un reporter de presse accéder à la place Sainte-Marthe pour couvrir le transfert du corps de la résidence à l'ambulance. Son raisonnement était qu'en agissant au plus vite les images seraient diffusées en direct, et l'Église bénéficierait d'une couverture médiatique maximale. Dans les grands centres asiatiques de la foi catholique, le matin était déjà levé alors qu'en Amérique du Nord et en Amérique latine, c'était le soir ; seuls les Européens et les Africains se réveilleraient en apprenant la nouvelle.

Cette fois encore, Adeyemi s'y opposa. Il argua qu'au nom de la dignité de la charge il fallait attendre le jour et faire venir un corbillard et un cercueil convenable sur lequel serait déposé le drapeau pontifical.

Bellini objecta sèchement :

— Le Saint-Père se moquerait éperdument de la dignité. C'est en humble de la terre qu'il a choisi de vivre, et c'est humble et pauvre qu'il aurait voulu être considéré dans la mort.

— Rappelez-vous, renchérit Lomeli, que cet homme a refusé de monter dans une limousine. Une ambulance revient à ce qu'on peut lui fournir de plus proche d'un transport en commun.

Adeyemi ne voulut cependant rien entendre. Il fallut au bout du compte procéder à un vote qu'il perdit par trois contre un. On s'accorda aussi pour que le corps du pape fût embaumé.

— Mais nous devrons nous assurer que cela serait fait proprement, souligna Lomeli.

Il n'avait jamais oublié la dépouille de Paul VI exposée à Saint-Pierre en 1978 : dans la chaleur du mois d'août, le visage avait pris un teint gris verdâtre, la mâchoire s'était relâchée et il flottait autour du corps une odeur manifeste de décomposition. Et pourtant, même cet incident morbide n'était rien à côté de ce qui s'était produit vingt ans plus tôt, lorsque le corps du pape Pie XII avait fermenté dans son cercueil et explosé comme un pétard près de la basilique Saint-Jean-de-Latran.

— Et, autre chose, ajouta-t-il. Nous devons nous assurer que personne ne prendra la dépouille en photo.

Cette indignité avait elle aussi été infligée à Pie XII, et son cadavre était apparu dans tous les magazines du monde.

Tremblay partit prendre toutes les dispositions avec les services de communication du Saint-Siège, et, moins d'une demi-heure plus tard, les ambulanciers — leurs portables confisqués — se chargèrent de sortir le Saint-Père de son appartement dans une housse mortuaire en plastique blanc sanglée sur une civière à roulettes. Ils s'arrêtèrent au deuxième étage pour laisser l'ascenseur aux quatre cardinaux, qui descendirent devant afin d'accueillir le cercueil dans le hall et l'escorter à l'extérieur. Lomeli eut le sentiment que l'humilité du corps dans la mort, sa petitesse, la forme arrondie, rappelant celle du fœtus, des pieds et de la tête, disaient quelque chose de profond. *Et, ayant acheté un linceul, il descendit Jésus de la croix, l'enveloppa du linceul, et le déposa dans un sépulcre...* les enfants du Fils de l'Homme étaient à la fin tous égaux, pensa-t-il ; tous dépendaient de la miséricorde divine quand il s'agissait de l'espoir d'une résurrection.

Le hall et les dernières marches de l'escalier étaient bordés de religieux de tous rangs. Ce fut leur silence qui marqua le plus profondément le cardinal Lomeli. Quand les portes de l'ascenseur s'écartèrent et que le corps apparut, les seuls sons perceptibles furent – à sa grande consternation – le déclic et le ronronnement des téléphones portables filmant et prenant des photos, entrecoupés de sanglots occasionnels. Tremblay et Adeyemi ouvrirent la marche devant la civière, Bellini et Lomeli se plaçant derrière, alors que les prélats de la Chambre apostolique se rangeaient en file, à leur suite. Ils franchirent les portes et sortirent dans le froid d'octobre. Le crachin avait cessé et il y avait même quelques étoiles. Ils passèrent entre les deux gardes suisses et se dirigèrent vers un magma de lumières multicolore – les gyrophares de l'ambulance qui attendait et de son escorte policière striaient de rais bleutés la place luisante de pluie, les flashes blancs des photographes produisaient un effet stroboscopique, les projecteurs de l'équipe de tournage noyaient le tout dans un éclat jaune, et, derrière tout cela, le halo gigantesque de Saint-Pierre illuminé jaillissait de l'obscurité.

Lorsqu'ils atteignirent l'ambulance, Lomeli essaya de se représenter l'Église universelle en cet instant – quelque un milliard et quart d'âmes : les foules en haillons rassemblées devant les téléviseurs dans les bidonvilles de Manille et de São Paulo, les marées d'usagers des transports à Tokyo et à Shanghai, hypnotisés par leurs portables, les fans de sport des bars de Boston et de New York, dont on interrompait la retransmission des matchs...

Allez, faites de toutes les nations des disciples, les baptisant au nom du Père, du Fils et du Saint-Esprit...

Le corps s'enfonça tête la première à l'arrière de l'ambulance. La portière claqua. Les quatre cardinaux observèrent un garde-à-vous solennel tandis que le cortège s'ébranlait – deux motos, puis une voiture de police, l'ambulance, une autre voiture de police et enfin d'autres motos. Les véhicules parcoururent un instant la place puis disparurent. À peine furent-ils hors de vue que les sirènes retentirent.

Tant pis pour l'humilité, songea Lomeli. Tant pis pour le pauvre de la terre. Ce cortège était digne d'un dictateur.

Les plaintes des véhicules s'évanouirent dans la nuit.

De l'autre côté du cordon de sécurité, les photographes et les journalistes commencèrent à apostropher les cardinaux tels des visiteurs de zoo cherchant à convaincre les animaux d'approcher :

— Éminence ! Éminence ! Par ici !

— L'un de nous devrait dire quelque chose, décréta Tremblay, qui, sans attendre de réponse, entreprit de traverser la place.

Les lumières dessinaient autour de sa silhouette comme une auréole rougeoyante. Adeyemi parvint à se retenir quelques secondes, puis se lança à sa poursuite.

— Quel cirque ! marmonna Bellini avec le plus grand mépris.

— Tu devrais peut-être les rejoindre, suggéra Lomeli.

— Grands Dieux, non ! Je ne vais pas flatter la foule. Je crois que je préfère aller prier à la chapelle.

Il sourit tristement et fit sonner quelque chose dans sa main. Lomeli vit qu'il tenait l'échiquier de voyage.

— Viens, proposa Bellini, viens avec moi. On n'a qu'à dire une messe ensemble pour notre ami.

Tout en retournant vers la résidence Sainte-Marthe, il prit Lomeli par le bras.

— Le Saint-Père m'a parlé de tes difficultés à prier, lui glissa-t-il. Je pourrais peut-être t'aider. Tu sais que lui-même avait des doutes, vers la fin ?

— Le pape doutait de l'existence de Dieu ?

— Non, pas de Dieu ! Jamais il n'a douté de Dieu !

Puis Bellini ajouta quelque chose que Lomeli n'oublierait jamais :

— Ce qu'il avait perdu, c'était sa foi en l'Église.

2

La résidence Sainte-Marthe

L'histoire du conclave commença un peu moins de trois semaines plus tard.

Le Saint-Père s'était éteint le lendemain de la Saint-Luc, soit le 19 octobre. Le reste du mois d'octobre et les premiers jours de novembre avaient été consacrés à ses obsèques et à la congrégation générale quasi quotidienne des cardinaux, lesquels avaient afflué du monde entier à Rome pour élire son successeur. Il s'agissait alors de réunions privées durant lesquelles on discutait de l'avenir de l'Église. Lomeli avait été soulagé de constater que, en dépit des divisions habituelles entre réformateurs et conservateurs, ces réunions s'étaient déroulées sans controverse majeure.

Il se retrouvait donc, en ce dimanche 7 novembre – jour de la Saint-Herculan de Pérouse – sur le seuil de la chapelle Sixtine, flanqué du secrétaire du Collège cardinalice, Mgr Raymond O'Malley, et du maître des célébrations liturgiques pontificales, l'archevêque Wilhelm Mandorff. Les cardinaux électeurs seraient cloîtrés au Vatican le soir même. Le vote débuterait le lendemain.

Le déjeuner venait de se terminer, et les trois prélats se tenaient juste derrière la transenne de marbre et de grillage qui séparait le corps principal de la chapelle Sixtine du vestibule. Le plancher de bois temporaire était pratiquement terminé, et on le recouvrait déjà d'une moquette beige.

On hissait des projecteurs de télévision, apportait des chaises, assemblait des tables. Où que le regard se portât, impossible de ne pas voir de mouvement. Lomeli eut l'impression que l'activité grouillante du plafond de Michel-Ange – toute cette chair gris rosâtre, dénudée, qui se tendait, gesticulait, se tordait et ployait sous la charge – avait trouvé une grossière contrepartie terrestre. À l'autre bout de la chapelle, sur l'immense fresque du *Jugement dernier*, l'humanité flottait dans un ciel d'azur autour du trône céleste au son d'un concert de coups de marteau, de perceuses et de scies électriques.

— Eh bien, Éminence, déclara O'Malley, avec son accent irlandais, je dirais que c'est une assez bonne vision de l'enfer.

— Ne blasphémez pas, Ray, répliqua Lomeli. L'enfer, ce sera demain, quand nous ferons entrer les cardinaux.

L'archevêque Mandorff éclata d'un rire un peu trop sonore.

— Excellent, Éminence ! C'est très bon !

— Il croit que je plaisante, dit Lomeli en se tournant vers O'Malley.

L'Irlandais, qui était muni d'un porte-bloc, approchait de la cinquantaine : grand, cédant déjà à l'embonpoint, avec le visage rougeaud d'un homme qui aurait passé sa vie à l'extérieur – à la chasse à courre, peut-être – même si, en réalité, il n'avait jamais rien fait de tel : c'étaient uniquement à ses origines de Kildare et à son penchant pour le whiskey qu'il devait ce teint fleuri. Le Rhénan Mandorff était plus âgé, la soixantaine, grand aussi, avec un crâne aussi lisse, ovale et chauve qu'un œuf; il s'était fait connaître à l'université d'Eichstätt-Ingolstadt avec un traité sur les origines et les fondements théologiques du célibat ecclésiastique.

De part et d'autre de la chapelle, se faisant face par-dessus l'allée centrale, douze longues tables de bois avaient été disposées sur quatre rangs. Pour l'instant, seule la table la plus proche de la grille était recouverte de nappes, prête pour l'inspection de Lomeli. Celui-ci s'avança dans la chapelle et palpa les deux couches de tissu, un feutre bordeaux qui descendait jusqu'au sol et une étoffe plus épaisse, plus lisse – beige, comme la moquette – qui recouvrait le plateau et ses bords et fournissait une surface assez ferme pour écrire. On y avait disposé une bible, un livre de prières, un carton au nom d'un cardinal, des crayons et des stylos, un petit bulletin de vote et une grande feuille portant la liste des 117 cardinaux éligibles.

Lomeli prit le carton : XALXO, SAVERIO. Qui était-ce ? Il éprouva une bouffée de panique. Depuis les funérailles du pape, il s'était efforcé de rencontrer tous les cardinaux et de retenir quelques détails personnels sur chacun d'eux. Mais cela faisait tant de visages nouveaux – le pape avait accordé plus de soixante barrettes rouges, une quinzaine rien qu'au cours de la dernière année – que la tâche s'était révélée impossible.

— Comment cela peut-il bien se prononcer ? Salso, c'est ça ?

— Khal-koh, Éminence, lui indiqua Mandorff. Il est indien.

— Khalkoh. Je vous revaudrai ça, Willi. Merci.

Lomeli s'assit pour tester la chaise. Il fut heureux de constater que le siège était capitonné. Et il y avait plein de place pour étendre ses jambes. Il s'inclina en arrière. Oui, c'était assez confortable. Cela valait mieux, étant donné le temps qu'ils risquaient de passer enfermés ici. Il avait lu la presse italienne pendant le petit déjeuner. C'était la dernière fois qu'il verrait un journal d'ici à la fin de l'élection. Les observateurs du Vatican s'accordaient tous pour prédire un conclave long et marqué par les clivages. Le doyen priait pour qu'ils se trompent et que l'Esprit-Saint souffle rapidement dans la chapelle Sixtine afin de les guider vers un nom. Cependant, dans le cas contraire – et il n'en avait pas vu de signe durant les quatorze jours de la congrégation –, ils pouvaient rester coincés ici pendant des jours.

Il jeta un coup d'œil autour de lui. C'était étrange de constater combien le fait de se tenir assis un mètre au-dessus du sol initial en mosaïque altérait la perspective. Dans le vide sous le plancher de bois, les spécialistes de la sécurité avaient installé des systèmes de brouillage afin d'empêcher les écoutes électroniques. Une société de consultants concurrente avait malgré tout soutenu que ces précautions étaient insuffisantes. Ils avaient affirmé que des rayons laser dirigés vers les fenêtres situées juste sous la voûte, le long de la galerie supérieure, étaient capables de détecter les vibrations provoquées sur le verre par chaque parole prononcée, et que ces vibrations pouvaient être retranscrites en discours. Ils avaient donc recommandé de condamner toutes les fenêtres par des planches, ce à quoi Lomeli s'était opposé. La claustrophobie et le manque de lumière seraient devenus intolérables.

Il écarta poliment de la main l'aide que lui proposait Mandorff, se leva et s'enfonça plus avant dans la chapelle. De la moquette tout juste posée émanait une odeur douceâtre, semblable à celle de l'orge dans une aire de battage. Les ouvriers s'étaient poussés pour le laisser passer ; le secrétaire du Collège et le maître des célébrations liturgiques pontificales le suivirent. Lomeli avait encore du mal à saisir pleinement ce qui arrivait, qu'il devait organiser tout cela. Il se serait cru en plein rêve.

— Vous savez, commença-t-il en élevant la voix pour se faire entendre par-dessus le bruit d'une perceuse, tout jeune, en 58 – j'étais encore au séminaire de Gênes, en fait –, et puis encore en 63, avant même d'être ordonné, j'adorais regarder les illustrations de ces conclaves. Tous les journaux publiaient des images d'artistes. Je me souviens que les cardinaux y étaient représentés assis sur des trônes à baldaquin placés le long des murs pendant le vote. Et, après l'élection, chaque cardinal tirait à son tour sur un levier qui faisait s'abaisser son baldaquin, tous, sauf celui qui venait d'être élu. Vous vous figurez la scène ? Le vieux cardinal Roncalli, qui n'avait même jamais rêvé de devenir cardinal, sans parler de devenir pape ? Et Montini, qui était si détesté par la vieille garde qu'il y a eu une véritable altercation pendant le scrutin dans la chapelle Sixtine ? Imaginez-les assis ici, sur leur trône, et les hommes qui, quelques minutes seulement auparavant, étaient encore leurs égaux, en train de faire la queue pour s'incliner !

Il sentit qu'O'Malley et Mandorff l'écoutaient poliment et se morigéna. Il parlait comme un vieillard. Il était néanmoins ému par ces souvenirs. On avait abandonné les trônes en 1965, après le concile Vatican II, comme tant d'autres vieilles traditions de l'Église. On considérait maintenant que le Collège des cardinaux était bien trop nombreux et international pour ce genre de meringue Renaissance. Une part de Lomeli aspirait cependant à un peu de meringue Renaissance, et il songeait en secret que le dernier pape avait parfois exagéré sa rengaine de simplicité et d'humilité. Un excès de simplicité devenait après tout une forme d'ostentation, et s'enorgueillir de son humilité était un péché.

Il enjamba les câbles électriques et, les mains sur les hanches, se jucha sous le *Jugement dernier* pour contempler le désordre. Des copeaux, de la sciure, des caisses, des cartons, des rouleaux d'isolant. Des particules de bois et de tissu qui tourbillonnaient dans un rai de lumière. Des coups de marteaux. Des scies. Des perceuses. Il se sentit soudain épouvanté.

Le chaos. Un chaos impie. Un vrai chantier. Et dans la chapelle Sixtine !

Cette fois, il dut crier par-dessus le vacarme :

— Je veux croire que nous aurons fini à temps ?

— Ils travailleront toute la nuit si c'est nécessaire, assura O'Malley. Tout ira bien, Éminence. On y arrive toujours. L'Italie, vous savez, ajouta-t-il avec un haussement d'épaules.

— Ah oui, l'Italie ! Effectivement.

Lomeli descendit les marches de l'autel. À sa gauche, il y avait une porte qui donnait sur la petite sacristie qu'on appelait la Chambre des Larmes. C'est là que le nouveau pape irait aussitôt après son élection pour revêtir la tenue pontificale. C'était une drôle de petite pièce au plafond bas et voûté et aux murs blanchis à la chaux, presque une cellule, encombrée de meubles – une table, trois chaises, un divan et le trône qu'il faudrait sortir afin que le nouveau pontife y prenne place et reçoive l'hommage des cardinaux électeurs. Il y avait au centre un portant métallique sur lequel étaient suspendues trois soutanes blanches enveloppées de cellophane – *small*, *medium* et *large* – ainsi que trois étoles et trois mozettes. Une dizaine de boîtes contenaient des mules papales de pointures diverses. Lomeli en sortit une paire. Elles étaient bourrées de papier de soie. Il les retourna entre ses mains et les porta à ses narines pour en respirer le marocain rouge.

— On se prépare à toutes les éventualités, mais on ne peut pas tout prévoir. Ainsi, le pape Jean XXIII était trop gros pour entrer dans la plus grande des soutanes. On a dû boutonner le devant jusqu'en haut et découdre le dos. Il paraît qu'on la lui a mise par les bras, comme un chirurgien qui enfile sa blouse, puis que le tailleur l'a recousue sur lui.

Il reposa les chaussures dans leur boîte et se signa.

— Que Dieu bénisse celui qui sera appelé à les porter.

Les trois hommes quittèrent la sacristie en reprenant en sens inverse l'allée centrale moquettée, franchirent la transenne de marbre et descendirent la rampe en bois qui partait du vestibule. Là, disposés côte à côte de manière incongrue, trônaient deux poêles de fonte. Chacun devait avoir près d'un mètre de hauteur, l'un rond, l'autre carré, et chacun équipé d'un tuyau d'évacuation en cuivre. Le tuyau du poêle rond avait été raccordé à l'autre pour ne former qu'un seul conduit de cheminée. Lomeli examina l'installation d'un œil dubitatif. Tout cela ne paraissait guère solide. Le tuyau, soutenu par un échafaudage étroit, s'élevait à près de vingt mètres avant de sortir par un trou pratiqué dans une fenêtre. Dans le poêle rond, ils étaient censés brûler les bulletins de vote après chaque tour afin d'en préserver le secret ; dans le carré, ils brûleraient les fumigènes – noir pour indiquer un vote non concluant, blanc quand ils auraient décidé du nouveau pape. Tout cet équipement était archaïque, absurde, et curieusement merveilleux.

— Le système a été testé ? demanda Lomeli.

— Oui, Éminence, répondit patiemment O'Malley. Plusieurs fois.

— Évidemment, cela va de soi, dit le doyen en tapotant le bras de l'Irlandais. Désolé d'être aussi pénible.

Ils traversèrent le sol de marbre de la Sala Regia, descendirent l'escalier et émergèrent sur l'aire de stationnement pavée de la cour du Maréchal. Les grandes poubelles sur roulettes débordaient.

— Tout cela aura disparu demain, je suppose ?

— Oui, Éminence.

Le trio passa sous une arche et pénétra dans la cour suivante, puis dans la suivante et encore dans une autre – véritable labyrinthe de cloîtres secrets, avec la Sixtine toujours sur leur gauche. Lomeli ne manquait jamais d'être déçu par l'extérieur de briques brunes de la chapelle. Pourquoi fallait-il que toutes les parcelles du génie humain eussent été monopolisées par cet intérieur exquis – presque trop de génie pour son goût : l'ensemble n'était pas loin de donner une indigestion esthétique – sans que l'on eût accordé la moindre pensée à l'extérieur ? On aurait dit un entrepôt, ou une usine. Mais peut-être était-ce fait exprès. *Tous les trésors de la sagesse et de la connaissance sont cachés dans le mystère de Dieu...*

Ses pensées furent interrompues par O'Malley, qui marchait auprès de lui.

— Au fait, Éminence, l'archevêque Woźniak voudrait vous dire un mot.

— Oh, je ne crois pas que ce soit possible, si ? Les cardinaux commencent à arriver dans une heure.

— Je le lui ai dit, mais il paraissait assez agité.

— C'est à quel sujet ?

— Il n'a pas voulu me le dire.

— Ah, mais vraiment, c'est absurde ! s'exclama-t-il en cherchant du soutien auprès de Mandorff. Sainte-Marthe sera verrouillée à 18 heures. Il aurait dû venir me voir avant. Je ne peux vraiment pas trouver le temps.

— C'est un manque d'égard, pour le moins.

— Je vais le lui dire, assura O'Malley.

Ils poursuivirent leur chemin, dépassèrent les gardes suisses au salut dans leurs guérites et s'avancèrent sur la chaussée. Ils n'avaient pas fait dix pas que Lomeli se morigéna. Il avait parlé trop durement. C'était vaniteux de sa part. C'était peu charitable. Il commençait à avoir la grosse tête, et il ferait mieux de garder à l'esprit que le conclave ne durerait que quelques jours et que, ensuite, plus personne ne s'intéresserait à lui. Plus personne n'aurait à faire semblant d'écouter ses histoires de baldaquins et de gros pape. Il saurait alors ce que c'est que d'être Woźniak, qui venait de perdre non seulement son bien-aimé Saint-Père, mais sa place, sa maison et ses perspectives, le tout en même temps. *Pardonne-moi, Seigneur.*

— En fait, c'était mesquin de ma part, déclara-t-il. Le pauvre doit s'inquiéter pour son avenir. Dites-lui que je serai à la résidence Sainte-Marthe, pour accueillir les cardinaux à leur arrivée, et que je lui accorderai quelques minutes après.

— D'accord, Éminence, répondit O'Malley, qui inscrivit une note sur son bloc.

Avant la construction de la résidence Sainte-Marthe, plus de vingt ans plus tôt, les cardinaux électeurs logeaient au Palais apostolique pendant la durée du conclave. Le puissant archevêque de Gênes, le cardinal Siri, vétéran de quatre conclaves et celui-là même qui avait ordonné Lomeli prêtre dans les années 1960, se plaignait que c'était comme d'être enterré vivant. Les lits étaient entassés dans des bureaux et des salles de réception, et séparés par des rideaux afin de fournir une intimité de fortune. Chaque cardinal ne disposait pour se laver que d'un broc et d'une cuvette. Ils n'avaient pour sanitaires qu'une chaise percée. C'est Jean-Paul II qui avait décrété que des conditions aussi sordides et vétustes n'étaient plus tolérables à la veille du XXIe siècle, et qui avait fait construire la résidence dans le coin sud-ouest de la cité vaticane, ce qui avait coûté pas moins de vingt millions de dollars au Saint-Siège.

42

Elle lui faisait penser à un immeuble soviétique : rectangle de béton couché sur le côté sur cinq étages de haut. La résidence était disposée en deux blocs reliés au milieu par un court passage. Sur les photos aériennes publiées pas la presse ce matin-là, elle ressemblait à un long H majuscule avec une aile nord, le bâtiment A, qui donnait sur la place Sainte-Marthe, et une aile sud, le bâtiment B, qui faisait face à l'enceinte du Vatican contre la cité romaine. La résidence contenait 128 chambres avec salles de bains attenantes, et était gérée par la compagnie des Filles de la Charité de Saint-Vincent-de-Paul. Entre les élections des papes – soit la majeure partie du temps – elle accueillait les prélats en visite et servait de pension semi-permanente pour certains prêtres qui travaillaient dans les bureaux de la Curie. Les derniers de ces résidents avaient dû quitter leur chambre tôt le matin et été transférés à un demi-kilomètre du Vatican, à la Domus Romana Sacerdotalis de la Via della Traspontina. Lorsque le cardinal Lomeli pénétra dans le bâtiment, après sa visite à la chapelle Sixtine, la résidence avait un air abandonné, presque fantomatique. Il franchit le portique de sécurité installé juste à l'intérieur de l'entrée et demanda sa clé à la sœur qui tenait la réception.

Les chambres avaient été attribuées par tirage au sort la semaine précédente. Celle de Lomeli était située au deuxième étage du bâtiment A. Pour y accéder, il devait passer devant l'appartement du défunt pape. Conformément aux lois du Saint-Siège, la suite était scellée depuis le matin qui avait suivi sa mort, et pour Lomeli, dont la coupable distraction était les romans policiers, cela évoquait un peu trop les scènes de crime dont il avait si souvent lu les descriptions. Un ruban rouge dessinait entre la porte et son cadre comme un de ces berceaux de chat que les enfants font en ficelle, maintenu en place par de petits plots de cire frappés au blason du cardinal camerlingue. Un grand vase de lis blancs exhalant un parfum suave était posé devant la porte. Sur les tables installées de part et d'autre, deux douzaines de veilleuses votives en godets de verre rouge projetaient une lueur vacillante dans la pénombre hivernale. Cet étage, qui, en tant que siège effectif du gouvernement de l'Église, avait été si animé, était à présent désert. Lomeli s'agenouilla et sortit son chapelet. Il essaya de prier, mais ses pensées ne cessaient de le ramener à sa dernière conversation avec le Saint-Père.

Vous connaissiez mes difficultés, dit-il à la porte close, *et vous avez refusé ma démission. Fort bien. Je comprends. Vous deviez avoir vos raisons. Maintenant, insufflez-moi au moins la force et la sagesse de trouver comment m'acquitter de cette épreuve.*

Il entendit l'ascenseur s'immobiliser derrière lui et les portes s'ouvrir, mais lorsqu'il regarda par-dessus son épaule, il n'y avait personne. Les portes se refermèrent et la cabine reprit son ascension. Le doyen rangea son chapelet et se releva péniblement.

Sa chambre se situait à mi-couloir, sur la droite. Il déverrouilla la porte et entra dans une pièce obscure, puis chercha à tâtons le commutateur et alluma la lumière. Il eut la mauvaise surprise de découvrir qu'il ne disposait pas de salon mais d'une simple chambre à coucher avec murs blancs, parquet vitrifié et lit de fer. Lomeli se dit alors que c'était mieux ainsi. Il jouissait au palais du Saint-Office d'un appartement de quatre cents mètres carrés. Cela ne lui ferait pas de mal de retrouver une vie plus simple.

Il ouvrit la fenêtre et voulut faire de même avec les volets, oubliant qu'ils avaient été bloqués, comme tous ceux de la résidence. On avait retiré tous les téléviseurs et les radios. Les cardinaux devaient être complètement coupés du monde pendant toute la durée de l'élection afin qu'aucune personne, aucune information, ne puisse influencer leurs méditations. Le doyen se demanda quelle vue il aurait s'il pouvait ouvrir les volets. Saint-Pierre ou la ville ? Il était déjà désorienté.

Il vérifia le placard et constata avec satisfaction que son diligent chapelain, le père Zanetti, avait apporté sa valise de son appartement et l'avait même vidée pour lui. Sa tenue de chœur était accrochée, sa barrette rouge reposait sur l'étagère du haut et ses sous-vêtements étaient dans les tiroirs. Lomeli compta les paires de chaussettes et sourit. Assez pour une semaine. Zanetti était un pessimiste. Dans la toute petite salle de bains, il avait disposé la brosse à dents, le rasoir et le blaireau ainsi qu'une boîte de somnifères. Il y avait sur le bureau son bréviaire et sa bible, un exemplaire relié d'*Universi Dominici Gregis*, qui fixait les règles pour l'élection d'un nouveau pape, et un dossier bien plus épais, préparé par O'Malley, qui contenait les biographies de tous les cardinaux électeurs ainsi que leurs photos. À côté, une chemise de cuir contenant le brouillon de l'homélie qu'il devrait prononcer le lendemain, durant la messe télévisée qu'il célébrerait dans la basilique Saint-Pierre. Sa simple vue suffit à lui donner des crampes d'estomac, et il dut se précipiter dans la salle de bains. Il s'assit ensuite au bord du lit, tête penchée en avant.

Il tenta de se convaincre que son sentiment de ne pas être à la hauteur témoignait simplement de l'humilité de rigueur. Il était cardinal-évêque d'Ostie. Avant cela, il avait été cardinal-prêtre de San Marcello al Corso, et encore avant, archevêque en titre d'Aquilée. À tous ces postes, aussi symboliques qu'ils aient été, il avait joué un rôle actif : il avait prononcé des sermons, dit la messe et entendu des confessions. Mais on pouvait être le plus grand prince de l'Église universelle et être dépourvu des compétences les plus élémentaires du petit prêtre de campagne. Si seulement il avait eu l'expérience d'une paroisse ordinaire, ne fût-ce que pendant un an ou deux ! Au lieu de quoi, depuis son ordination, sa carrière ecclésiastique – d'abord comme professeur de droit canon, puis comme diplomate et enfin, brièvement, comme secrétaire d'État – lui donnait l'impression de l'avoir éloigné de Dieu plutôt que de L'en avoir rapproché. Plus haut il était monté, plus loin le ciel lui avait semblé. Et voilà qu'il lui incombait, entre toutes les créatures indignes, de guider ses frères cardinaux dans leur choix de celui qui détiendrait les clés de Saint-Pierre.

Servus fidelis. Un serviteur fidèle. C'était inscrit sur son blason. Une devise prosaïque pour un homme prosaïque.

Un administrateur...

Au bout d'un moment, il retourna dans la salle de bains et se versa un verre d'eau.

Très bien, alors, se dit-il. *Administre.*

Les portes de la résidence Sainte-Marthe seraient fermées à 18 heures. Personne ne serait admis après.

— Arrivez tôt, Éminences, avait recommandé Lomeli aux cardinaux lors de leur dernière congrégation, et rappelez-vous qu'aucune communication avec l'extérieur ne sera autorisée une fois que vous aurez intégré la résidence. Tous les téléphones, tablettes et ordinateurs portables doivent être remis à la réception. Vous devrez franchir un portique de détection pour être certain qu'il n'y ait pas d'oubli, mais cela accélérerait considérablement les choses si vous remettiez tout directement.

À 14 h 55, un manteau d'hiver glissé sur sa soutane, il se tenait devant l'entrée, encadré par ses assistants. Cette fois encore, Mgr O'Malley, secrétaire du Collège, et l'archevêque Mandorff, maître des célébrations liturgiques pontificales, l'accompagnaient, avec les quatre auxiliaires de Mandorff : deux maîtres de cérémonie, dont l'un était un prélat et l'autre un prêtre, et deux frères de l'ordre de Saint-Augustin qui étaient attachés à la sacristie pontificale. Lomeli avait également droit au service de son chapelain, le jeune père Zanetti. Ce petit groupe restreint et les deux médecins qui devaient rester à disposition en cas d'urgences médicales constituaient la totalité de ceux qui superviseraient l'élection de la figure spirituelle la plus puissante de la terre.

Le froid s'installait. Invisible, mais tout proche dans le ciel déjà sombre de novembre, un hélicoptère s'attardait à deux cents mètres au-dessus du sol. Le bourdonnement des rotors semblait parvenir par vagues, s'intensifiant et diminuant selon que l'appareil ou le vent changeait de direction. Lomeli scruta les nuages pour essayer de déterminer où il était. Il s'agissait probablement d'une équipe de télévision envoyée pour prendre des images aériennes de l'arrivée des cardinaux ; à moins que l'hélicoptère ne fasse partie du service d'ordre ? Le doyen avait été mis au courant des mesures de sécurité par le ministre de l'Intérieur italien, un économiste au visage juvénile, issu d'une famille catholique renommée, qui n'avait jamais rien fait d'autre que de la politique et dont les mains tremblaient lorsqu'il parcourait ses notes. Le ministre avait répété que la menace terroriste était considérée comme sérieuse et imminente. Des missiles antiaériens et des snipers seraient postés sur les toits des immeubles autour du Vatican. Cinq mille militaires et policiers en uniforme patrouilleraient ouvertement les rues avoisinantes en démonstration de force et plusieurs centaines d'agents en civil se mêleraient à la foule. À la fin de l'entretien, le ministre avait demandé à Lomeli de le bénir.

De temps à autre, par-dessus le ronronnement de l'hélicoptère, on entendait la rumeur d'une lointaine manifestation : des milliers de voix qui psalmodiaient en chœur, ponctuées par des klaxons, des roulements de tambours et des sifflets. Lomeli s'efforça de déterminer contre quoi on manifestait. C'était impossible. Partisans du mariage gay et opposants à l'union civile, avocats du divorce et collectifs des Familles pour l'unité catholique, femmes réclamant d'être ordonnées prêtres et femmes revendiquant le droit à la contraception et à l'avortement, musulmans et antimusulmans, immigrants et anti-immigrants... tous se mêlaient en une même cacophonie de rage indistincte. Des sirènes de police se déclenchèrent, d'abord une, puis une autre et enfin une troisième, comme si elles se couraient après depuis des coins opposés de la ville.

Nous sommes une arche, songea-t-il, entourée par le flot montant de la discorde.

De l'autre côté de la place, au coin le plus proche de la basilique, un carillon mélodieux marqua les quatre quarts d'heure en une succession rapide ; puis la grande cloche de Saint-Pierre sonna 15 heures. Inquiets, les agents de sécurité en courts manteaux noirs posaient, tournaient et s'agitaient telle une bande de corbeaux.

Quelques minutes plus tard, les premiers cardinaux firent leur apparition. Ils portaient leur longue soutane noire à liseré rouge ordinaire, avec la large ceinture de soie rouge nouée à la taille et une calotte rouge sur la tête. Ils remontaient la côte depuis la direction du palais du Saint-Office et étaient accompagnés d'un garde suisse en casque à plumet, armé d'une hallebarde. La scène aurait pu se dérouler au XVIᵉ siècle s'il n'y avait eu le bruit de leurs valises à roulettes qui tressautaient sur les pavés.

Les prélats approchaient. Lomeli carra les épaules. Il reconnut deux cardinaux grâce à ses fiches. À gauche, il y avait le cardinal brésilien Sá, archevêque de São Salvador da Bahia (*60 ans, théologien de la libération, pape possible, mais pas cette fois-ci*), et à droite, le vieux cardinal chilien Contreras, archevêque émérite de Santiago (*77 ans, ultraconservateur, en son temps confesseur du général Augusto Pinochet*). Entre eux, venait un petit personnage digne. Il mit plus de temps à le resituer : le cardinal Hierra, archevêque de Mexico, dont le nom seul revenait à Lomeli. Il devina tout de suite que les trois prélats avaient déjeuné ensemble, sans doute pour tenter de s'accorder sur un candidat. Ils étaient dix-neuf cardinaux électeurs d'Amérique latine, et s'ils devaient voter en bloc, ils représenteraient une vraie puissance. Mais il suffisait d'observer l'attitude du Brésilien et du Chilien, la façon dont ils évitaient même de se regarder, pour comprendre qu'un tel front commun était impossible. Ils s'étaient probablement déjà disputés rien que pour décider du restaurant où se retrouver.

— Mes frères, les accueillit le doyen en ouvrant les bras, bienvenue.

L'archevêque mexicain entreprit aussitôt de se plaindre dans un mélange d'espagnol et d'italien de sa traversée de Rome – il montra sa manche d'étoffe sombre maculée de crachats – et de leur réception au Vatican, qui n'avait guère été meilleure. Ils avaient dû présenter leurs passeports, se prêter à une fouille au corps et ouvrir leurs bagages.

— Sommes-nous des criminels de droit commun, Doyen, ou de quoi s'agit-il ?

Lomeli saisit fermement la main agitée dans les siennes.

— Éminence, j'espère au moins que vous avez bien déjeuné – ce sera la dernière fois avant un certain temps – et je regrette que vous vous soyez senti humilié. Mais nous devons faire de notre mieux pour assurer la sécurité de ce conclave, et je crains que cela n'entraîne pour nous tous certains inconvénients. Le père Zanetti va vous conduire à la réception.

Alors, sans lui lâcher la main, il poussa doucement Hierra vers l'entrée de la résidence Sainte-Marthe avant de le libérer. O'Malley les regarda s'éloigner, cocha leurs noms sur la liste puis se tourna vers Lomeli en haussant les sourcils. Le doyen lui retourna un tel regard noir que les joues couperosées du secrétaire du Collège virèrent au cramoisi. Il avait beau apprécier le sens de l'humour de l'Irlandais, il ne tolérerait pas que l'on se moque de ses cardinaux.

Un autre trio gravissait déjà la côte. Des Américains, se dit Lomeli, ils ne se quittaient pas : ils avaient même commencé à donner ensemble des conférences de presse quotidiennes jusqu'à ce qu'il y mette un terme. Il devina qu'ils avaient partagé un taxi pour venir de la Villa Stritch, résidence romaine des membres du clergé américain. Il reconnut l'archevêque de Boston, Willard Fitzgerald (*68 ans, préoccupé par ses responsabilités pastorales, doit encore faire le ménage après les scandales d'abus sexuels, bon avec les médias*), Mario Santos SJ, archevêque de Galveston-Huston (*70 ans, président de la Conférence des évêques catholiques des États-Unis, réformateur modéré*), et Paul Krasinski (*79 ans, archevêque émérite de Chicago, préfet émérite de la Signature apostolique, traditionaliste, fervent partisan des Légionnaires du Christ*). Comme les Latino-Américains, les Nord-Américains cumulaient dix-neuf voix, et l'on supposait généralement que

Tremblay, en tant qu'archevêque émérite de Québec, en récolterait la plupart. Il n'obtiendrait pas cependant celle de Krasinski, l'archevêque de Chicago s'étant déjà déclaré en faveur de Tedesco, et cela en des termes destinés à insulter le défunt pape : «Il nous faut un Saint-Père qui puisse ramener l'Église dans le droit chemin après une si longue période d'égarement.» Il marchait en s'appuyant sur deux cannes, et il en brandit une en direction de Lomeli. Le garde suisse portait sa grosse valise de cuir.

— Bonjour, Doyen, lança-t-il, visiblement heureux d'être de retour à Rome. Je parie que vous ne pensiez pas me revoir !

Il était le plus ancien membre du conclave : encore un mois, et il atteindrait les quatre-vingts ans fatidiques, soit la limite d'âge pour participer au vote. Il souffrait aussi de la maladie de Parkinson, et l'on avait douté jusqu'à la dernière minute qu'il fût autorisé à accomplir le voyage. Eh bien, songea sombrement Lomeli, il avait réussi à venir quand même, et on ne pouvait plus rien y faire.

— Au contraire, Éminence, nous n'aurions jamais osé tenir un conclave sans vous.

Krasinski jeta un regard vers la résidence Sainte-Marthe.

— Alors ! Où m'avez-vous mis ?

— J'ai fait en sorte que vous ayez une suite au rez-de-chaussée.

— Une suite ! C'est très aimable de votre part, Doyen. Je croyais que les chambres étaient attribuées au hasard ?

Lomeli se pencha vers lui.

— J'ai truqué le tirage au sort, chuchota-t-il.

— Ha ! fit Krasinski en frappant le pavé d'une de ses cannes. Avec vous, les Italiens, ça ne m'étonnerait pas que vous l'ayez fait pour toutes les chambres !

Et il s'éloigna en clopinant. Ses compagnons s'attardèrent, gênés, comme des invités à un mariage de famille contraints d'amener avec eux un vieux parent dont ils ne pouvaient garantir le comportement. Santos haussa les épaules.

— Toujours ce même bon vieux Paul, j'en ai peur.

— Oh, ce n'est rien. On se taquine depuis des années.

Curieusement, Lomeli éprouvait presque une affection nostalgique pour la vieille bête. Ils étaient tous les deux rescapés d'un autre âge. Ce serait leur troisième élection pontificale. Ils n'étaient pas beaucoup à pouvoir en dire autant. La plupart de ceux qui arrivaient n'avaient jamais participé à un conclave de leur vie ; et si le collège élisait quelqu'un d'assez jeune, la majorité d'entre eux n'en connaîtraient jamais d'autre. C'était l'histoire qu'ils allaient écrire et, à mesure que l'après-midi s'écoulait et qu'ils gravissaient la côte avec leurs valises, parfois seuls, mais souvent par groupes de trois ou quatre, Lomeli fut touché de constater que beaucoup étaient émerveillés d'être là, même ceux qui s'efforçaient d'afficher une certaine nonchalance.

Quelle extraordinaire diversité de nationalités ils représentaient – quel témoignage de l'ampleur de l'Église universelle que des hommes nés si différents puissent se retrouver dans leur foi en Dieu ! Des Églises d'Orient, maronite et copte, venaient les patriarches du Liban, d'Antioche et d'Alexandrie ; d'Inde débarquèrent les archevêques majeurs de Trivandrum et d'Ernakulam-Angamaly, et aussi l'archevêque de Ranchi, Saverio Xalxo, dont Lomeli prit un plaisir particulier à prononcer correctement le nom :

— Cardinal Khal-koh, bienvenue au conclave...

L'Extrême-Orient leur envoyait un total de treize archevêques – Jakarta et Cebu, Bangkok et Manille, Séoul et Tokyo, Hô Chi Minh-Ville et Hong Kong... pendant que treize autres arrivaient d'Afrique – Maputo, Kampala, Dar-es-Salam, Khartoum, Addis Abeba... Lomeli était certain que les Africains voteraient en bloc pour le cardinal Adeyemi. Vers le milieu de l'après-midi, il vit le Nigérian traverser la place en direction du palais du Saint-Office puis revenir quelques minutes plus tard avec un groupe de cardinaux africains. Sans doute était-il allé les chercher à la grille. Tout en marchant, il leur désignait tel et tel bâtiment, comme s'il leur faisait faire le tour du propriétaire. Il les amena à Lomeli afin qu'ils soient accueillis officiellement, et celui-ci fut frappé par la déférence qu'ils témoignaient tous au Nigérian, même les éminences aux cheveux gris comme Zucula du Mozambique et Mwangale le Kenyan, qui roulaient pourtant leur bosse depuis bien plus longtemps.

Néanmoins, pour gagner, Adeyemi devrait chercher des soutiens au-delà de l'Afrique et du tiers-monde, et c'était là que résidait pour lui la difficulté. Il pourrait gagner des voix en Afrique en s'attaquant, comme il ne s'en privait pas, au «Satan du capitalisme mondial» et à l'«abomination de l'homosexualité», mais il en perdrait en Europe et en Amérique. Et c'étaient encore les cardinaux européens – cinquante-six en tout – qui dominaient le conclave et que Lomeli connaissait le mieux. Il entretenait avec certains, comme Ugo De Luca, l'archevêque de Gênes, qui était son condisciple au séminaire diocésain, des liens d'amitié depuis un demi-siècle. Et il rencontrait les autres à l'occasion de conférences diverses depuis plus de trente ans.

Il vit approcher, bras dessus, bras dessous, les deux grands théologiens réformateurs d'Europe occidentale, autrefois ostracisés mais à qui le Saint-Père avait accordé la barrette rouge en signe de défi : le cardinal belge Vandroogenbroek (*68 ans, ex-professeur de théologie à l'université de Louvain, défenseur de la nomination de femmes à la Curie, candidat impossible*), et le cardinal allemand Löwenstein (*77 ans, archevêque émérite de Rottenburg-Stuttgart, a fait l'objet d'une enquête pour hérésie de la Congrégation pour la Doctrine de la Foi en 1997*). Le patriarche de Lisbonne, Rui Brandão D'Cruz, arriva un cigare aux lèvres et s'attarda sur le seuil de la résidence, visiblement peu désireux de l'éteindre. L'archevêque de Prague, Jan Jandaček, traversa la place en claudiquant, résultat des tortures que lui avait fait subir la police secrète tchèque quand il travaillait clandestinement comme jeune prêtre, dans les années 1960. Il y avait l'archevêque émérite de Palerme, Calogero Scozzazi, soupçonné par trois fois de blanchiment d'argent mais jamais poursuivi, et l'archevêque de Riga, Gatis Brotzkus, dont la famille s'était convertie au catholicisme après la guerre et l'exécution de sa mère juive par les nazis. Il y avait le Français Jean-Baptiste Courtemarche, archevêque de Bordeaux qui avait été excommunié pour avoir suivi les dérives hérétiques de Mgr Lefebvre, et que l'on avait enregistré à son insu en train de nier l'existence de l'holocauste. Il y avait l'archevêque espagnol de Tolède, Modesto Villanueva – à cinquante-quatre ans, le plus jeune membre du conclave –, organisateur des Jeunesses catholiques et qui soutenait que le meilleur chemin vers Dieu passait par la beauté de la culture...

Enfin – et, pour la plupart, ils arrivèrent effectivement à la fin – venait un groupe de cardinaux distinct et très fermé : les deux douzaines de membres de la Curie qui vivaient de manière permanente à Rome et dirigeaient les grandes administrations de l'Église. Ils formaient de fait leur propre section au sein du Collège, l'ordre des cardinaux-diacres. Beaucoup, comme Lomeli, avaient la jouissance d'un appartement dans l'enceinte du Vatican. La plupart étaient italiens. Pour eux, ce n'était rien de traverser la place Sainte-Marthe avec leur valise. Et cela eut pour conséquence qu'ils s'attardèrent au déjeuner et furent les derniers à se présenter. Et même si Lomeli les accueillit aussi chaleureusement que les autres – c'étaient ses voisins, après tout –, il ne put s'empêcher de remarquer qu'ils leur manquait ce don précieux d'émerveillement qu'il avait détecté chez ceux qui venaient de l'autre bout du monde. Ils avaient beau être des hommes de bien, ils avaient perdu leur innocence ; ils étaient blasés. Lomeli avait décelé la même altération spirituelle en lui-même, et il avait prié pour avoir la force de la combattre. Le pape n'avait cessé de les tancer à ce propos : «Faites attention, mes frères. Prenez garde de ne pas vous laisser corrompre par les vices de tous les courtisans à travers les âges – les péchés de vanité, de duplicité, de malveillance et de médisance.» Le jour de la mort du pape, quand Bellini avait confié que le Saint-Père avait perdu sa foi en l'Église – révélation si perturbante pour Lomeli que celui-ci n'avait cessé depuis de la bannir de son esprit –, c'était sans doute à ces bureaucrates qu'il faisait référence.

Et cependant, c'était bien le pape qui les avait tous nommés. Personne ne l'avait obligé à les choisir. Il y avait par exemple le préfet de la Congrégation pour la Doctrine de la Foi, le cardinal Simo Guttuso. Les progressistes avaient fondé de si grands espoirs sur le cordial cardinal de Florence. Ils le surnommaient même «le second Jean XXIII». Or, loin d'accorder plus d'autonomie aux évêques, ce qui était son cheval de bataille avant d'entrer à la Curie, Guttuso, une fois installé, s'était révélé tout aussi autoritaire que ses prédécesseurs, et simplement plus paresseux. Il était devenu très gros, évoquant un personnage de la Renaissance, et parcourut avec difficulté la courte distance de son immense appartement du palais Saint-Charles à la résidence Sainte-Marthe, qui était presque voisine. Il laissait son chapelain personnel se débattre avec ses trois valises.

Avec un regard sur les bagages en question, Lomeli demanda :

— Mon cher Simo, essayez-vous de faire entrer votre chef cuisinier en douce ?

— Eh bien, Doyen, on ne sait pas quand nous pourrons rentrer chez nous, si ? Ni même, en l'occurrence, ajouta Guttuso d'une voix rauque en prenant la main de Lomeli entre ses deux paumes grasses et moites, si nous y retournerons.

La phrase resta en suspens quelques secondes, et Lomeli pensa soudain : Mon Dieu, il croit vraiment qu'il pourrait être élu. Mais alors, Guttuso lui adressa un clin d'œil.

— Ah, Lomeli ! Si vous aviez vu votre tête ! Ne vous en faites pas, je plaisante. Je suis de ceux qui connaissent leurs limites, contrairement à certains de nos frères...

Il embrassa le doyen sur les deux joues et s'éloigna péniblement. Lomeli le regarda faire une pause sur le seuil de la résidence pour reprendre son souffle, puis disparaître à l'intérieur.

Il se dit que Guttuso avait eu de la chance que le Saint-Père meure à ce moment-là. Encore quelques mois, et Lomeli ne doutait pas qu'on lui aurait demandé de remettre sa démission. Il avait entendu le pape le répéter bien souvent : «Je veux une Église pauvre. Je veux une Église qui soit plus proche du peuple. Guttuso a une bonne âme, mais il a oublié d'où il vient.» Et le Saint-Père avait cité Matthieu : «Jésus lui dit : Si tu veux être parfait, va, vends ce que tu possèdes, donne-le aux pauvres, et tu auras un trésor dans le ciel. Puis viens, et suis-moi.» Lomeli estimait que le Saint-Père avait en tête de destituer près de la moitié des hauts fonctionnaires qu'il avait nommés. Bill Rudgard, par exemple, qui arriva peu après Guttuso : il avait beau être de New York et ressembler à un banquier de Wall Street, il avait lamentablement échoué à maîtriser l'administration financière de sa charge, la Congrégation des causes des saints. («Entre vous et moi, je n'aurais jamais dû nommer un Américain à ce poste. Ils sont tellement innocents qu'ils n'ont aucune idée du fonctionnement de la corruption. Vous saviez que le taux actuel, pour une béatification, serait, paraît-il, de trois quarts de million d'euros ? Le seul miracle est qu'on veuille payer pour ça...»)

Quant au personnage qui intégra juste après la résidence, le cardinal Tutino, préfet de la Congrégation pour les évêques, il aurait sûrement été viré à la nouvelle année. La presse l'avait épinglé pour avoir dépensé un demi-million d'euros à seule fin de rassembler deux appartements pour obtenir de quoi loger les trois nonnes et le chapelain qu'il estimait nécessaires à son service. Tutino avait été tellement éreinté par les médias qu'il semblait avoir subi une agression physique. Quelqu'un avait livré ses courriels personnels, et le préfet ne songeait plus qu'à découvrir qui. Il avançait furtivement et jeta un œil par-dessus son épaule. Il lui fut difficile de croiser le regard de Lomeli, et, après des salutations pour le moins hâtives, il se glissa dans la résidence, ne portant ostensiblement qu'un fourre-tout en plastique bon marché pour tout bagage.

À 17 heures, le soir tombait déjà. Alors que le soleil sombrait, le froid s'intensifiait. Lomeli voulut savoir combien de cardinaux on attendait encore. O'Malley consulta sa liste :

— Quatorze, Éminence.

— Cent trois de nos brebis sont donc à l'abri dans la bergerie avant la nuit. Rocco, reprit-il en se tournant vers son prêtre, vous voudriez avoir la gentillesse d'aller me chercher mon écharpe ?

L'hélicoptère était parti, mais les derniers manifestants se faisaient encore entendre. On percevait le rythme régulier d'un battement de tambour.

— Je me demande où est passé le cardinal Tedesco ? lâcha le doyen.

— Peut-être qu'il ne viendra pas, hasarda O'Malley.

— On peut toujours rêver ! Oh, pardonnez-moi. Ce n'était pas charitable.

Il ne pouvait guère reprocher au secrétaire du Collège son manque de respect si lui-même se montrait caustique. Il devrait penser à confesser son péché.

Le père Zanetti revint avec son écharpe à l'instant où le cardinal Tremblay apparut, cheminant seul de la direction du Palais apostolique. Sa tenue de chœur emballée dans le film de la blanchisserie jetée sur son épaule, il tenait à la main un sac de sport Nike. C'était l'image qu'il projetait depuis les obsèques du Saint-Père : un pape des temps modernes – sans prétention, décontracté, accessible – alors même que chaque brin de sa somptueuse chevelure argentée était toujours à sa place sous la calotte rouge. Lomeli s'était attendu à voir la candidature du Canadien s'estomper dès les premiers jours, mais Tremblay savait comment garder les projecteurs braqués sur lui. En tant que camerlingue, il lui revenait de gérer quotidiennement les affaires de l'Église jusqu'à l'élection d'un nouveau pontife. Cela ne représentait pas une charge trop lourde. Il convoquait néanmoins les cardinaux à des réunions quotidiennes dans la salle du Synode, à la suite desquelles il tenait des conférences de presse. On ne tarda pas à lire dans les journaux des articles citant «des sources vaticanes» pour souligner combien son «habile gouvernement» avait impressionné ses pairs. Et il avait d'autres moyens, plus tangibles, de se mettre en avant. C'était lui, en tant que préfet de la Congrégation pour l'évangélisation des peuples, que les cardinaux des pays en voie de développement, en particulier les plus pauvres d'entre eux, venaient voir pour obtenir des subsides, non seulement pour leur œuvre missionnaire, mais aussi pour les frais de leur séjour à Rome entre les funérailles du pape et le conclave. Il était difficile de ne pas être impressionné. Quand un homme était tellement certain d'être promis à une grande destinée, peut-être avait-il réellement été choisi? Peut-être avait-il reçu un signe, invisible au reste du monde? En tout cas, Lomeli, lui, ne voyait rien.

— Joe, bienvenue.

— Jacopo, fit Tremblay sur un ton affable en soulevant ses bras encombrés pour montrer qu'il ne pouvait pas lui serrer la main.

S'il gagne, se promit Lomeli dès que le Canadien se fut éloigné, je quitte Rome dès le lendemain.

Il noua l'écharpe de soie noire autour de son cou et enfonça profondément les mains dans les poches de son pardessus. Il frappa des pieds contre le pavé.

— Nous pourrions attendre à l'intérieur, Éminence, proposa Zanetti.

— Non, je préfère prendre l'air pendant que j'en ai encore la possibilité.

Le cardinal Bellini n'arriva pas avant 17 h 30. Lomeli repéra sa grande silhouette maigre, qui avançait parmi les ombres sur le pourtour de la place. Il tirait une valise d'une main, et, de l'autre, portait une épaisse serviette noire tellement bourrée de livres et de papiers qu'elle fermait à peine. Il avait la tête penchée, et paraissait perdu dans ses réflexions. Tout le monde s'accordait à voir en Bellini le favori pour accéder au trône de Saint-Pierre. Lomeli se demanda quelles pensées lui traversaient l'esprit à cette perspective. Il était bien au-dessus des médisances et de la duplicité, et les critiques du pape touchant à la Curie ne le concernaient pas. Il avait fait preuve d'un tel zèle dans ses fonctions de secrétaire d'État que les gestionnaires s'étaient vus contraints de lui fournir une deuxième équipe d'assistants pour travailler avec lui tous les soirs, de 18 heures jusque tard dans la nuit. Plus que tout autre membre du collège, il avait les capacités physiques et mentales pour être pape. Et c'était un homme de prière. Lomeli avait déjà décidé qu'il voterait pour lui, bien qu'il ait pris garde de n'en rien dire, et Bellini était trop pointilleux pour poser la question. L'ancien secrétaire était tellement absorbé par sa méditation qu'il faillit passer à côté du comité d'accueil. Puis, à la dernière seconde, il se rappela où il était, leva les yeux et leur souhaita une bonne soirée. Il avait le visage particulièrement pâle et tiré.

— Je suis le dernier ?

— Pas tout à fait. Comment te sens-tu, Aldo ?

— Oh, affreusement mal !

Il parvint à produire un sourire pincé et tira Lomeli de côté.

— Eh bien, tu as lu les journaux, aujourd'hui... comment voudrais-tu que je me sente ? J'ai déjà médité deux fois sur les *Exercices spirituels* de saint Ignace rien que pour tenter de garder les pieds sur terre.

— Oui, j'ai vu la presse, et si tu veux un conseil, tu ferais mieux d'ignorer tous ces prétendus « experts ». Laisse Dieu décider, mon ami. Si telle est Sa volonté, cela arrivera, sinon, non.

— Mais je ne suis pas que l'instrument passif de Dieu, Jacopo. J'ai quand même mon mot à dire. Il nous a fait don du libre arbitre. Ce n'est pas que je le veuille, tu comprends ? ajouta-t-il en baissant la voix pour ne pas être entendu par les autres. Aucune personne saine d'esprit ne pourrait réellement désirer être pape.

— Certains frères en donnent pourtant l'impression.

— Alors ce sont des inconscients, ou pire. Nous avons vu tous les deux ce qu'a subi le Saint-Père. C'était un calvaire.

— Tu devrais tout de même t'y préparer. Vu le tour que prennent les choses, ça pourrait bien tomber sur toi.

— Mais si je ne veux pas ? Si je sais au fond de moi que je n'en suis pas digne ?

— N'importe quoi. Tu en es le plus digne d'entre nous.

— Pas du tout.

— Alors demande à tes partisans de ne pas voter pour toi. Passe le calice à quelqu'un d'autre.

Une expression torturée traversa le visage de Bellini.

— Pour *le* laisser le prendre ?

Il désigna d'un signe de tête la silhouette trapue, courtaude, presque carrée qui montait vers eux, le grand Suisse à plumet qui l'accompagnait rendant son allure d'autant plus comique.

— *Il* n'a pas de doutes, lui, reprit Bellini. Il est tout à fait prêt à balayer tous les progrès que nous avons accomplis depuis soixante ans. Comment pourrais-je encore me regarder dans une glace si je n'essaie pas de l'en empêcher ?

Puis, sans attendre de réponse, il s'éloigna à pas pressés vers la résidence Sainte-Marthe, laissant Lomeli affronter le patriarche de Venise.

Jamais Lomeli n'avait rencontré d'ecclésiastique qui ressemblât moins à un homme d'Église que le cardinal Goffredo Tedesco. Si vous montriez sa photo à quelqu'un qui ne le connaîtrait pas, celui-ci penserait peut-être à un boucher à la retraite, ou un conducteur d'autobus. Il venait d'une famille de paysans de Basilicata, tout au sud, et était le benjamin d'une fratrie de douze enfants – le genre de famille qui était si commune en Italie autrefois, mais qui avait pratiquement disparu depuis la Seconde Guerre mondiale. Il avait eu le nez cassé dans sa jeunesse, et en avait gardé un appendice bulbeux et légèrement tordu. Ses cheveux étaient trop longs et séparés par une raie approximative. Il s'était visiblement rasé à la va-vite. Dans la demi-pénombre, il rappela à Lomeli un personnage d'un autre siècle : Gioachino Rossini, peut-être.

Mais cette image rustique n'était qu'une feinte. Tedesco avait décroché deux diplômes en théologie, parlait couramment cinq langues et avait été l'un des protégés de Ratzinger à la Congrégation pour la Doctrine de la Foi, où on l'avait surnommé le sbire du Panzer Kardinal. Tedesco s'était tenu à l'écart de Rome depuis les obsèques du pape, prétextant un coup de froid. Bien sûr, personne n'y avait cru. Il n'avait guère besoin de davantage de publicité, et son absence alimentait le mythe.

— Toutes mes excuses, Doyen. Mon train a été retardé à Venise.

— Vous allez bien ?

— Oh, pas trop mal... mais peut-on jamais aller bien à nos âges ?

— Vous nous avez manqué, Goffredo.

— Sûrement, répliqua-t-il en riant. Hélas, on ne fait pas ce qu'on veut. Mais mes amis m'ont tenu informé. À plus tard, Doyen. Non, non, mon brave, ajouta-t-il à l'adresse du garde suisse. Donnez-moi ça.

Et ainsi, homme du peuple jusqu'au bout, il insista pour porter lui-même sa valise à l'intérieur.

3

Révélations

À 17 h 45, l'archevêque émérite de Kiev, Vadym Yatsenko, arriva poussé sur un fauteuil roulant. O'Malley cocha d'un grand geste théâtral son bloc et déclara que les 117 cardinaux étaient désormais bel et bien rassemblés dans la résidence.

Ému et soulagé, Lomeli baissa la tête et ferma les yeux. Les sept organisateurs du conclave l'imitèrent.

— Père céleste, prononça-t-il, Créateur du ciel et de la terre, Tu nous as choisis pour être Ton peuple. Aide-nous à porter Ta gloire dans tout ce que nous entreprenons. Bénis ce conclave et guide-le dans la sagesse, rassemble Tes serviteurs, et aide-nous à nous rencontrer dans l'amour et la joie. Père, nous louons Ton nom à présent et à jamais. Amen.

— Amen.

Il se tourna vers la résidence Sainte-Marthe. Maintenant que tous les volets étaient condamnés, pas un rai de lumière ne filtrait des étages, et c'était devenu un bunker. Seule l'entrée était illuminée. Derrière l'épais verre blindé, des prêtres et des agents de sécurité s'agitaient silencieusement dans le halo jaune, telles des créatures dans un aquarium.

Lomeli parvenait presque à la porte quand quelqu'un lui toucha le bras.

— Éminence, lui dit Zanetti, vous vous souvenez que l'archevêque Woźniak vous attend ?

— Ah oui... Janusz ; j'avais oublié. Ça va être un peu juste, non ?

— Il sait qu'il doit être parti à 18 heures, Éminence.

— Où est-il ?

— Je lui ai demandé d'attendre dans une des salles du rez-de-chaussée.

Lomeli répondit au salut du garde suisse et pénétra dans la chaleur de la résidence. Il suivit Zanetti dans le hall tout en déboutonnant son manteau. Après le froid vif du dehors, il étouffait. De petits groupes de cardinaux s'attardaient en bavardant parmi les colonnes de marbre. Il leur sourit au passage. Qui étaient-ils ? Sa mémoire l'abandonnait. Quand il était nonce du pape, il connaissait les noms de tous les autres diplomates ainsi que ceux de leurs épouses et même de leurs progénitures. Chaque conversation se chargeait dorénavant de la menace d'une gêne.

Il remit son manteau et son écharpe à Zanetti à l'entrée de la salle située en face de la chapelle.

— Cela vous dérangerait de monter cela pour moi ?

— Vous ne voulez pas que je reste ?

— Non, je vais me débrouiller, dit Lomeli me posant la main sur la poignée. Rappelez-moi, à quelle heure sont les vêpres ?

— 18 h 30, Éminence.

Le doyen ouvrit la porte. L'archevêque Woźniak lui tournait le dos, au fond de la salle. Il semblait contempler le mur nu. Il flottait dans l'air un parfum ténu mais indubitable d'alcool. Une fois encore, Lomeli dut réprimer son irritation. Comme s'il n'avait pas déjà assez à faire !

— Janusz ?

Il s'avança vers Woźniak, prêt à lui donner l'accolade, mais s'inquiéta en voyant l'ancien maître de la Maison pontificale tomber à genoux et faire le signe de croix.

— Éminence, au nom du Père, du Fils et du Saint-Esprit. Ma dernière confession remonte à quatre semaines...

Lomeli tendit la main.

— Janusz, Janusz, pardonne-moi, mais je n'ai tout simplement pas le temps de t'entendre en confession. Les portes se ferment dans quelques minutes, et tu devras partir. Assieds-toi, s'il te plaît, et dis-moi rapidement ce qui te trouble.

Il aida l'archevêque à se lever, le conduisit à une chaise et s'assit à côté de lui. Il lui adressa un sourire d'encouragement et lui tapota le genou.

— Allez.

Le visage poupin de Woźniak luisait de transpiration. Lomeli était assez près pour distinguer les traces de poussière sur ses lunettes.

— Éminence, j'aurais dû venir vous parler plus tôt. Mais j'avais promis de ne rien dire.

— Je comprends. Ne t'inquiète pas.

L'homme semblait suer de la vodka. Quelle était cette légende comme quoi la vodka n'avait pas d'odeur ? Il avait les mains qui tremblaient et empestait l'alcool.

— Quand tu dis que tu as promis de ne pas en parler... à qui as-tu fait cette promesse ?

— Au cardinal Tremblay.

— Je vois.

Lomeli s'écarta légèrement. Une vie passée à écouter des secrets lui avait donné comme un sixième sens sur ces questions. Le novice croit toujours qu'il vaut mieux tout savoir, alors que son expérience lui avait appris qu'il est souvent préférable d'en savoir le moins possible.

— Avant d'aller plus loin, Janusz, je veux que tu prennes le temps de demander à Dieu s'il est juste pour toi de rompre ta promesse au cardinal Tremblay.

— Je L'ai déjà interrogé bien des fois, Éminence, et c'est pour ça que je suis ici, répondit Woźniak d'une voix vibrante. Mais si cela vous gêne...

— Non, non, bien sûr que non. Mais je t'en prie, tiens-t'en aux faits. Nous avons peu de temps.

— Très bien, convint le Polonais en prenant sa respiration. Vous vous rappelez que le jour de la mort du Saint-Père, la dernière personne à avoir eu un rendez-vous officiel avec lui, à 16 heures, était le cardinal Tremblay?

— Je m'en souviens.

— Eh bien, lors de ce rendez-vous, le Saint-Père a destitué le cardinal Tremblay de toutes ses fonctions au sein de l'Église.

— *Quoi?*

— Il l'a mis à pied.

— Pourquoi?

— Pour faute grave.

Lomeli fut tout d'abord à court de mots.

— Enfin, Janusz, tu aurais pu trouver un meilleur moment pour venir me raconter une chose pareille.

— Je sais, Éminence. Pardonnez-moi, répliqua Woźniak en baissant la tête.

— Tu aurais pu venir me parler n'importe quand au cours de ces trois dernières semaines!

— Je comprends que vous soyez en colère, Éminence. Mais cela ne fait qu'un jour ou deux que j'ai commencé à entendre ces rumeurs sur le cardinal Tremblay.

— Quelles rumeurs?

— Qu'il pouvait être élu pape.

Lomeli garda le silence juste assez longtemps pour montrer qu'il désapprouvait une telle franchise.

— Et tu considères de ton devoir de l'empêcher?

— Je ne sais plus quel est mon devoir. J'ai prié et prié encore pour qu'Il me guide, et, à la fin, il m'est apparu que vous devriez connaître les faits, afin que vous puissiez décider d'en informer ou non les autres cardinaux.

— Mais quels *sont* les faits, Janusz? Tu ne m'as donné aucun fait. As-tu assisté à ce fameux rendez-vous?

— Non, Éminence. Mais le Saint-Père m'en a parlé après, quand nous avons dîné ensemble.

— Il t'a expliqué pourquoi il avait renvoyé le cardinal Tremblay?

— Non. Il a dit que les raisons se sauraient bien assez tôt. En tout cas, il était extrêmement agité... très en colère.

Lomeli étudia l'archevêque. Se pouvait-il qu'il mente ? Non. C'était une âme simple, arrachée à sa petite ville polonaise pour être chapelain et compagnon de Jean-Paul II durant les dernières années de sa vie. Le doyen était certain qu'il disait la vérité.

— Quelqu'un d'autre est-il au courant, à part toi et le cardinal Tremblay ?

— Mgr Morales. Il assistait à cet entretien entre le Saint-Père et le cardinal Tremblay.

Lomeli connaissait Hector Morales, mais pas très bien. C'était l'un des secrétaires particuliers du pape. Un Uruguayen.

— Écoute, Janusz. Es-tu absolument certain d'avoir bien compris ? Je vois que tu es très affecté. Mais, par exemple, pourquoi Mgr Morales n'en a jamais rien dit ? Il se trouvait dans l'appartement avec nous, la nuit où le Saint-Père est mort. Il aurait pu le mentionner. Ou il aurait pu en parler à un autre secrétaire.

— Éminence, vous m'avez demandé de m'en tenir aux faits. Ce sont les faits. Je me les suis repassés mille fois dans ma tête. J'ai trouvé le Saint-Père mort. J'ai appelé le médecin. Le médecin a appelé le cardinal Tremblay. Ce sont les règles, comme vous le savez : « À la mort du pape, le premier membre de la Curie à prévenir officiellement doit être le camerlingue. » Le cardinal Tremblay est arrivé et a pris le contrôle de la situation. Je n'étais évidemment pas en position de m'y opposer et, de toute façon, j'étais en état de choc. Mais ensuite, au bout d'une heure, il m'a conduit à l'écart et m'a demandé si le Saint-Père était préoccupé par un sujet en particulier pendant le dîner. C'est là que j'aurais dû dire quelque chose. Mais j'ai eu peur, Éminence. Je n'étais pas censé être au courant. Alors je me suis contenté de dire qu'il paraissait agité sans entrer dans les détails. Ensuite, j'ai vu le cardinal prendre Mgr Morales à part et discuter à voix basse. Je suppose qu'il l'a persuadé de ne pas parler de l'entretien.

— Qu'est-ce qui te permet de penser ça ?

— C'est que, plus tard, j'ai essayé de parler à Mgr Morales de ce que le pape m'avait dit, et il s'est montré très catégorique. Il a assuré qu'il n'y avait pas eu de révocation, que le Saint-Père n'était plus dans son état normal depuis plusieurs semaines, et que, pour le bien de l'Église, je ne devais plus jamais évoquer le sujet. Alors, c'est ce que j'ai fait. Mais ce n'est pas bien, Éminence. Dieu me dit que ce n'est pas bien.

— Non, acquiesça Lomeli. Ce n'est pas bien.

Il essayait de se représenter les implications. Tout cela se résumait peut-être à rien : Woźniak était à bout de nerfs. Et pourtant, si jamais Tremblay était élu pape et qu'un scandale éclatait par la suite, les conséquences seraient dramatiques pour l'Église dans son ensemble.

On frappa vigoureusement à la porte.

— Pas maintenant ! lança Lomeli.

La porte s'ouvrit en grand, et O'Malley passa la tête dans la salle. Il faisait tenir l'intégralité de son poids considérable en équilibre sur son pied droit, comme s'il patinait. Il se retenait de la main gauche au chambranle de la porte.

— Éminence, mon père, je suis désolé de vous interrompre, mais il faut que vous veniez de toute urgence.

— Dieu du ciel, que se passe-t-il encore ?

O'Malley jeta un bref coup d'œil vers Woźniak.

— Pardon, Éminence, mais je préfère ne rien dire. Si vous pouviez venir tout de suite, s'il vous plaît.

Il recula et désigna le hall. Lomeli se leva à contrecœur.

— Laisse-moi m'en occuper, maintenant, dit-il à Woźniak. Mais tu as fait ce qu'il fallait.

— Merci. Je savais que je pouvais me confier à vous. Vous voulez bien me bénir, Éminence ?

Lomeli posa la main sur la tête de l'archevêque.

— Va en paix pour aimer et servir le Seigneur.

À la porte, il se retourna.

— Et peut-être auras-tu la bonté de ne pas m'oublier dans tes prières, ce soir, Janusz ? Je crains d'avoir davantage besoin d'intercession que toi.

Au cours des dernières minutes, le hall s'était rempli. Les cardinaux avaient commencé à émerger de leurs chambres et s'apprêtaient à assister à la messe dans la chapelle de la résidence. Tedesco tenait un discours devant un petit groupe au bas de l'escalier – Lomeli l'aperçut du coin de l'œil alors qu'il se dirigeait avec O'Malley vers la réception. Un Suisse, le casque sous le bras, se tenait devant le long comptoir de bois ciré. Il était accompagné de deux agents de sécurité et de l'archevêque Mandorff. La façon dont ils regardaient droit devant eux, sans parler, avait quelque chose de sinistre, et Lomeli eut la certitude absolue qu'un cardinal était mort.

— Pardonnez-moi ces mystères, Éminence, mais j'ai préféré ne pas parler devant l'archevêque.

— Je sais exactement de quoi il est question : vous allez me dire que nous avons perdu un cardinal, c'est ça ?

— Au contraire, Doyen, il semble que nous en ayons gagné un, dit l'Irlandais avec un petit rire nerveux.

— C'est une plaisanterie ?

— Non, Éminence, répliqua O'Malley, qui se rembrunit aussitôt. Je parle littéralement : un autre cardinal vient de se présenter.

— Comment est-ce possible ? On a oublié quelqu'un sur la liste ?

— Non, son nom n'est jamais apparu sur notre liste. Il dit qu'il a été nommé *in pectore*.

Lomeli eut l'impression qu'il venait de heurter de plein fouet un mur invisible. Il s'immobilisa brièvement.

— C'est sûrement un imposteur, non ?

— Ça a été ma première réaction, Éminence. Mais l'archevêque Mandorff l'a interrogé ; et il semble que non.

Lomeli s'avança rapidement vers Mandorff.

— Qu'est-ce que j'apprends ?

Derrière le comptoir, deux religieuses travaillaient sur leurs ordinateurs en feignant de ne pas écouter.

— Il s'appelle Vincent Benítez, Éminence. Il est archevêque de Bagdad.

— Bagdad ? Je ne savais même pas qu'on avait un archevêque dans un tel endroit. Il est irakien ?

— Pas du tout ! Il est philippin. Le Saint-père l'a envoyé là-bas l'année dernière.

— Oui, ça me dit quelque chose maintenant.

Il avait vaguement le souvenir d'une photo dans un magazine. Un prélat catholique debout dans la carcasse d'une église carbonisée. Était-il vraiment devenu cardinal ?

— Mais vous, tout particulièrement, deviez être au courant de sa création ? avança Mandorff.

— Ce n'est pas le cas. Vous avez l'air surpris ?

— Eh bien, j'imaginais que, s'il avait été nommé cardinal, le Saint-Père en aurait averti le doyen du Collège.

— Pas nécessairement. Si vous vous souvenez, il a complètement révisé la loi canon sur les créations *in pectore* peu avant sa mort.

Lomeli s'efforça de faire comme si cela ne le touchait pas alors que, en vérité, ce dernier affront l'affectait plus encore que le reste. *In pectore* («dans le cœur») était une disposition très ancienne qui permettait à un pape de créer un cardinal sans révéler son nom, même à ses plus proches collaborateurs : mis à part le bénéficiaire, seul Dieu savait. Depuis toutes les années qu'il était à la Curie, Lomeli n'avait entendu parler que d'un seul cas de cardinal créé *in pectore*, et son nom n'avait jamais été rendu public, même après la mort du pape. C'était en 2003, sous la papauté de Jean-Paul II. Personne à ce jour ne savait encore de qui il s'agissait – on avait toujours supposé qu'il était chinois et qu'il avait dû rester anonyme pour éviter les persécutions. C'était sans doute un même souci de sécurité qui avait présidé à ce choix pour le plus haut représentant de l'Église à Bagdad. Mais était-ce bien cela ?

Lomeli eut conscience du regard de Mandorff toujours posé sur lui. L'Allemand transpirait abondamment. Le lustre se réverbérait sur son crâne chauve et luisant.

— Mais je suis certain que le Saint-Père n'aurait pas pris une décision aussi délicate sans avoir consulté au moins le secrétaire d'État. Ray, vous voulez bien avoir l'obligeance d'aller trouver le cardinal Bellini pour le prier de venir ?

O'Malley partit aussitôt, et Lomeli se retourna vers Mandorff :

— Vous pensez qu'il est vraiment cardinal ?

— Il a une lettre du pape adressée à l'archidiocèse de Bagdad, qui en fait état et leur demande instamment de garder le secret. Il y a le cachet officiel. Voyez par vous-même, dit Mandorff en lui tendant une liasse de documents. Et il *est* archevêque et accomplit sa mission dans l'une des régions les plus dangereuses du monde. Je ne vois vraiment pas pourquoi il aurait fabriqué ses lettres de créance, si ?

— Non, moi non plus, répondit Lomeli en lui rendant les papiers qui lui paraissaient effectivement authentiques. Où est-il, maintenant ?

— Je lui ai demandé d'attendre dans le bureau.

Mandorff conduisit Lomeli derrière la réception. Le doyen distingua à travers la vitre une silhouette mince assise sur une chaise en plastique orange dans un coin, entre une imprimante et des rames de papier. L'homme était vêtu d'une simple soutane noire et était tête nue, sans même une calotte. Il se tenait penché en avant, les coudes sur les genoux, son chapelet dans les mains, et il semblait prier, les yeux baissés. Une mèche de cheveux dissimulait son visage.

Mandorff reprit à mi-voix, comme s'ils observaient un homme endormi :

— Il s'est présenté juste avant la fermeture des portes. Son nom ne figurait pas sur la liste, évidemment, et il n'a pas la robe de cardinal, alors la Garde suisse m'a appelé. Je l'ai conduit ici pour l'avoir à l'œil. J'espère que j'ai bien fait ?

— Bien sûr.

Le Philippin, complètement absorbé, égrenait son chapelet. Lomeli se sentit indiscret de l'observer ainsi, mais il eut pourtant du mal à détourner les yeux. Il l'envia. Il y avait longtemps qu'il n'avait pas réussi à trouver la concentration nécessaire pour s'isoler du reste de monde. Ces derniers temps, sa tête était toujours pleine de bruit. D'abord Tremblay, pensa-t-il, et maintenant ceci. Quels autres coups du sort l'attendaient ?

— Le cardinal Bellini pourra sans doute éclaircir les choses, glissa Mandorff.

Lomeli se retourna et vit Bellini approcher avec O'Malley. L'ancien secrétaire d'État affichait une expression de confusion gênée.

— Aldo, dit Lomeli, tu étais au courant ?

— Je ne savais pas que le Saint-père l'avait réellement fait, non.

Il contempla avec étonnement Benítez à travers la vitre comme s'il examinait une créature mythique.

— Cependant, il est bien là..., reprit-il.

— Le pape a donc bien dit qu'il y pensait ?

— Oui, il a émis cette possibilité il y a environ deux mois. Je lui ai conseillé de ne surtout pas le faire. Les chrétiens ont déjà assez souffert dans cette partie du monde sans attiser encore le rejet des extrémistes islamiques. Un cardinal en Irak ! Les Américains seraient épouvantés. Comment pourrions-nous assurer sa sécurité ?

— Et c'est certainement pour cela que le Saint-Père ne voulait pas que ça se sache.

— Mais ça aurait forcément fini par filtrer ! Tôt ou tard, il y a toujours des fuites, surtout ici... et il était bien placé pour le savoir.

— Eh bien, quoi qu'il arrive, ce ne sera plus un secret maintenant, constata le doyen.

Derrière la vitre, le Philippin égrenait silencieusement son chapelet.

— Étant donné que tu confirmes l'intention du pape de le nommer cardinal, on peut logiquement penser que ses lettres de créance sont authentiques. Je pense donc que nous n'avons d'autre choix que de le laisser entrer.

Et il s'apprêta à ouvrir la porte. Il ne s'attendait pas à ce que Bellini le saisisse par le bras.

— Jacopo, attends! souffla ce dernier. Est-ce bien nécessaire?

— Quoi donc?

— Sommes-nous bien sûrs que le Saint-Père était absolument compétent pour prendre cette décision?

— Fais très attention, mon ami. Ce n'est pas loin de l'hérésie, répondit Lomeli, à voix basse lui aussi pour que personne d'autre n'entende. Ce n'est pas à nous de décider si le Saint-Père avait raison ou tort. Notre devoir est de veiller à ce que sa volonté soit respectée.

— L'infaillibilité pontificale s'applique à la doctrine. Elle ne s'étend pas aux nominations.

— Je connais parfaitement les limites de l'infaillibilité pontificale. Mais là, c'est une question de droit canon, et je suis tout aussi qualifié que toi pour en juger. Le paragraphe trente-neuf de la Constitution apostolique est explicite : «Si des Cardinaux électeurs arrivent *re integra*, c'est-à-dire avant que l'on ait procédé à l'élection du Pasteur de l'Église, ils seront admis au processus de l'élection, au point où il se trouve.» Cet homme est légalement cardinal.

Lomeli dégagea son bras et ouvrit la porte.

À son entrée, Benítez leva les yeux et se leva lentement. Il était un peu plus petit que la moyenne et avait un beau visage fin. Avec sa peau lisse, ses pommettes hautes, son corps si mince qu'il paraissait presque émacié, il était difficile de lui attribuer un âge. Sa poignée de main était particulièrement légère, et il paraissait complètement épuisé.

— Bienvenue au Vatican, Monseigneur. Je suis désolé que vous ayez dû attendre ici, mais nous devions procéder à certaines vérifications. J'espère que vous comprenez. Je suis le cardinal Lomeli, doyen du Collège.

— C'est à moi de vous présenter des excuses, Éminence, pour mon arrivée aussi peu orthodoxe, répliqua-t-il d'une voix calme et précise. Vous êtes déjà très aimable de me recevoir.

— Ce n'est rien. Je suis sûr qu'il y a une bonne raison. Voici le cardinal Bellini, dont vous avez sans doute entendu parler.

— Cardinal Bellini ? Je ne ne crois pas, non.

Benítez tendit la main, et Lomeli crut un instant que Bellini allait refuser de la prendre. Le cardinal finit par la serrer, puis il déclara :

— Pardonnez-moi, Monseigneur, mais je dois vous dire qu'à mon avis vous avez commis une grosse erreur en venant ici.

— Et pourquoi cela, Éminence ?

— Parce que la situation des chrétiens au Moyen-Orient est déjà assez périlleuse sans la provocation que votre cardinalat et votre apparition à Rome vont représenter.

— Naturellement, j'ai conscience de ces risques. C'est l'une des raisons qui m'ont fait hésiter à venir. Mais je peux vous assurer que j'ai beaucoup prié avant d'entreprendre ce voyage.

— Fort bien, vous avez fait votre choix et cela met fin à la question. Néanmoins, maintenant que vous êtes ici, je dois vous dire que je ne vois pas comment vous pourriez retourner à Bagdad.

— Bien sûr que je vais y retourner, et j'affronterai les conséquences de ma foi, comme des milliers d'autres.

— Je ne doute ni de votre courage ni de votre foi, Monseigneur, répliqua Bellini. Mais votre retour aurait des répercutions diplomatiques, et il ne vous appartiendra pas forcément de décider.

— Et ce ne sera pas forcément à vous de le faire non plus, Éminence. Cette décision reviendra au prochain pape.

Il était plus coriace qu'il le paraissait, songea Lomeli. Et pour une fois, Bellini parut à court d'arguments.

— Je crois que nous allons un peu vite en besogne, mes frères, intervint le doyen. Le fait est que vous êtes là. Passons maintenant aux questions pratiques : nous devons voir s'il y a une chambre disponible pour vous. Où sont vos bagages ?

— Je n'ai pas de bagage.

— Quoi, rien du tout ?

— J'ai cru préférable de me rendre à l'aéroport de Bagdad les mains vides, pour dissimuler mes intentions. Je suis suivi par des agents du gouvernement où que j'aille. J'ai passé la nuit dans la salle des arrivées de Beyrouth et j'ai atterri à Rome il y a deux heures.

— Dieu du ciel. Voyons ce qu'on peut faire pour vous.

Lomeli l'entraîna hors du bureau et le mena devant la réception.

— Mgr O'Malley est le secrétaire du Collège des cardinaux. Il va essayer de vous trouver tout ce dont vous avez besoin. Ray, dit-il en se tournant vers O'Malley, Son Éminence aura besoin d'affaires de toilette, de vêtements propres... et d'une tenue de chœur, bien entendu.

— Une tenue de chœur ? s'étonna Benítez.

— Lorsque nous allons voter à la chapelle Sixtine, nous devons être en grande tenue officielle. Je suis certain qu'il doit y en avoir une qui traîne quelque part au Vatican.

— Quand on va voter à la chapelle Sixtine... répéta Benítez, l'air soudain accablé. Pardonnez-moi, Doyen. Tout cela est un peu écrasant pour moi. Comment pourrais-je voter avec le sérieux nécessaire alors que je ne connais aucun des candidats ? Le cardinal Bellini a raison. Je n'aurais jamais dû venir.

— C'est ridicule !

Lomeli lui prit les bras et sentit les os sous ses doigts, mais aussi, cette fois encore, une force tout en nerfs.

— Écoutez-moi, Éminence. Ce soir, vous allez dîner avec nous. Je vous présenterai, et vous parlerez, pendant le dîner, avec vos frères cardinaux... vous connaîtrez certainement certains d'entre eux, du moins de réputation. Et vous prierez,

73

comme nous tous. Le moment venu, l'Esprit-Saint nous guidera vers un nom. Et ce sera une merveilleuse expérience spirituelle pour chacun de nous.

Les vêpres avaient commencé dans la chapelle du rez-de-chaussée. Des bribes de plain-chant filtraient dans le hall. Lomeli se sentit brusquement très fatigué. Il laissa Benítez entre les mains d'O'Malley et prit l'ascenseur pour monter à sa chambre. Il y faisait là aussi une chaleur infernale. La climatisation ne fonctionnait visiblement pas. Sur le moment, il oublia les volets condamnés et essaya d'ouvrir la fenêtre. Vaincu, il parcourut sa cellule du regard. La lumière était très vive. Les murs blancs et le plancher vitrifié semblaient amplifier l'éclat des ampoules. Les prémices d'une migraine se faisaient sentir. Il éteignit les lampes de la chambre, gagna à tâtons la salle de bains et trouva le cordon du néon au-dessus du lavabo. Puis il repoussa à demi la porte avant de s'allonger sur son lit dans la lueur bleutée, avec l'intention de prier. Il s'endormit dans la seconde.

Il rêva qu'il était dans la chapelle Sixtine et que le Saint-Père priait devant l'autel, mais que chaque fois qu'il essayait de s'en approcher, le vieil homme s'éloignait, jusqu'à ce qu'il finisse par arriver à la porte de la sacristie. Il se tourna alors vers Lomeli et lui sourit, puis il ouvrit la porte de la Chambre des Larmes et bascula à l'intérieur.

Lomeli se réveilla avec un cri, qu'il étouffa aussitôt en se mordant le poing. Il écarquilla les yeux un instant sans savoir où il était. Tous les objets familiers de son existence avaient disparu. Il resta couché et attendit que les battements de son cœur se calment. Puis il s'efforça de se rappeler ce qu'il y avait d'autre dans son rêve. Il y avait eu beaucoup, beaucoup d'images, il en était sûr. Il les sentait. Mais dès qu'il essayait de les fixer dans ses pensées, elles miroitaient et s'évanouissaient comme des bulles qui éclatent. Seule la vision terrible du Saint-Père précipité dans le vide restait imprimée dans son esprit.

Il entendit des voix masculines parler en anglais dans le couloir. Elles lui parurent africaines. Il y eut de longs bruits de clé. Une porte s'ouvrit et se referma. L'un des cardinaux s'éloigna d'un pas traînant dans le couloir pendant que l'autre allumait la lumière de la chambre voisine. Le mur était si mince qu'il aurait pu être en carton. Lomeli entendait l'homme bouger dans sa chambre et parler tout seul – il pensa qu'il pouvait s'agir d'Adeyemi –, puis il y eut une toux et un raclement de gorge, suivis par un bruit de chasse d'eau.

Il regarda sa montre. Il était près de 20 heures. Il avait dormi plus d'une heure. Il ne se sentait pourtant pas du tout reposé, comme si son temps de sommeil avait été encore plus épuisant que ses heures de veille. Il pensa à toutes les tâches qui l'attendaient. *Donne-moi la force, Ô Seigneur, d'affronter cette épreuve.* Il se tourna prudemment sur le côté, s'assit, posa les pieds par terre et dut se balancer plusieurs fois pour prendre de l'élan et se lever. C'était la vieillesse : tous ces mouvements qui avaient paru si longtemps aller de soi – le simple fait de se lever d'un lit, par exemple – exigeaient maintenant toute une séquence de manœuvres orchestrées. À la troisième tentative, il se mit debout et fit quelques pas raides jusqu'au bureau.

Il s'assit devant, alluma la lampe et l'orienta vers la chemise de cuir brun. Il en sortit douze feuillets format A5 : du papier vergé ivoire fait main, d'un beau grammage, d'une qualité appropriée à l'occasion historique. Les caractères étaient grands, clairs, les lignes en double espace. Lorsqu'il aurait terminé, le document serait rangé pour l'éternité dans les archives du Vatican.

Le sermon était intitulé *Pro eligendo romano pontifice* – « Pour l'élection du pontife romain » – et, selon la tradition, son objectif était d'exposer les qualités qu'on attendrait du nouveau pape. De mémoire d'homme, ces homélies avaient fortement orienté l'élection des derniers papes. En 1958, le cardinal Antonio Bacci avait donné une description d'un pontife idéal très progressiste (*Puisse le nouveau vicaire du Christ former un pont entre tous les niveaux de la société, entre toutes les nations...*), qui correspondait virtuellement au portrait du cardinal de Venise, Roncalli, lequel devint bel et bien le pape Jean XXIII. Cinq ans plus tard, les conservateurs essaieront la même tactique avec l'homélie de Mgr Amleto Tondini (*Il convient de jeter le doute sur les applaudissements enthousiastes suscités par le «pape de la paix»*), mais ne parviendront qu'à provoquer un tel rejet chez les modérés, qui la jugeront de mauvais goût, que cela contribuera à assurer la victoire du cardinal Montini.

Le texte de Lomeli visait au contraire une telle neutralité qu'il en devenait terne : *Nos derniers papes ont tous été des défenseurs infatigables de la paix et de la coopération internationale. Prions pour que le futur pape poursuive cette œuvre constante de charité et d'amour...* Personne ne pourrait s'opposer à cela, pas même Tedesco, qui flairait la moindre trace de relativisme aussi vite qu'un chien truffier renifle les champignons. C'était la perspective de la messe elle-même qui troublait Lomeli, à savoir sa propre capacité spirituelle. Il serait examiné de si près. Les caméras de télévision seraient braquées sur son visage.

Il écarta son homélie et se dirigea vers le prie-Dieu. Le meuble était d'un bois tout simple, pareil à celui qui se trouvait dans la chambre du Saint-Père. Lomeli s'agenouilla, s'accrocha aux montants et baissa la tête. Il resta près d'une demi-heure dans cette position, jusqu'à l'heure du dîner.

4

In pectore

La salle à manger était la pièce la plus vaste de la résidence Sainte-Marthe. Dotée d'un dallage de marbre et d'une grande verrière, elle occupait tous le flanc droit du hall. La rangée de plantes qui avait délimité la section où le Saint-Père prenait ses repas avait été retirée. On avait dressé quinze grandes tables rondes de huit convives, avec des bouteilles de vin et d'eau disposées au centre des nappes de dentelle blanche. Lorsque Lomeli sortit de l'ascenseur, la salle était comble. Le tumulte des voix qui se répercutaient contre les surfaces dures était convivial et plein d'impatience, comme à la première soirée d'un congrès d'affaires. Les sœurs de Saint-Vincent-de-Paul avaient déjà servi un verre à de nombreux cardinaux.

Lomeli chercha Benítez du regard et le vit, qui se tenait seul derrière une colonne, juste à l'extérieur de la salle à manger. O'Malley avait réussi à lui dégoter une soutane à liseré et ceinture rouges de cardinal, mais elle était un peu trop grande pour son nouveau récipiendaire et lui donnait l'air désemparé. Lomeli s'avança vers lui.

— Éminence, êtes-vous bien installé ? Mgr O'Malley vous a-t-il procuré une chambre ?

— Oui, Doyen, merci. Au dernier étage, précisa-t-il en tendant la main pour lui montrer sa clé, comme s'il n'en revenait pas de se trouver dans un tel lieu. Il paraît qu'il y a une vue merveilleuse sur toute la ville, mais les volets ne veulent pas s'ouvrir.

— C'est pour vous empêcher de trahir nos secrets ou de recevoir des informations du monde extérieur, répondit Lomeli, qui, remarquant l'expression perdue de Benítez, s'empressa d'ajouter : Je plaisante, Éminence. C'est pareil pour nous tous. Bien, vous n'allez pas rester seul toute la soirée. Il n'en est pas question. Venez avec moi.

— Vraiment, Doyen, je suis très bien, ici, à observer.

— Ne dites pas de bêtises. Je vais vous présenter.

— C'est nécessaire ? Tout le monde est déjà en grande conversation...

— Vous êtes cardinal, désormais. Cela exige un peu de confiance en vous.

Il prit le Philippin par le bras et l'entraîna vers le centre de la salle, saluant d'un signe de tête affable les sœurs qui attendaient de servir le repas et se glissant entre les tables jusqu'au bon endroit. Il saisit alors un couteau et le fit tinter contre un verre à vin. Le silence se fit, à l'exception du vieil archevêque émérite de Caracas, qui continua de parler d'une voix forte jusqu'à ce que son compagnon lui fasse signe de se taire en désignant le doyen. Le Vénézuélien regarda autour de lui et se mit à tripoter son sonotone. Un couinement perçant fit grimacer et se rétracter ses voisins les plus proches. Il leva la main pour s'excuser.

Lomeli le salua d'un signe de tête.

— Merci, Éminence. Mes frères, ajouta-t-il. Je vous en prie, asseyez-vous.

Il attendit que chacun prenne une place.

— Éminences, avant de dîner, je voudrais vous présenter un nouveau membre de notre ordre, dont aucun de nous ne connaissait l'existence et qui n'est arrivé au Vatican que voici quelques heures.

Un mouvement se surprise parcourut la salle.

— Il s'agit là d'une procédure parfaitement légitime, connue sous le nom de création *in pectore*. Seuls Dieu et feu

78

notre Saint-Père savent pourquoi il a fallu recourir à cette procédure. Mais je pense que nous pouvons le deviner. Le ministère de notre nouveau frère se révèle des plus dangereux, et il n'a pas été facile pour lui de venir nous rejoindre. Il a beaucoup prié avant d'entreprendre ce voyage. Autant de raisons pour nous de l'accueillir chaleureusement.

Il jeta un coup d'œil vers Bellini, qui gardait les yeux rivés sur la nappe.

— Par la grâce de Dieu, une fraternité de cent dix-sept membres vient de passer à cent dix-huit. Bienvenue dans notre ordre, Vincent Benítez, cardinal archevêque de Bagdad.

Il se tourna vers Benítez et l'applaudit. Pendant quelques secondes embarrassantes, ses mains furent les seules à battre. Mais, peu à peu, d'autres se joignirent aux siennes, et ce fut bientôt une véritable ovation. Benítez contempla avec stupéfaction les visages souriants qui l'entouraient.

Lorsque les applaudissements se turent, Lomeli embrassa la salle d'un geste.

— Éminence, accepteriez-vous de bénir notre repas ?

Benítez parut tellement effaré que, pendant un instant absurde, Lomeli douta qu'il eût jamais dit le bénédicité. Puis il bredouilla :

— Bien sûr, Doyen, ce serait un honneur.

Il fit le signe de croix et inclina la tête. Les cardinaux l'imitèrent. Lomeli ferma les yeux et attendit. Le silence dura très longtemps. Puis, au moment où Lomeli commençait à se demander s'il lui était arrivé quelque chose, Benítez parla :

— Bénissez-nous, Seigneur, bénissez ce repas, ceux qui l'ont préparé, et procurez du pain à ceux qui n'en ont pas. Et aidez-nous, Seigneur, alors que nous mangeons et buvons, à nous rappeler les affamés et les assoiffés, les malades et les esseulés. Remercions les sœurs qui ont préparé ce repas et s'apprêtent à nous le servir. Par Notre Seigneur Jésus-Christ, ainsi soit-il.

— Ainsi soit-il.

Lomeli se signa.

Les cardinaux levèrent la tête et déplièrent leur serviette. Les sœurs en uniforme bleu qui attendaient pour servir commencèrent à venir de la cuisine avec des assiettes de soupe. Lomeli prit Benítez par le bras et chercha des yeux une table où il pourrait trouver un accueil amical.

Il conduisit le Philippin vers ses compatriotes, le cardinal Mendoza et le cardinal Ramos, respectivement archevêques de Manille et de Cotabato. Ils étaient assis à une table avec divers autres cardinaux d'Asie et d'Océanie, et les deux hommes se levèrent en hommage à son approche. Mendoza se montra particulièrement chaleureux. Il fit le tour de la table pour venir serrer la main de Benítez.

— Je suis tellement fier. *Nous* sommes fiers. *Le pays tout entier* sera fier lorsqu'il apprendra votre élévation. Doyen, vous savez que cet homme est une légende pour nous dans le diocèse de Manille ? Vous savez ce qu'il a accompli ? demanda-t-il avant de se retourner vers Benítez. Ça fait combien de temps, maintenant ? Vingt ans ?

— Plus de trente ans, Éminence.

— Trente !

Mendoza se mit à égrener des noms : Tondo et San Andres, Bahala Na et Kuratong Baleleng, Payatas et Babong Silangan... Au départ, ils ne signifiaient rien pour Lomeli. Puis, peu à peu, il comprit qu'il s'agissait soit de bidonvilles où Benítez avait officié comme prêtre, soit de gangs de rue auxquels il s'était opposé en montant des missions de secours pour leurs victimes, principalement des enfants prostitués et des drogués. Les missions existaient toujours, et les gens parlaient encore du «prêtre à la voix douce» qui les avait fondées.

— C'est un tel plaisir pour nous de vous rencontrer enfin, conclut Mendoza en désignant Ramos pour l'inclure dans les sentiments qu'il exprimait.

Ramos acquiesça avec enthousiasme.

— Attendez, dit Lomeli.

Il plissa le front. Il voulait s'assurer qu'il avait bien compris.

— En fait, vous ne vous connaissiez pas, tous les trois ?

— Non, pas personnellement, répondirent les cardinaux en secouant la tête.

— Il y a des années que j'ai quitté les Philippines, précisa Benítez.

— Vous voulez dire que vous êtes au Moyen-Orient depuis tout ce temps ?

Une voix derrière lui s'écria :

— Non, Doyen... pendant très longtemps, il a été chez nous, en Afrique !

Huit cardinaux africains étaient assis à la table voisine. Le cardinal qui avait parlé, le vieil archevêque émérite de Kinshasa, Beaufret Muamba, se leva, fit signe à Benítez d'approcher et le serra contre sa poitrine.

— Bienvenue ! Bienvenue !

Il lui fit alors faire le tour de la table et, un par un, les cardinaux posèrent leur cuiller et se levèrent pour lui serrer la main. En les observant, Lomeli devina qu'aucun de ces hommes n'avait jamais rencontré Benítez non plus. Ils avaient de toute évidence entendu parler de lui, et même ils le révéraient, mais il avait toujours œuvré dans des lieux écartés, souvent hors des structures traditionnelles de l'Église. D'après ce que Lomeli put saisir – alors qu'il restait là à sourire, hocher la tête et écouter avec attention, comme il avait appris à le faire en tant que diplomate –, le ministère de Benítez en Afrique avait été comme son travail de rue à Manille : actif et dangereux. Il s'était impliqué dans l'implantation de cliniques et de refuges pour les femmes et les jeunes filles victimes de viols pendant les guerres civiles du continent.

Toute cette histoire commençait à s'éclaircir. Oui, Lomeli voyait à présent exactement pourquoi ce prêtre missionnaire avait séduit le Saint-Père, qui avait maintes fois répété que, selon lui, on rencontrait plus facilement Dieu dans les contrées les plus pauvres et déshéritées de la Terre que dans les paroisses confortables des pays industrialisés, et qu'il fallait du courage pour aller Le chercher. *Si quelqu'un veut venir après moi, qu'il renonce à lui-même, qu'il se charge chaque jour de sa croix, et qu'il me suive. Car celui qui voudra sauver sa vie la perdra, mais celui qui la perdra à cause de moi la sauvera...* Benítez était précisément le genre d'homme qui ne gravirait jamais un à un les échelons de la hiérarchie ecclésiastique – à qui cela ne viendrait même pas à l'idée – et qui ne serait jamais à l'aise en société. Comment alors aurait-il pu se retrouver catapulté en plein Collège des cardinaux sinon par la décision d'un soutien extraordinaire ? Oui, tout cela, Lomeli le comprenait. La seule chose qu'il ne s'expliquait pas était le secret. Aurait-il été beaucoup plus dangereux pour Benítez d'être publiquement reconnu comme cardinal que comme archevêque ? Et pourquoi le Saint-Père n'avait-il mis personne dans la confidence ?

Derrière lui, quelqu'un le pria poliment de s'écarter. L'archevêque de Kampala, Oliver Nakitanda, apportait une chaise supplémentaire et une poignée de couverts qu'il avait pris à une table voisine, et ses voisins se poussaient pour faire de la place à Benítez. Le nouvel archevêque de Maputo, dont Lomeli avait oublié le nom, fit signe à l'une des sœurs d'apporter une autre assiette de soupe. Benítez déclina un verre de vin.

Lomeli lui souhaita un bon appétit et s'éloigna. Deux tables plus loin, le cardinal Adeyemi monopolisait l'attention des convives. Les Africains riaient à l'une de ses anecdotes célèbres. Mais même ainsi, le Nigérian semblait distrait, et Lomeli remarqua qu'il jetait de temps à autre des regards teintés d'incrédulité et d'irritation en direction de Benítez.

Le nombre de cardinaux italiens participant au conclave était si disproportionné qu'il fallait plus de trois tables pour les faire tous asseoir. L'une d'elles était occupée par Bellini et ses partisans progressistes. À la deuxième, Tedesco présidait le groupe des traditionalistes. À la troisième, dînaient les cardinaux qui ne s'étaient pas encore décidés entre les deux factions ou bien qui entretenaient des ambitions secrètes. Lomeli constata avec consternation qu'on lui avait réservé une place à chacune de ces tables. Ce fut Tedesco qui le repéra en premier.

— Doyen ! l'appela-t-il avec une fermeté qui rendait tout refus impossible.

Ils avaient fini la soupe et étaient passés aux entrées. Lomeli s'assit en face du patriarche de Venise et accepta un demi-verre de vin. Par politesse, il prit aussi un peu de jambon et de mozzarella alors qu'il n'avait pas faim. Il y avait autour de la table les archevêques les plus conservateurs – Agrigente, Florence, Palerme, Pérouse – et Tutino, le préfet disgracié de la Congrégation pour les évêques, que l'on avait toujours considéré comme un progressiste, mais qui espérait sans doute qu'un pontificat de Tedesco pourrait relancer sa carrière.

Le patriarche avait une curieuse façon de manger. Il tenait son assiette de la main gauche et la vidait à la fourchette avec une grande rapidité de la main droite. Et, en même temps, il ne cessait de jeter des regards d'un côté et de l'autre, comme s'il craignait qu'on ne vienne lui voler sa nourriture. Lomeli mettait cela sur le compte de ses origines pauvres, au sein d'une famille très nombreuse et affamée.

— Alors, Doyen, commença Tedesco, la bouche pleine, votre homélie est prête ?

— Mais oui.

— Et elle sera en latin, j'espère ?

— Elle sera en italien, Goffredo, comme vous le savez parfaitement.

Leurs voisins de table avaient interrompu leurs conversations pour écouter. On ne pouvait jamais deviner ce que Tedesco allait dire.

— Quel dommage ! Si c'était à moi de le faire, je tiendrais à la dire en latin.

— Mais alors personne ne la comprendrait, Éminence, et ce serait une tragédie.

Tedesco fut le seul à rire.

— Oui, oui, j'avoue que mon latin n'est pas très bon, mais je vous l'infligerais à tous, dans le seul but de faire passer un message. Car ce que je voudrais dire, dans mon pauvre latin de paysan, c'est que le changement produit presque invariablement l'effet inverse de l'amélioration recherchée, et que nous devrions garder cela à l'esprit quand viendra le moment de choisir notre pape. L'abandon du latin, par exemple...

Il essuya le gras de ses lèvres épaisses avec sa serviette et l'examina. Il parut un instant distrait puis reprit :

— Regardez autour de vous, Éminence, observez comment inconsciemment, instinctivement, nous nous sommes rangés en fonction de nos langues d'origine. Nous, les Italiens, nous sommes ici, le plus près des cuisines, très logiquement. Les hispanophones sont assis là. Les anglophones là-bas, près de l'entrée. Quand vous et moi étions enfants, Doyen, et que la messe tridentine était encore la liturgie du monde entier, tous les cardinaux d'un conclave pouvaient bavarder en latin. Mais en 1962, les progressistes ont insisté pour qu'on se débarrasse d'une langue morte afin de faciliter la communication, et qu'est-ce qu'on constate à présent ? Ils n'ont réussi qu'à rendre la communication plus difficile !

— C'est peut-être vrai dans le cadre restreint d'un conclave. Mais l'argument ne s'applique guère à la mission de l'Église universelle.

— L'Église universelle ? Comment peut-on considérer qu'une chose est universelle quand elle s'exprime dans cinquante langues différentes ? Le langage est vital. Parce que, avec le temps, du langage naît la pensée, et de la pensée naissent la philosophie et la culture. Soixante ans se sont écoulés depuis Vatican II, et déjà, cela ne signifie plus la même chose d'être catholique en Europe, en Afrique, en Asie ou en Amérique du Sud. Nous sommes devenus, au mieux, une confédération. Regardez ce qui se passe ici, Doyen... voyez comme la langue nous divise lors d'un simple repas comme celui-ci, et dites-moi qu'il n'y a rien de vrai dans mes propos.

Lomeli refusa de répondre. Le raisonnement de Tedesco était absurde, mais il était déterminé à rester neutre. Il ne se laisserait pas entraîner dans un débat. Et puis on ne pouvait jamais savoir si l'homme plaisantait ou parlait sérieusement.

— Tout ce que je peux dire, c'est que si telle est votre opinion, Goffredo, vous trouverez mon homélie très décevante.

— L'abandon du latin, insista Tedesco, finira par nous mener à l'abandon de Rome. Vous verrez.

— Oh, allons... ça dépasse les bornes, même venant de vous !

— Je suis tout à fait sérieux, Doyen. Bientôt, certains ne se gêneront plus pour demander : pourquoi Rome ? Cela se murmure déjà. Il n'y a aucune règle dans la doctrine ni dans les Écritures qui stipule que le pape doive siéger à Rome. Il pourrait ériger le trône de Saint-Pierre n'importe où. Notre mystérieux nouveau cardinal vient des Philippines, si je ne m'abuse ?

— Oui, vous le savez très bien.

— Nous avons donc maintenant trois cardinaux électeurs originaires de ce pays, qui compte – quoi ? – quatre-vingt-quatre millions de catholiques. En Italie, nous en avons cinquante-sept millions – dont la majorité ne communie jamais quoi qu'il arrive – et cependant nous avons *vingt-six* cardinaux électeurs ! Vous pensez que cette anomalie va durer encore longtemps ? Si oui, vous avez perdu l'esprit.

Il jeta sa serviette.

— Je suis allé trop loin et je m'en excuse, reprit-il. Mais je crains que ce conclave ne soit notre dernière chance de préserver notre Sainte Mère l'Église. Encore dix ans comme la décennie qui vient de s'écouler – un autre Saint-Père comme le dernier – et elle cessera d'exister telle que nous la connaissons.

— Alors en fait, ce que vous dites, c'est que le prochain pape doit absolument être italien.

— Oui, c'est ça ! Pourquoi pas ? Il y a plus de quarante ans que nous n'avons pas eu de pontife italien. Il n'y a jamais eu pareil interrègne dans toute l'histoire. Nous devons récupérer le pontificat, Doyen, pour sauver l'Église romaine. Tous les Italiens pourraient bien s'entendre là-dessus, non?

— En tant qu'Italiens, nous pouvons tomber d'accord là-dessus, Éminence. Mais comme nous ne pourrons jamais nous entendre sur le reste, je suppose que tout joue contre nous. Je dois maintenant faire un peu le tour de nos collègues. Passez une bonne soirée.

Là-dessus, Lomeli se leva, salua d'un mouvement les cardinaux et alla s'asseoir à la table de Bellini.

— On ne te demandera pas à quel point tu as apprécié de rompre le pain avec le patriarche de Venise. Ton visage nous dit tout ce que nous voulons savoir.

L'ancien secrétaire d'État était entouré de sa garde prétorienne : Sabbadin, archevêque de Milan ; Landolfi de Turin ; Dell'Acqua de Bologne ; et deux membres de la Curie – Santini, qui était non seulement préfet de la Congrégation pour l'éducation catholique, mais aussi cardinal protodiacre, et qui, à ce titre, serait chargé d'annoncer le nom du prochain pape depuis le balcon de la basilique Saint-Pierre ; et le cardinal Panzavecchia, qui dirigeait le Conseil pontifical pour la Culture.

— Je dois au moins lui reconnaître ça, répliqua Lomeli en prenant un autre verre de vin pour calmer sa colère. Il n'a visiblement pas l'intention de tempérer ses opinions pour gagner des voix.

— Ça n'a jamais été son genre. Je l'admire plutôt pour ça.

Sabbadin, connu pour son cynisme et qui était ce que Bellini avait de plus proche d'un chef de campagne, commenta :

— Il a eu la sagesse de rester à l'écart de Rome jusqu'à aujourd'hui. Avec Tedesco, moins il en fait, plus ça lui rapporte. Une seule interview à cœur ouvert dans un journal l'aurait laminé. Mais là, il s'en sortira bien demain, je pense.

— Qu'est-ce que tu entends par «bien» ? interrogea Lomeli.

Sabbadin regarda Tedesco. Il hocha légèrement la tête d'un côté puis de l'autre, pareil à un fermier évaluant une bête dans une foire.

— Je dirais qu'il fera quinze voix au premier tour.

— Et ton poulain?

— Ne me dis rien! s'écria Bellini en se couvrant les oreilles. Je ne veux pas savoir.

— Entre vingt et vingt-cinq. Certainement devant au premier tour. C'est demain soir que ça va se corser. Il faut qu'on se débrouille pour lui obtenir la majorité aux deux tiers. Et ça fait quand même soixante-dix-neuf voix.

Une expression angoissée passa sur le visage pâle et émacié de Bellini. Lomeli songea qu'il avait plus que jamais l'air d'un saint martyr.

— S'il vous plaît, parlons d'autre chose. Je ne prononcerai pas une parole pour tenter de gagner ne serait-ce qu'une seule voix. Si nos frères ne me connaissent pas déjà après toutes ces années, il n'y a rien que je pourrais dire en l'espace d'une soirée qui pourra les convaincre.

Ils se turent pendant que les sœurs s'activaient autour de la table pour servir le plat principal : des escalopes de veau. La viande paraissait caoutchouteuse et la sauce figée. Si quelque chose peut pousser le conclave à se conclure rapidement, pensa Lomeli, c'est bien la nourriture. Lorsque les sœurs eurent posé la dernière assiette, Landolfi – qui, à soixante-deux ans était le plus jeune cardinal présent – reprit avec sa déférence coutumière :

— Vous n'aurez rien à dire, Éminence, naturellement, ce sera à nous de le faire. Mais si nous devions expliquer aux indécis ce que vous défendez, comment voudriez-vous que nous leur répondions?

Bellini désigna Tedesco d'un mouvement de tête.

— Dites-leur que je défends tout ce qu'il attaque. Ses croyances sont sincères, mais ce sont des absurdités sincères. Nous ne retournerons jamais au temps de la liturgie en latin, avec des prêtres qui célèbrent la messe en tournant le dos à la congrégation et des familles de dix enfants parce que Mamma et Papà ne savent pas faire autrement. C'était une époque vilaine et répressive, et nous devrions être heureux qu'elle soit derrière nous. Dites-leur que je suis pour le respect des autres formes de foi et l'acceptation des différences d'opinion au sein de notre propre Église. Dites-leur que je crois que les évêques devraient avoir plus grande latitude et que les femmes devraient pouvoir jouer un rôle plus important à l'intérieur de la Curie...

— Attends, l'interrompit Sabbadin. Vraiment ?

Il fit la grimace en produisant un petit bruit de succion désapprobateur.

— Je crois qu'on devrait tout simplement éviter le sujet des femmes. Ça ouvrirait à Tedesco un boulevard pour faire des siennes. Il prétendrait que tu défends l'ordination des femmes, ce qui n'est pas le cas.

Peut-être était-ce dans l'imagination de Lomeli, mais il crut percevoir une infime hésitation avant que Bellini ne précise :

— J'accepte que le problème de l'ordination des femmes ne soit pas abordé de mon vivant – et il restera sans doute clos pendant pas mal de vies à venir.

— Non, Aldo, répliqua fermement Sabbadin. Le sujet est *définitivement* clos. Il a fait l'objet d'une lettre apostolique : la doctrine de l'ordination sacerdotale exclusivement réservée aux hommes est fondée sur la Parole de Dieu écrite...

— « Proposée infailliblement par le Magistère ordinaire et universel ». Oui, je connais le principe. Peut-être pas la déclaration la plus avisée de saint Jean-Paul, mais bon, voilà. Non, bien sûr que je ne propose pas l'ordination des femmes. Mais rien ne nous empêche de faire entrer les femmes aux plus hauts échelons de la Curie. C'est un travail administratif, pas sacerdotal. Le Saint-Père en parlait souvent.

— C'est vrai, mais il n'a jamais rien *fait* pour ça. Comment une femme pourrait-elle donner des ordres à un évêque, sans parler d'en choisir un, alors qu'elle n'a même pas le droit de célébrer la communion ? Le Collège verrait ça comme une ordination détournée.

Bellini piqua deux ou trois fois sa fourchette dans son escalope, puis la reposa. Il mit les coudes sur la table, se pencha en avant et les regarda tous, les uns après les autres.

— Écoutez-moi, mes frères, je vous en prie. Soyons parfaitement clairs. Je ne cherche pas le pontificat. Je le redoute. Je n'ai donc nullement l'intention de dissimuler mes opinions ni de feindre d'être ce que je ne suis pas. Je vous presse donc – je vous supplie – de ne pas faire campagne pour moi. Pas un mot. C'est compris ? Voilà, je crois que je n'ai plus très faim, alors, si vous voulez bien m'excuser, je vais me retirer dans ma chambre.

Ils l'observèrent s'éloigner, sa silhouette de cigogne bondissant avec raideur entre les tables puis dans le hall avant de disparaître dans l'escalier. Sabbadin retira ses lunettes, souffla sur les verres et les essuya avec sa serviette avant de les remettre sur son nez. Il ouvrit un calepin noir.

— Bon, mes amis, vous l'avez entendu comme moi, dit-il. Et maintenant, je suggère qu'on se partage le travail. Rocco, poursuivit-il en s'adressant à Dell'Acqua, c'est toi qui t'exprimes le mieux en anglais : tu t'occupes des Nord-Américains, et de nos confrères d'Irlande et de Grande-Bretagne. Qui d'entre nous parle bien espagnol ?

Panzavecchia leva la main.

— Parfait. À toi de discuter avec les Sud-Américains. Je parlerai à tous les Italiens qui ont peur de Tedesco... c'est-à-dire la majorité. Gianmarco, dit-il à Santini, avec ton travail à la Congrégation pour l'éducation, tu connais bon nombre des Africains, tu veux bien te charger d'eux ? Il va sans dire qu'on évite de faire mention des femmes à la Curie...

Lomeli découpa son escalope de veau en tout petits morceaux et les mangea un par un. Il écouta Sabbadin faire le tour de la table. Le père de l'archevêque de Milan avait été un important sénateur de la Démocratie chrétienne, et Sabbadin comptait les suffrages depuis le berceau. Lomeli devinait qu'il serait secrétaire d'État sous un pontificat de Bellini. Lorsqu'il eut terminé de distribuer ses missions, il referma son calepin, se servit un verre de vin et se redressa avec un air satisfait.

Lomeli leva les yeux de son assiette.

— J'imagine donc que tu ne crois pas à la sincérité de notre ami quand il dit qu'il ne veut pas être pape.

— Oh, je le crois parfaitement sincère, et c'est l'une des raisons pour lesquelles je le soutiens. Les hommes les plus dangereux – ceux qu'il faut empêcher d'être élus – sont ceux qui veulent sérieusement le devenir.

Lomeli avait surveillé Tremblay toute la soirée, mais ce ne fut qu'à la fin du dîner, alors que les cardinaux faisaient la queue pour prendre le café dans le hall, qu'il eut l'occasion de l'approcher. Le Canadien se trouvait dans un coin, une tasse et une soucoupe à la main, et en train d'écouter l'archevêque de Colombo, Asanka Rajapakse, de l'avis de tous le plus grand casse-pieds de tout le conclave. Tremblay ne le quittait pas des yeux et se tenait incliné vers lui en opinant, l'air absorbé. Lomeli l'entendait murmurer régulièrement :

— Absolument... absolument...

Il attendit à côté. Il sentait que Tremblay avait conscience de sa présence et qu'il l'ignorait à dessein, espérant qu'il se découragerait et s'en irait. Mais Lomeli était déterminé et, à la fin, ce fut Rajapakse, dont le regard ne cessait de se porter sur le doyen, qui interrompit à contrecœur son propre monologue en déclarant :

— Je crois que le doyen voudrait vous parler.

Tremblay se retourna et sourit.

— Jacopo, comment ça va ? s'écria-t-il. Ça a été une belle soirée.

Il avait les dents d'une blancheur aussi éclatante qu'artificielle, et Lomeli le soupçonna de les avoir fait blanchir pour l'occasion.

— Pourrais-je vous emprunter un instant, Joe ? s'enquit le doyen.

— Oui, bien sûr, fit Tremblay, qui se retourna vers Rajapakse. Nous pourrions peut-être poursuivre notre conversation plus tard ?

Le Sri-Lankais salua les deux hommes et se retira. Tremblay semblait regretter son départ, et, lorsqu'il reporta son attention sur Lomeli, sa voix trahissait son irritation.

— De quoi s'agit-il ?

— Pourrions-nous nous entretenir dans un endroit plus privé ? Votre chambre, peut-être ?

Les dents brillantes du Canadien s'effacèrent, et sa bouche retomba. Lomeli pensa qu'il allait refuser.

— Eh bien, je suppose, si c'est nécessaire. Mais que ce soit bref, si ça ne vous dérange pas. Il faut encore que je parle à certains confrères.

Sa chambre se situait au premier étage. Il précéda Lomeli dans l'escalier et le long du couloir. Il marchait vite, comme s'il avait hâte de se débarrasser de cette affaire. Il ouvrit la porte d'une suite en tous points semblable à celle du Saint-Père. Toutes les lumières – plafonnier, lampes de chevet, de bureau et même de salle de bains – étaient allumées. Elle paraissait aussi stérile et rutilante qu'une salle d'opération, rigoureusement dépourvue de tout objet personnel à l'exception d'une bombe de laque sur la table de chevet. Tremblay ferma la porte. Il n'invita pas Lomeli à s'asseoir.

— De quoi s'agit-il ?

— C'est à propos de votre dernier entretien avec le Saint-Père.

— Oui, et alors ?

— J'ai appris que cela s'était mal passé. Qu'en est-il ?

Tremblay se frotta le front et fronça les sourcils, comme s'il faisait un gros effort de mémoire.

— Non, pas que je me souvienne.

— Eh bien, pour être plus précis, on m'a appris que le Saint-Père avait exigé votre démission de tous vos postes.

— Ah! Cette ineptie! s'exclama-t-il, manifestement rasséréné. Cela provient de l'archevêque Woźniak, je présume?

— Je ne peux rien dire.

— Pauvre Woźniak. Vous savez ce que c'est? fit Tremblay en faisant mine de vider un verre. Nous allons devoir veiller à ce qu'il reçoive un traitement approprié dès que tout cela sera terminé.

— Il n'y a donc rien de vrai quand on prétend que lors de cette rencontre, on vous a limogé?

— Mais non, rien du tout! C'est tellement ridicule! Demandez à Mgr Morales. Il était présent.

— Je le ferais si je le pouvais, mais vous savez très bien que c'est impossible puisque nous sommes cloîtrés ici.

— Je vous assure qu'il confirmera mes dires.

— Sans doute. Cependant, cela paraît tout de même curieux. Auriez-vous une idée de la raison pour laquelle on ferait circuler une histoire pareille?

— J'aurais cru que c'était évident, Doyen. Mon nom a été mentionné dans la liste des papes possibles − c'est totalement absurde, inutile de le préciser, mais vous avez dû entendre la rumeur − et quelqu'un cherche à me salir avec des calomnies.

— Et vous pensez que cette personne est Woźniak?

— Qui d'autre? Je sais qu'il est allé voir Morales avec une histoire comme quoi le Saint-Père lui aurait confié quelque chose... Je le sais parce que Morales me l'a répété. Mais il n'a jamais osé m'en parler directement.

— Et vous mettez cela entièrement sur le compte d'une intrigue visant à vous discréditer?

— Je crains bien que cela ne se réduise à ça. C'est très triste, assura Tremblay en joignant les mains. J'évoquerai l'archevêque dans mes prières, ce soir, et je demanderai à Dieu de l'aider à surmonter ses problèmes. Et maintenant, si vous voulez bien m'excuser, je voudrais redescendre.

Il fit un pas vers la porte, mais Lomeli lui barra le chemin.

— Juste une dernière question, si c'est possible, simplement pour ma tranquillité d'esprit: pourriez-vous me dire de quoi vous avez parlé avec le Saint-Père lors de cette dernière conversation ?

L'indignation venait aussi facilement à Tremblay que la piété et les sourires. Sa voix prit un ton métallique.

— Non, Doyen, je ne le peux pas. Et, pour être sincère, je suis choqué que vous attendiez de moi de livrer une conversation privée, alors qu'il s'agit des dernières paroles que j'ai échangées avec le Saint-Père.

Lomeli posa la main sur son cœur et inclina légèrement la tête en guise d'excuse.

— Je comprends parfaitement. Pardonnez-moi.

Le Canadien mentait, bien sûr, et ils le savaient tous les deux. Lomeli s'écarta. Tremblay ouvrit la porte. Ils remontèrent le couloir en silence et se séparèrent dans l'escalier, le Canadien descendant dans le hall pour reprendre ses conversations, le doyen gravissant un nouvel étage avec lassitude pour retrouver sa chambre et ses doutes.

5

Pro eligendo romano pontifice

Cette nuit-là, il demeura allongé dans l'obscurité avec le rosaire de la Vierge Marie autour du cou et les bras croisés sur la poitrine. C'était une posture qu'il avait adoptée à la puberté, pour éviter les tentations du corps. L'objectif était de la maintenir jusqu'au matin. Maintenant, près de soixante ans plus tard, alors que la tentation n'était plus un danger, il continuait de dormir ainsi par habitude, tel le gisant d'un tombeau.

Le célibat ne lui avait pas donné l'impression d'être émasculé ou frustré, comme le monde séculier imagine souvent la condition des prêtres, mais lui avait au contraire permis de se sentir fort et épanoui. Il s'était vu comme un guerrier de la caste des chevaliers : un héros solitaire et intouchable, au-dessus du commun des mortels. *Si quelqu'un vient à moi, et s'il ne hait pas son père, sa mère, sa femme, ses enfants, ses frères et ses sœurs, et même sa propre vie, il ne peut être mon disciple.* Il n'était pas complètement naïf. Il avait su ce que c'était que de désirer, et d'être désiré, tant par des hommes que par des femmes. Et pourtant il n'avait jamais succombé à l'attirance physique. Il avait savouré sa solitude. Ce n'est que lorsqu'on lui avait diagnostiqué un cancer de la prostate qu'il avait commencé à regretter ce qu'il avait pu manquer. Qu'était-il devenu en fin de compte ? Il n'était plus un preux chevalier : rien qu'un vieillard impotent, pas plus héroïque que n'importe quel patient d'une maison de retraite. Il se demandait parfois à quoi tout cela avait bien pu servir. Ce n'était plus le désir qui troublait ses nuits ; c'était le regret.

Il entendait le cardinal africain ronfler dans la chambre voisine. Le mur de séparation trop mince semblait vibrer comme une membrane à chaque respiration stertoreuse. Lomeli était certain que ce devait être Adeyemi. Personne d'autre ne pouvait se montrer si bruyant, même dans son sommeil. Il essaya de compter les ronflements comme on compte les moutons, dans l'espoir que la répétition l'endormirait. Arrivé à cinq cents, il abandonna.

Il regretta de ne pouvoir ouvrir les volets pour avoir un peu d'air. Il se sentait claustrophobe. La grande cloche de Saint-Pierre avait cessé de sonner l'heure à minuit. Dans la chambre close, le petit matin obscur s'écoulait lentement et sans aucun repère.

Lomeli alluma la lampe de chevet et lut quelques pages de *La Messe* de Guardini.

> Si quelqu'un me demandait où commence la vie liturgique, je lui répondrais : avec l'apprentissage du silence... ce silence attentif dans lequel peut s'enraciner la parole de Dieu. Cela doit se construire avant le début de la célébration, si possible en méditant dans le calme alors que l'on se rend à l'église et, mieux encore, en prenant la veille un moment pour se recueillir.

Mais comment parvenir à un tel silence ? C'était la question à laquelle Guardini ne répondait pas et, à mesure que la nuit avançait, au lieu de silence, les bruits qui emplissaient la tête de Lomeli devenaient plus perçants encore que d'habitude. *Il a sauvé les autres, il ne peut pas se sauver lui-même* – les quolibets des scribes et des anciens au pied de la Croix. Le paradoxe au cœur de l'Évangile. Le prêtre qui célèbre la messe mais est incapable de parvenir à la Communion.

Il se représenta un grand rayon de ténèbres assourdissantes, peuplées de voix cruelles et moqueuses, qui descendait du ciel. Une révélation divine du doute.

À un moment, dans son désespoir, il saisit *La Messe* et la projeta contre le mur. Le livre rebondit avec un bruit mat. Les ronflements s'interrompirent une minute, puis reprirent de plus belle.

À 6 h 30, le réveil sonna dans toute la résidence Sainte-Marthe – une sonnerie métallique de séminaire. Lomeli ouvrit les yeux. Il s'était recroquevillé sur le côté. Il se sentait sonné, endolori. Il n'avait pas la moindre idée de combien de temps il avait dormi, mais cela n'avait pas pu durer plus d'une heure ou deux. Puis la pensée de tout ce qui l'attendait durant cette journée le submergea telle une vague nauséeuse, et il resta un instant incapable de bouger. Habituellement, au réveil, il passait un quart d'heure à méditer puis se levait et disait ses prières matinales. Mais cette fois, lorsqu'il parvint enfin à trouver la volonté de poser les pieds par terre, il se rendit directement dans la salle de bains et prit la douche la plus brûlante qu'il pût supporter. L'eau lui fouetta le dos et les épaules. Il se tourna et se tordit sous le jet bouillant en poussant des cris de douleur. Il essuya ensuite la buée sur le miroir et contempla avec dégoût sa peau à vif. *Mon corps est d'argile, ma renommée simple vapeur et ma fin de cendres.*

Il se sentait trop tendu pour prendre son petit déjeuner avec les autres. Il resta donc dans sa chambre pour répéter son homélie et essayer de prier, et attendit la toute dernière minute pour descendre.

Le hall était une mer rouge de cardinaux en train de se vêtir pour la courte procession jusqu'à la basilique. L'intendance du conclave, dirigée par l'archevêque Mandorff et Mgr O'Malley, avait été autorisée à revenir dans la résidence pour apporter son aide ; le père Zanetti attendait au pied de l'escalier pour aider Lomeli à mettre sa tenue de célébrant. Ils se rendirent dans la même salle, en face de la chapelle, où le doyen avait retrouvé Woźniak la veille au soir. Lorsque Zanetti lui demanda comment il avait dormi, il répondit :

— Très bien, merci.

Et il espéra que le jeune prêtre ne remarquerait pas les cernes marqués sous ses yeux et le tremblement de ses mains quand il lui confia le texte de son sermon. Il baissa la tête pour enfiler l'épaisse chasuble rouge qui avait été portée par tous les doyens du Collège au cours des vingt dernières années, et écarta les bras tandis que Zanetti s'affairait autour de lui comme un tailleur, redressant et ajustant l'étoffe. Le manteau pesait lourd sur les épaules de Lomeli, qui pria en silence : *Seigneur qui avez dit : mon joug est doux, et mon fardeau léger, faites que je le puisse porter de manière à mériter Votre grâce. Amen.*

Zanetti se plaça devant lui et leva les mains pour le coiffer de la haute mitre de soie blanche moirée. Le prêtre recula d'un pas et vérifia qu'elle était correctement positionnée, plissa les yeux, s'approcha de nouveau et la déplaça d'un millimètre avant de passer derrière le cardinal pour tirer sur les fanons et les lisser. L'ensemble paraissait en équilibre instable. Enfin, il lui remit la crosse. Lomeli souleva par deux fois la houlette de berger dorée dans sa main gauche afin de la soupeser. *Vous n'êtes pas un berger,* murmura une voix familière à l'intérieur de son crâne. *Vous êtes un administrateur.* Il éprouva soudain le besoin de rendre la crosse, d'arracher sa tenue de cérémonie et de confesser qu'il n'était qu'un usurpateur avant de disparaître. Il sourit et fit un petit signe de tête.

— C'est parfait, dit-il enfin. Merci.

Juste avant 10 heures, les cardinaux commencèrent à quitter la résidence Sainte-Marthe deux par deux et par ordre d'ancienneté, poussant les portes de verre sous la surveillance d'O'Malley muni de son bloc. S'appuyant sur sa crosse, Lomeli attendit à côté de la réception avec Zanetti et Mandorff. Ils avaient été rejoints par l'adjoint de Mandorff, doyen des maîtres des cérémonies pontificales, un prélat italien dodu et débonnaire nommé Epifano, qui serait son premier cérémoniaire durant la messe. Lomeli ne parlait à personne, ne regardait personne. Il tentait encore en vain de faire le vide pour Dieu dans son esprit. *Trinité éternelle, je vais par*

Ta grâce célébrer la messe à Ta gloire et pour le salut de tous, les vivants et les morts pour qui le Christ a donné sa vie, et appliquer le fruit ministériel au choix d'un nouveau pape...

Enfin, ils sortirent dans le matin blême de novembre. La procession des cardinaux allant par deux, en robe écarlate, s'étirait sur le pavé en direction de l'Arche des Cloches, puis disparaissait dans la basilique. L'hélicoptère se faisait de nouveau entendre à proximité ; et de nouveau, les cris assourdis de manifestants résonnaient dans l'air froid. Lomeli s'efforça de se fermer à toute distraction, mais c'était impossible. Tous les vingt pas, des agents de sécurité montaient la garde et baissaient la tête lorsqu'il avançait et les bénissait. Il franchit l'arche avec ses assistants, traversa la place dédiée aux premiers martyrs chrétiens, suivit le portique de la basilique et franchit les imposantes portes de bronze pour pénétrer dans la lumière aveuglante de Saint-Pierre illuminé pour la télévision, où attendaient vingt mille fidèles. Il entendit le chant de la chorale sous la coupole et l'écho bruissant de la multitude. La procession s'arrêta. Il garda les yeux rivés droit devant lui, aspirant au silence, conscient de l'immense foule massée autour de lui – des sœurs, des prêtres et des fidèles laïcs, qui tous le regardaient en chuchotant et souriant.

Trinité éternelle, je vais par Ta grâce célébrer la messe à Ta gloire...

Après quelques minutes, ils se remirent en marche, et remontèrent la vaste allée centrale de la nef. Lomeli tournait la tête d'un côté puis de l'autre, s'appuyant de la main gauche sur la crosse pour faire des mouvements vagues de la main droite, accordant sa bénédiction à la masse floue des visages. Il aperçut son image sur un écran géant – silhouette raide et inexpressive, qui marchait comme en transe dans son costume recherché. Qui était cette marionnette, cette enveloppe vide ? Il se sentait totalement désincarné, comme s'il flottait à côté de son corps.

Au bout de l'allée centrale, pour contourner la coupole et rejoindre l'abside, ils durent faire halte près de la statue de *Saint Longin* par le Bernin, non loin de la chorale, et attendirent que les derniers cardinaux, montant par deux, aient baisé l'autel et soient redescendus chacun de son côté. Ce ne fut que lorsque cet exercice minutieux fut achevé que Lomeli put rejoindre l'arrière de l'autel. Il s'inclina. Epifano s'avança, lui prit la crosse et la remit à l'enfant de chœur. Puis il souleva la mitre de la tête de Lomeli, la replia et la remit à un deuxième acolyte. Par habitude, Lomeli toucha sa calotte pour vérifier qu'elle était bien en place.

Ensemble, Epifano et lui gravirent les sept marches tapissées conduisant à l'autel. Lomeli s'inclina de nouveau et baisa l'étoffe blanche. Il se redressa et releva les manches de sa chasuble comme s'il s'apprêtait à se laver les mains. Il prit au thuriféraire l'encensoir en argent contenant l'encens et les charbons ardents et le balança au-dessus de l'autel – sept fois de ce côté-ci avant d'en faire le tour pour encenser les trois autres côtés. La fumée douceâtre fit naître chez Lomeli des sensations inoubliables. Du coin de l'œil, il aperçut des silhouettes en complet noir qui mettaient son siège en place. Il rendit l'encensoir, s'inclina de nouveau puis se laissa conduire devant l'autel. Un enfant de chœur présenta le missel et l'ouvrit à la bonne page ; un autre approcha un micro au bout d'une perche.

Autrefois, dans sa jeunesse, la richesse de sa voix de baryton avait valu à Lomeli une modeste renommée. Mais l'âge l'avait affaiblie tel un bon vin passé d'être resté trop longtemps en cave. Il croisa les doigts, ferma les yeux un instant, prit une inspiration et entonna un plain-chant vacillant, amplifié dans toute la basilique.

— *In nomine Patris, et Filii, et Spiritus Sancti...*

Et de la congrégation colossale s'éleva la réponse murmurée :

— *Amen.*

Il leva les mains pour donner sa bénédiction et reprit son chant, étirant les trois syllabes en une demi-douzaine :

— *Pa-a-x vob-i-i-s.*

Et tous répondirent :

— *Et cum spiritus tuo.*

Il avait commencé.

Par la suite, nul n'aurait pu deviner, en regardant un enregistrement de la messe, le trouble qui agitait son célébrant, du
moins pas jusqu'à ce qu'il prononce son homélie. Il est vrai
que ses mains tremblèrent parfois pendant le rite pénitentiel,
mais pas plus qu'on ne pouvait s'y attendre de la part d'un
homme de soixante-quinze ans. Il est vrai aussi qu'à une ou
deux reprises il parut indécis sur la marche à suivre ; ainsi,
avant l'Évangile, au moment de mettre l'encens sur les charbons avec la cuiller. Néanmoins, il s'en était dans l'ensemble
bien sorti. Jacopo Lomeli, du diocèse de Gênes, s'était élevé
aux plus hauts niveaux des conseils de l'Église romaine grâce
aux qualités mêmes dont il fit preuve ce jour-là : impassibilité,
sérieux, sang-froid, dignité, assurance.

La première lecture fut donnée en anglais, par un prêtre
jésuite américain, et fut tirée du prophète Isaïe (*L'esprit du
Seigneur, l'Éternel, est sur moi*). La seconde fut prononcée en espagnol par une femme, une grande figure du mouvement des
Focolari, et était tirée de l'Épître de saint Paul aux Éphésiens
décrivant comment Dieu a créé l'Église (*le Corps s'accroît et
s'édifie lui-même en amour*). Elle avait une voix monocorde.
Lomeli, assis sur le siège, essaya de se concentrer en tradui-
sant mentalement les paroles familières.

*C'est lui encore qui « a donné » aux uns d'être apôtres, à d'autres d'être
prophètes, ou encore évangélistes, ou bien pasteurs et docteurs...*

Le Collège des cardinaux au complet était disposé en demi-
cercle devant lui : les deux parties – celle qui serait autorisée à
participer au conclave, et celle, à peu près équivalente en
nombre, des cardinaux âgés de plus de quatre-vingts ans et
qui n'avaient donc plus droit au vote. (Le pape Paul VI avait,
cinquante ans plus tôt, décrété un âge limite, et le renouvelle-
ment continuel qui en avait découlé avait considérablement
renforcé la capacité du Saint-Père à modeler le conclave à
son image.) Avec quelle amertume certains de ces vieillards
cacochymes considéraient la perte de leur autorité ! Avec

quelle jalousie ils regardaient leurs pairs plus jeunes! Lomeli arrivait presque à distinguer leur mine renfrognée de là où il se trouvait.

... organisant ainsi les saints pour l'œuvre du ministère, en vue de la construction du Corps du Christ...

Il parcourut des yeux les quatre rangées de sièges très espacées. Visages éclairés, visages ennuyés, visages baignés d'extase religieuse; un cardinal endormi. Ils devaient ressembler à l'image qu'il se faisait du Sénat en toge de la Rome antique au temps de l'ancienne République. Ici et là, il repéra les principaux prétendants – Bellini, Tedesco, Adeyemi, Tremblay – assis à l'écart les uns des autres, chacun plongé dans ses pensées, et il fut frappé de voir à quel point le conclave n'était qu'un instrument arbitraire, imparfait et forgé par l'homme. Il n'en était nullement fait mention dans les textes saints. Il n'y avait rien dans les Écritures qui stipule que Dieu avait créé les cardinaux. Comment s'intégraient-ils dans l'image donnée par saint Paul de Son Église comme d'un corps vivant?

Mais, vivant selon la vérité et dans la charité, nous grandirons de toute manière vers Celui qui est la Tête, le Christ, dont le Corps tout entier reçoit concorde et cohésion par toutes sortes de jointures qui le nourrissent et l'actionnent selon le rôle de chaque partie...

La lecture prit fin, puis ce fut l'acclamation de l'Évangile. Lomeli demeura immobile sur son siège. Il avait la sensation d'avoir reçu une vision, mais il ne savait pas trop de quoi. L'encensoir fumant apparut devant lui, avec la navette et la minuscule louche d'argent. Epifano dut le rappeler à son rôle en guidant sa main pour répandre les grains d'encens sur les charbons. Lorsque l'encensoir eut été retiré, son cérémoniaire lui fit signe de se lever, et, tout en retirant de nouveau la mitre du doyen, le dévisagea avec inquiétude et murmura:

— Vous vous sentez bien, Éminence?

— Oui, ça va.

— Cela va bientôt être l'heure de votre homélie.

— Je comprends.

Il fit un effort pour se ressaisir pendant la proclamation de l'Évangile selon saint Jean (*c'est moi qui vous ai choisis et vous ai établis, pour que vous alliez et portiez du fruit*). Alors, très vite, c'en fut terminé de l'Évangile. Epifano lui reprit sa crosse. Lomeli était censé s'asseoir pour qu'on lui remette sa mitre. Mais il oublia, et Epifano, qui, avait les bras courts, dut s'étirer maladroitement pour la lui poser sur la tête. Un enfant de chœur lui tendit les feuillets de son texte, reliés par un ruban rouge dans le coin supérieur gauche. Le micro fut propulsé devant lui. Les acolytes se retirèrent.

Soudain, il affrontait les yeux morts des caméras de télévision et l'immensité de la congrégation, trop vaste pour qu'il puisse l'embrasser du regard et plus ou moins divisée en blocs de couleur : le noir des religieuses et des laïcs au loin, près des portes de bronze, le blanc des prêtres à mi-chemin, dans la nef, le rouge des cardinaux à ses pieds, sous la coupole. Un silence attentif s'abattit sur la basilique.

Lomeli regarda son texte. Il avait passé des heures le matin même à le relire, et pourtant, il lui apparaissait à présent complètement étranger. Il le fixa du regard jusqu'au moment où il prit conscience d'un mouvement de gêne autour de lui et comprit qu'il ferait bien de démarrer.

— Chers frères et sœurs dans le Seigneur...

Il commença par lire de manière automatique :

— En cette heure importante de l'histoire de la Sainte Église du Christ...

Les mots sortaient de sa bouche, partaient dans le vide et semblaient expirer au milieu de la nef pour tomber au sol, inertes. Ce ne fut que lorsqu'il mentionna «le lumineux pontificat que Dieu nous a concédé avec la vie et les œuvres de notre regretté Saint-Père» qu'une vague d'applaudissements naquit parmi les laïcs, tout au fond de la basilique, et roula vers l'autel pour être reprise, avec nettement moins d'enthousiasme, par les cardinaux. Il dut s'interrompre et attendre que le silence se rétablisse.

— Nous souhaitons à présent implorer le Seigneur, à travers la sollicitude pastorale des cardinaux, afin que bientôt Il donne un nouveau pasteur à Sa Sainte Église. Et en cette heure, nous sommes soutenus par la foi dans la promesse du Christ sur le caractère indéfectible de son Église, quand Il a dit à celui qu'Il avait choisi : « Tu es Pierre, et sur cette pierre je construirai mon Église, et les portes de l'enfer ne prévaudront pas contre elle. Et je te donnerai les clés du Royaume des cieux. »

» Aujourd'hui encore, le symbole de l'autorité pontificale demeure un jeu de clés. Mais à qui convient-il de le confier ? Il s'agit là de la responsabilité la plus solennelle et sacrée que chacun de nous aura à exercer de toute son existence, et nous devons implorer du Seigneur l'attention aimante qu'Il a toujours réservée à Sa Sainte Église et Le prier de nous guider vers le bon choix.

Lomeli tourna la page et parcourut la suivante d'un bref coup d'œil. Les platitudes s'enchaînaient aux platitudes en une succession compacte. Il passa au troisième feuillet, puis au quatrième. Ils ne valaient pas mieux. Sur une impulsion soudaine, il posa son texte sur le siège, derrière lui, et se retourna vers le micro.

— Mais vous savez déjà tout cela.

Il y eut quelques rires. Lomeli vit les cardinaux en contrebas se regarder avec inquiétude.

— Permettez-moi un instant de parler avec mon cœur.

Il marqua une pause afin d'organiser sa pensée. Il se sentait parfaitement calme.

— Une trentaine d'années après que Jésus eut confié les clés de Son Église à saint Pierre, l'apôtre Paul débarqua dans cette ville de Rome. Il prêcha dans tout le bassin méditerranéen pour poser les fondations de notre Sainte Mère l'Église, et, quand il arriva à Rome, on le jeta en prison parce que les autorités avaient peur de lui... à leurs yeux, c'était un révolutionnaire. Et, comme un révolutionnaire, il continua de s'engager, même du fond de sa cellule. En 62 ou 63, il renvoya un de ses ministres, Tychique, à Éphèse, où il avait vécu trois ans, pour y porter cette lettre sublime aux croyants, dont nous venons d'écouter une partie.

» Arrêtons-nous un peu sur ce que nous venons d'entendre. Paul dit aux Éphésiens – qui étaient, rappelons-le, un mélange de gentils et de Juifs – que le don de Dieu à l'Église est dans sa diversité : Il a donné aux uns d'être apôtres, à d'autres d'être prophètes, ou encore évangélistes, ou bien pasteurs et docteurs, «pour rendre aptes les frères à accomplir leur ministère en vue de l'édification du corps du Christ» et «parvenir, tous ensemble, à ne faire plus qu'un dans la foi». *Ils doivent accomplir leur ministère tous ensemble.* Ce sont des personnes différentes – des êtres résistants, on peut le supposer, dotés de fortes personnalités et qui ne craignent pas les persécutions – qui servent l'Église chacune à leur manière : c'est l'accomplissement de leur ministère qui les rassemble et constitue l'Église. Après tout, Dieu aurait pu créer un seul archétype pour Le servir. Mais Il a choisi de créer ce qu'un naturaliste pourrait appeler tout un écosystème de mystiques, de rêveurs et de bâtisseurs pragmatiques – voire même d'administrateurs – dotés de forces et d'élans différents, et c'est avec ceux-là qu'Il a façonné le Corps du Christ.

Il régnait dans la basilique un silence complet, troublé seulement par un cameraman solitaire qui contournait l'autel pour le filmer. Lomeli se sentait pleinement concentré. Il n'avait jamais été aussi sûr de ce qu'il voulait dire précisément.

— Dans la seconde partie de la lecture, nous avons entendu Paul renforcer cette image de l'Église tel un corps vivant. «Mais vivant selon la vérité et dans la charité, dit-il, nous grandirons de toute manière vers Celui qui est la Tête, le Christ, dont le Corps tout entier reçoit concorde et cohésion.» Les mains sont les mains, tout comme les pieds sont les pieds, et ils servent le Seigneur selon le rôle de chaque partie. Autrement dit, nous ne devons pas craindre la diversité, parce que c'est la variété qui donne sa force à notre Église. Ensuite, nous dit Paul, quand nous vivrons selon la vérité et dans la charité, «nous ne serons plus des enfants, nous ne nous laisserons plus ballotter et emporter à tout vent de la doctrine, au gré de l'imposture des hommes et de leur astuce à se fourvoyer dans l'erreur».

»Cette idée du corps et de la tête est, me semble-t-il, une magnifique métaphore de la sagesse collective : d'une communauté religieuse travaillant ensemble pour grandir dans le Christ. Pour travailler ensemble, pour grandir ensemble, nous devons nous montrer tolérants parce que tous les membres du corps sont nécessaires. Aucun être, aucune faction ne devrait chercher à dominer les autres. «Soyez soumis les uns aux autres dans la crainte du Christ», recommande Paul aux fidèles un peu plus loin dans cette même Épître.

»Mes frères et sœurs, au cours d'une longue vie passée au service de notre Sainte Mère l'Église, laissez-moi vous dire que le péché que j'en suis venu à craindre plus que tout autre est la certitude. La certitude est le grand ennemi de l'unité. La certitude est l'ennemi mortel de la tolérance. Christ lui-même n'était sûr de rien, à la fin. À la neuvième heure sur la Croix, Il poussa un grand cri de souffrance : «*Eli, Eli, lama sabachtani?*» «Mon Dieu, mon Dieu, pourquoi m'as-Tu abandonné?» Notre foi est une chose vivante précisément parce qu'elle marche main dans la main avec le doute. S'il n'y avait que la certitude, et que le doute n'existait pas, il n'y aurait pas de mystère, et donc la foi ne serait pas nécessaire.

»Prions pour que le Seigneur nous accorde un pape qui doute et qui, par ses doutes, continuera de faire de la foi catholique une chose vivante qui inspirera le monde entier. Faites qu'Il nous accorde un pape qui pèche, qui demande pardon et poursuive sa tâche. Nous le demandons au Seigneur par l'intercession de la Très Sainte Vierge Marie, Reine des Apôtres, et de tous les martyrs et les saints qui au cours des siècles ont rendu glorieuse cette Église de Rome. Amen!

Il ramassa sur son siège le texte de l'homélie qu'il n'avait pas lue et le tendit à Mgr Epifano qui le prit avec un air perplexe, ne sachant trop ce qu'il devait en faire. Cette homélie n'ayant pas été lue, devait-elle entrer dans les archives du Vatican ou pas? Puis le doyen s'assit. La tradition voulait qu'il s'ensuive un silence d'une minute et demie afin que chacun pût se pénétrer de la signification du sermon. Le calme immense ne fut perturbé que par une toux occasionnelle. Lomeli ne parvenait pas à évaluer la réaction. Peut-être étaient-ils tous en état de choc. Si tel était le cas, qu'il en soit ainsi. Il se sentait plus proche de Dieu qu'il ne l'avait été depuis des mois – plus proche peut-être qu'il ne s'était jamais senti de Lui de toute sa vie. Il ferma les yeux et pria. *Ô Seigneur, j'espère que mes paroles ont servi Tes fins et je Te remercie de m'avoir insufflé le courage d'exprimer ce qui était dans mon cœur, et de m'avoir donné la force physique et mentale de le prononcer.*

Une fois la période de réflexion terminée, un enfant de chœur approcha de nouveau le micro, et Lomeli se leva pour entonner le Credo – « *Credo in unum deum* ». Sa voix était plus ferme. Il éprouvait un grand sursaut d'énergie spirituelle, qui ne l'abandonna pas, de sorte qu'à chaque étape de l'eucharistie qui suivit, il eut conscience de la présence de l'Esprit-Saint auprès de lui. Chaque mot, chaque note de ces longs passages chantés en latin, dont la perspective l'avait rempli d'angoisse – la prière universelle, l'offertoire, la préface et le sanctus, la prière eucharistique et le rite de la communion – lui semblait animé par la présence du Christ. Il descendit dans la nef pour donner la communion à des fidèles ordinaires choisis dans la congrégation pendant que, autour de lui et derrière lui, les cardinaux montaient les uns après les autres jusqu'à l'autel. Alors même qu'il déposait l'hostie sur la langue des communiants agenouillés, le doyen avait à moitié conscience des regards que lui adressaient ses confrères. Il percevait leur étonnement. Lomeli – le lisse, le fiable, le compétent Lomeli ; Lomeli le juriste ; Lomeli le diplomate – avait fait quelque chose de complètement inattendu. Il avait dit quelque chose d'intéressant. Il ne s'y attendait pas non plus.

À 11 h 52, il psalmodia les rites de conclusion, « *Benedicat vos omnipotens Deus* » et fit trois fois le signe de croix, vers le nord, vers l'est et vers le sud :

— *Pater... et Filius... et Spiritus Sanctus.*

— *Amen.*

— Allez, la messe est dite.

— Rendons grâce à Dieu.

Il se tint ensuite devant l'autel, mains serrées sur la poitrine, pendant que le chœur et la congrégation chantaient l'Ave Regina. Lorsque la procession des cardinaux descendit la nef pour sortir, deux par deux de la basilique, il les examina d'un œil impartial. Il savait qu'il n'était certainement pas seul à penser que, la prochaine fois qu'ils reviendraient, l'un d'eux serait pape.

6

La chapelle Sixtine

Lomeli et ses assistants rentrèrent à la résidence quelques minutes après les autres cardinaux. Ceux-ci retiraient leur tenue de chœur dans le hall, et presque aussitôt, il sentit un changement d'attitude à son encontre. D'abord, personne ne vint lui parler et, lorsqu'il remit sa crosse et sa mitre au père Zanetti, il remarqua que le jeune prêtre évitait son regard. Même Mgr O'Malley, qui proposa de l'aider à ôter sa chasuble, paraissait d'humeur sombre. Lomeli s'attendait au moins à ce qu'il lui décoche une de ses plaisanteries habituelles, mais l'Irlandais se contenta d'un :

— Éminence, désirez-vous prier pendant que l'on vous retire votre habit ?

— Je crois que j'ai assez prié pour la matinée, Ray, vous ne pensez pas ?

Il pencha la tête pour permettre au secrétaire du Collège de soulever la chasuble. Ce fut un soulagement de ne plus sentir ce poids sur ses épaules. Il effectua quelques rotations du cou pour relâcher la tension de ses muscles, lissa ses cheveux et vérifia que sa calotte était bien en place avant de regarder autour de lui. L'emploi du temps prévoyait une longue pause déjeuner – deux heures et demie que les cardinaux pouvaient employer comme ils l'entendaient jusqu'à ce qu'une flottille de six minibus vienne les chercher à la résidence Sainte-

Marthe pour les emmener voter. Certains montaient déjà se reposer et méditer dans leur chambre.

— Le bureau de presse a appelé, annonça O'Malley.

— Vraiment ?

— Les médias ont remarqué la présence d'un cardinal qui ne figure pas sur la liste officielle. Certains des mieux informés l'ont déjà identifié comme étant l'archevêque Benítez. Les responsables de la communication veulent savoir comment traiter l'affaire.

— Dites-leur de confirmer et de donner des détails sur les circonstances de sa présence ici.

Il vit Benítez qui discutait avec les deux autres cardinaux philippins près de la réception. Il portait sa calotte inclinée de côté, comme une casquette d'écolier.

— Je suppose que nous allons devoir publier une petite biographie. Vous pouvez avoir accès à son dossier auprès de la Congrégation pour les évêques ?

— Oui, Éminence.

— Vous serait-il possible de concocter quelque chose et de m'en donner un exemplaire ? J'aimerais assez en savoir un peu plus sur notre nouveau confrère, moi aussi.

— Oui, Éminence, dit O'Malley en griffonnant sur son bloc. Et les chargés de communication voudraient aussi avoir le texte de votre homélie.

— Je ne l'ai pas, malheureusement.

— Ça ne fait rien. Nous pourrons toujours en faire une transcription à partir de l'enregistrement.

Il écrivit une autre note.

Lomeli attendait toujours qu'il lui fasse un commentaire sur son sermon.

— Y a-t-il autre chose que vous vouliez me dire ?

— Je crois que je n'ai pas besoin de vous importuner davantage pour l'instant, Éminence. Vous avez d'autres instructions ?

— En fait, il y a une chose, oui, répondit Lomeli sur un ton hésitant. Une affaire délicate. Vous voyez qui est Mgr Morales ? Il faisait partie du bureau privé du Saint-Père.

— Je ne le connais pas personnellement ; mais je sais qui c'est.

— Vous serait-il possible d'avoir un entretien avec lui, confidentiellement ? Il faudrait que ce soit fait aujourd'hui... je suis sûr qu'il n'a pas dû quitter Rome.

— *Aujourd'hui ?* Ce ne sera pas facile, Éminence...

— Oui, je sais. Je regrette. Peut-être pourriez-vous faire cela pendant que nous votons.

Il baissa la voix afin de ne pas être entendu des cardinaux qui se déshabillaient autour d'eux.

— Faites-le en mon nom. Dites qu'en tant que doyen, je dois savoir ce qui s'est passé lors du dernier entretien entre le Saint-Père et le cardinal Tremblay : y a-t-il eu quelque chose qui puisse rendre le cardinal Tremblay inapte à accéder à la papauté ?

Le généralement imperturbable Mgr O'Malley le regarda, bouche bée.

— Je suis désolé de devoir vous entraîner dans une histoire aussi sensible. Je m'en serais évidemment chargé moi-même, mais j'ai dès maintenant interdiction d'avoir le moindre contact avec qui que ce soit en dehors du conclave. Inutile de préciser que vous ne devez souffler mot de cela à quiconque.

— Non, bien entendu.

— Merci infiniment.

Il tapota le bras du secrétaire du Collège. Puis il ne put réprimer sa curiosité plus longtemps :

— Eh bien, Ray, je vois que vous ne m'avez rien dit de mon homélie. Vous n'êtes pas aussi discret, d'habitude. Était-ce vraiment si mauvais que ça ?

— Loin de là, Éminence. C'était extrêmement bien tourné, même si je ne doute pas que quelques sourcils ont dû se hausser à la Congrégation pour la Doctrine de la Foi. Mais dites-moi, c'était vraiment improvisé ?

— Oui, à vrai dire, ce n'était pas prévu du tout.

Lomeli fut décontenancé qu'on ait pu penser que sa spontanéité était feinte.

111

— Si je vous demande ça, c'est parce que vous allez peut-être découvrir qu'il a produit un effet considérable.

— Eh bien, c'est une bonne chose, non ?

— Absolument. Même si j'ai entendu murmurer que vous tentiez de désigner le nouveau pape.

La première réaction de Lomeli fut de rire.

— Vous ne parlez pas sérieusement !

Avant cet instant, il ne lui était pas venu à l'esprit que l'on pouvait interpréter ses paroles comme une façon de vouloir manipuler le vote d'une façon ou d'une autre. Il avait simplement exprimé ce que l'Esprit-Saint lui avait soufflé. Malheureusement, il ne se rappelait plus les expressions exactes qu'il avait utilisées. C'était le danger de parler sans texte préparé, et c'est pour cela qu'il ne l'avait jamais fait auparavant.

— Je ne fais que rapporter ce que j'ai entendu, Éminence.

— Mais c'est absurde ! Qu'ai-je réclamé ? Trois choses : l'unité ; la tolérance ; l'humilité. Nos frères suggéreraient-ils maintenant qu'il nous faudrait un pape sectaire, intolérant et arrogant ?

O'Malley baissa respectueusement la tête, et Lomeli prit conscience qu'il avait élevé la voix. Deux cardinaux s'étaient retournés pour l'observer.

— Pardon, Ray, veuillez m'excuser. Je crois que je vais monter une heure dans ma chambre. Je me sens épuisé.

Tout ce qu'il avait toujours voulu, dans cette élection, c'était se montrer neutre. La neutralité avait été le leitmotiv de sa carrière. Quand les conservateurs avaient pris le contrôle de la Congrégation pour la Doctrine de la Foi, dans les années 1990, il avait gardé profil bas et poursuivi son travail de nonce apostolique aux États-Unis. Vingt ans plus tard, lorsque le Saint-Père avait décidé de faire le ménage et l'avait prié de renoncer à son poste de secrétaire d'État, il l'avait servi tout aussi loyalement en prenant les fonctions de doyen, plus basses dans la hiérarchie. *Servus fidelis* : tout ce qui comptait, c'était l'Église. Il était convaincu de ce qu'il avait dit le matin. Il était bien placé pour savoir quel mal pouvait causer la certitude inflexible en matière de foi.

Mais alors qu'il traversait le hall en direction de l'ascenseur, il fut consterné de constater que, s'il recevait quelques marques amicales – une petite tape sur le dos, quelques sourires –, celles-ci provenaient exclusivement de la faction progressiste. La totalité des cardinaux estampillés conservateurs dans ses fiches lui adressaient des regards sévères, quand ils ne lui tournaient pas complètement le dos. L'archevêque de Bologne, Dell'Acqua, qui était assis à la table de Bellini la veille, lui lança, assez fort pour être entendu de tous :

— Bravo, Doyen !

Mais le cardinal Gambino, archevêque de Pérouse et l'un des plus fervents partisans de Tedesco, agita l'index dans sa direction afin de marquer en silence sa désapprobation. Puis, pour couronner le tout, lorsque les portes de l'ascenseur s'ouvrirent, ce fut Tedesco en personne, les joues rouges et sans doute désireux de manger de bonne heure, qui en sortit. Il était en compagnie de l'archevêque émérite de Chicago, Paul Krasinski, qui s'appuyait sur sa canne. Lomeli s'effaça pour les laisser sortir.

En passant devant lui, Tedesco lui lança sèchement :

— Bonté divine, Éminence, c'était une interprétation très originale des Éphésiens : dépeindre saint Paul en apôtre du doute ! C'est bien la première fois que j'entends ça ! N'a-t-il pas écrit aux Corinthiens : « Et si la trompette rend un son confus, qui se préparera au combat ? » ajouta-t-il en pivotant sur lui-même, bien décidé à entamer une dispute.

Lomeli appuya sur le bouton du deuxième étage.

— Cela vous aurait peut-être paru plus acceptable en latin, Patriarche ?

Les portes se refermèrent, occultant la réplique de Tedesco.

Il avait parcouru la moitié du couloir quand il se rendit compte qu'il avait laissé sa clé à l'intérieur de sa chambre. Il se sentit submergé par un sentiment d'injustice puéril. Fallait-il vraiment qu'il pense à tout ? Le père Zanetti ne pouvait-il pas veiller un petit peu mieux sur lui ? Il n'avait d'autre choix que de faire demi-tour, descendre l'escalier et aller expliquer sa bêtise à la nonne de la réception. Elle disparut dans le bureau et revint avec sœur Agnès, des Filles de la Charité de Saint-Vincent-de-Paul, une toute petite femme de près de soixante-dix ans. Elle avait un visage mince et anguleux, et les yeux d'un bleu limpide. Un de ses lointains ancêtres aristocrates avait été membre de l'Ordre pendant la Révolution française, et guillotiné pour avoir refusé de prêter serment au nouveau régime. Sœur Agnès avait la réputation d'être la seule personne que le Saint-Père eût crainte, ce qui expliquait peut-être pourquoi il avait souvent recherché sa compagnie. « Agnès, se plaisait-il à répéter, me dira toujours la vérité. »

Elle laissa Lomeli réitérer ses excuses et émit un petit bruit désapprobateur avant de lui donner son passe.

— Tout ce que je peux dire, Éminence, c'est que j'espère que vous ferez plus attention aux clés de Saint-Pierre qu'à celle de votre chambre !

La plupart des cardinaux avaient maintenant quitté le hall, soit pour aller méditer ou se reposer dans leurs quartiers, soit pour déjeuner dans la salle à manger. Contrairement au dîner, le déjeuner était en self-service. Le fracas des couverts et des assiettes, les senteurs des plats chauds, la rumeur chaleureuse des conversations, tout cela lui parut tentant. Mais en regardant la queue, il devina que son sermon était au centre des conversations. Mieux valait laisser son message parler de lui-même.

À l'endroit où l'escalier formait un coude, il tomba sur Bellini, qui descendait. L'ancien secrétaire d'État était seul et, au moment où il arrivait au niveau de Lomeli, il lui glissa à voix basse :

— Je ne te savais pas si ambitieux.

Lomeli crut tout d'abord avoir mal entendu.

— Quelle idée saugrenue !

— Je ne voulais pas te vexer, mais tu dois avouer que tu es... Comment dire ? Mettons, sorti de l'ombre ?

— Comment pourrait-on rester dans l'ombre quand on célèbre une messe télévisée de deux heures à Saint-Pierre ?

— Oh, mais tu joues avec les mots, Jacopo, commenta Bellini, dont la bouche se tordit en un sourire déplaisant. Tu sais très bien ce que je veux dire. Quand on pense qu'il y a si peu de temps, tu as essayé de démissionner ! Et maintenant...

Il haussa les épaules et afficha de nouveau ce sourire affreux.

— Qui sait comment les choses peuvent tourner ?

Lomeli se sentit près de défaillir, comme pris d'un soudain vertige.

— Aldo, cette conversation m'est très pénible. Tu ne peux pas croire sérieusement que j'aie le moindre désir, ou la plus infime chance, de devenir pape ?

— Mon cher ami, tout homme dans cette maison a sa chance, du moins en théorie. Et chaque cardinal a pour le moins nourri le fantasme d'être un jour élu et a même choisi le nom sous lequel il aimerait exercer son pontificat.

— Eh bien, pas moi...

— Nie-le si tu veux, mais prends le temps de t'interroger au plus profond de toi et assure-moi ensuite que ce n'est pas le cas. Et maintenant, si tu veux bien m'excuser, j'ai promis à l'archevêque de Milan de descendre dans la salle à manger pour essayer de parler avec certains de nos frères.

Il s'éloigna, et le doyen demeura un instant immobile sur les marches. Bellini subissait visiblement une pression énorme, ou il ne lui aurait jamais parlé ainsi. Mais lorsqu'il eut regagné sa chambre et se fut allongé sur le lit pour prendre un peu de repos, Lomeli s'aperçut qu'il n'arrivait pas à se sortir cette accusation de la tête. Était-il réellement, tout au fond de son âme, ce monstre d'ambition qu'il avait refusé de reconnaître pendant toutes ces années ? Il s'efforça en toute honnêteté de faire son examen de conscience et arriva à la conclusion que Bellini devait se tromper.

Mais une autre possibilité lui vint alors à l'esprit – une possibilité qui, aussi absurde fût-elle, était beaucoup plus inquiétante. Il redoutait presque de l'étudier :

Et si Dieu avait des projets pour lui ?

Cela expliquerait-il pourquoi il avait été saisi par cette impulsion extraordinaire dans Saint-Pierre ? Ces quelques phrases, dont il avait à présent tant de mal à se souvenir, au lieu d'être les siennes, n'étaient-elles pas une manifestation de l'Esprit-Saint qui s'exprimait à travers lui ?

Il voulut prier, mais Dieu, qu'il avait senti si proche quelques minutes seulement auparavant, s'était à nouveau évanoui, et il eut beau réclamer Son conseil, ses suppliques semblèrent se dissiper dans l'éther.

Il était près de 14 heures quand Lomeli se leva enfin de son lit. Il se déshabilla pour n'être plus qu'en sous-vêtements et chaussettes, ouvrit son placard et disposa les divers éléments de son habit de chœur sur le couvre-lit. Alors qu'il déballait chaque pièce de sa housse de plastique, le parfum douceâtre des produits chimiques de nettoyage à sec lui monta aux narines – odeur qui lui rappelait toujours ses années à la résidence du nonce apostolique de New York, quand tout son linge passait par une blanchisserie de la 72e Rue Est. Pendant un instant, il ferma les yeux et crut entendre la rumeur étouffée des klaxons incessants de Manhattan.

Chaque vêtement avait été coupé sur mesure par Gammarelli, fournisseur des tenues des papes depuis 1798, dans leur célèbre magasin, derrière le Panthéon, et il prit tout son temps pour s'habiller, méditant sur la nature sacrée de chaque pièce dans le but d'élever sa conscience spirituelle.

Il enfila la soutane de lainage rouge et ferma les trente-trois boutons qui descendaient de la gorge aux chevilles – un bouton pour chaque année de la vie du Christ. Il noua autour de sa taille la ceinture de soie moirée rouge censée lui rappeler son vœu de chasteté, et il vérifia que les franges des deux pans atteignaient bien un point situé entre le genou et le milieu supérieur de son mollet gauche. Puis il enfila par-dessus sa tête le rochet de fine toile blanche – symbole, avec la mozette, de son pouvoir de juridiction. Les deux tiers inférieurs et les poignets étaient en dentelle blanche à motif floral. Il noua les rubans de l'encolure et tira sur l'aube courte pour qu'elle s'étende juste sous les genoux. Enfin, il mit sa mozette, une pèlerine écarlate à neuf boutons qui lui arrivait aux coudes.

Il prit alors sa croix pectorale sur la table de chevet et la baisa. C'était Jean-Paul II en personne qui la lui avait remise pour marquer son rappel de New York à Rome, lorsqu'on lui avait confié les fonctions de secrétaire pour les Relations avec les États. Le parkinson du pape était déjà très avancé, et ses mains tremblaient tellement qu'il avait laissé tomber la croix par terre en la lui donnant. Lomeli défit la chaîne d'or et la remplaça par un cordon de soie rouge et or. Il murmura l'oraison coutumière (*Munire digneris me...*) et suspendit la croix à son cou afin qu'elle repose sur son cœur. Puis il s'assit au bord du lit et fit entrer ses pieds dans une paire de chaussures noires usées dont il noua les lacets. Il ne restait plus qu'une chose : la barrette de soie rouge, qu'il plaça par-dessus la calotte.

Il y avait un miroir en pied derrière la porte de la salle de bains. Il alluma le néon crachotant et vérifia sa tenue dans la lumière bleuâtre : d'abord le devant, puis le côté gauche et enfin le droit. Son profil avait pris un aspect aquilin, avec l'âge, et il songea qu'il ressemblait à un vieil oiseau déplumé. Sœur Anjelica, qui tenait son ménage, lui répétait qu'il était trop maigre et qu'il devait manger davantage. Il gardait dans ses appartements des vêtements qu'il avait commencé à mettre lorsqu'il était jeune prêtre, plus de quarante ans plus tôt, et qui lui allaient toujours parfaitement. Il se massa le ventre. Il avait faim. Il avait sauté le petit déjeuner et le déjeuner. Tant pis, se dit-il. Les tiraillements de la faim lui feraient une utile mortification de la chair, un infime mais constant rappel de l'immense souffrance du sacrifice du Christ pendant le premier tour de scrutin.

À 14 h 30, les cardinaux entreprirent de monter dans les minibus blancs qui attendaient depuis midi sous la pluie, devant la résidence Sainte-Marthe.

L'atmosphère s'était considérablement assombrie depuis le déjeuner. Lomeli se souvenait qu'il en avait été exactement ainsi lors du dernier conclave. Ce n'était qu'au moment de l'approche du vote que l'on ressentait pleinement le poids de la responsabilité. Seul Tedesco y semblait totalement insensible. Il se tenait adossé à une colonne et fredonnait tout en souriant à ceux qui passaient devant lui. Lomeli se demanda ce qui avait pu se produire pour améliorer ainsi son humeur. Peut-être s'agissait-il simplement d'un stratagème visant à déstabiliser ses rivaux. Avec le patriarche de Venise, tout était possible. Cette idée le mit mal à l'aise.

Mgr O'Malley, tout à son rôle de secrétaire du Collège, se tenait au centre du hall, son porte-bloc à la main. Il appelait chaque nom, tel un accompagnateur de voyage touristique. Les électeurs gagnaient alors les cars en silence, par ordre croissant de hiérarchie : d'abord les cardinaux de la Curie, qui constituaient l'ordre des diacres ; puis les cardinaux-prêtres, qui comprenaient principalement des archevêques du monde entier ; et enfin les cardinaux-évêques, dont Lomeli faisait partie et auxquels appartenaient aussi les trois patriarches d'Orient.

En tant que doyen, Lomeli fut le dernier à partir, juste derrière Bellini. Leurs regards se croisèrent brièvement alors qu'ils soulevaient le bas de leur tenue de chœur pour monter dans le bus, mais Lomeli ne chercha pas à lui parler. Il voyait bien que l'esprit de Bellini s'était élevé à un niveau supérieur et que son ami n'enregistrait plus – contrairement à lui – tous ces petits détails futiles qui faisaient obstacle à la présence de Dieu : le furoncle sur le cou de leur chauffeur, par exemple ; le frottement des essuie-glaces; ou les plis affreusement négligés que présentaient la mozette du patriarche d'Alexandrie...

Lomeli alla s'asseoir sur la droite, dans une rangée du milieu, à l'écart des autres. Il retira sa barrette et la posa sur ses genoux. O'Malley s'installa près du chauffeur. Il se retourna pour vérifier que tout le monde était bien à bord. Les portes se refermèrent avec un soupir d'air comprimé, et le minibus démarra dans un grondement de pneus sur les pavés de la place.

Des gouttes de pluie, délogées par le mouvement du véhicule, striaient en diagonale le verre épais et brouillaient la vue de Saint-Pierre. De l'autre côté, derrière les vitres, Lomeli remarqua des agents de sécurité qui patrouillaient dans les jardins du Vatican avec des parapluies. Le chauffeur remonta lentement la Via delle Fondamenta, les fit passer sous une arche et arrêta le car dans la cour de la Sentinelle. À travers le pare-brise embué, les feux de stop des minibus qui les précédaient luisaient telles des veilleuses votives rouges. Les gardes suisses s'abritaient dans leur guérite, le plumet de leur casque trempé par la pluie. Le car traversa alors au ralenti les deux cours successives puis tourna brusquement dans la cour du Maréchal et se gara juste en face de l'entrée de l'escalier. Lomeli fut satisfait de constater qu'on avait retiré les poubelles, puis s'irrita de l'avoir même remarqué – un détail futile de plus qui perturbait sa méditation. La portière du conducteur s'ouvrit, laissant s'engouffrer une rafale d'air humide et glacé. Le doyen remit sa barrette. Alors qu'il descendait du minibus, deux autres membres de la Garde suisse le saluèrent. Il leva instinctivement les yeux au-dessus de la haute façade de briques, jusqu'à l'étroite bande de ciel gris, et sentit le crachin sur son visage. Pendant une seconde, il eut l'impression incongrue d'être un détenu en promenade dans la cour d'une prison, puis il franchit la porte et monta le long escalier de marbre gris qui menait à la chapelle Sixtine.

D'après la Constitution apostolique, le conclave devait d'abord se réunir dans la chapelle Pauline, voisine de la Sixtine « à une heure appropriée de l'après-midi ». La chapelle Pauline, plus sombre, avec une grande place laissée au marbre, plus intime aussi que la Sixtine, accueillait les célébrations privées du pape. Lorsque Lomeli entra, les cardinaux avaient déjà pris place sur les bancs de bois, et les projecteurs de la télévision étaient branchés. Mgr Epifano attendait près de la porte en tenant l'étole de soie rouge du doyen, qu'il déposa soigneusement sur les épaules de Lomeli avant de marcher avec lui jusqu'à l'autel, entre les deux fresques de Michel-Ange représentant saint Pierre et saint Paul. Pierre, sur le mur de droite, se faisait crucifier, tête en bas. Il avait le cou tordu de telle façon qu'il semblait accuser d'un œil terrible quiconque avait la témérité de le contempler. Lomeli sentit le regard brûlant du saint lui vriller le dos jusqu'aux marches de l'autel.

Arrivé au micro, il se retourna pour faire face aux cardinaux. Ils se levèrent. Epifano lui présenta le mince livret de l'*Ordo rituum conclavis*, ouvert au chapitre deux concernant l'entrée en conclave. Lomeli fit le signe de croix.

— *In nomine Patris et Filii et Spriritus Sancti.*

— *Amen.*

— Chers frères, après avoir célébré le mystère divin, entrons maintenant en conclave pour élire le pontife romain...

Sa voix amplifiée remplit la petite chapelle. Mais, contrairement à ce qu'il avait ressenti pendant la messe dans la basilique, il n'éprouvait cette fois aucune émotion, aucune présence spirituelle. Les mots n'étaient que des mots : une incantation dépourvue de magie.

— Toute l'Église, unie à nous dans la prière, invoque constamment la grâce de l'Esprit-Saint, pour que soit élu parmi nous un digne Pasteur du troupeau du Christ.

» Que le Seigneur dirige nos pas sur la voie de la vérité, afin que, par l'intercession de la Bienheureuse Vierge Marie, des apôtres Pierre et Paul et de tous les saints, nous fassions toujours ce qu'il Lui plaît.

Epifano referma le livre et l'emporta. L'un des trois maîtres de cérémonie souleva la croix processionnelle posée près de la porte, les deux autres brandirent chacun un cierge, et le chœur commença à sortir en file de la chapelle en chantant la litanie des saints. Lomeli resta debout, face aux cardinaux, mains jointes, yeux clos, tête baissée, l'apparence même de la prière. Il espérait que les caméras de télévision s'étaient à présent détournées de lui, et que les plans rapprochés n'avaient pas trahi l'absence de grâce qu'il ressentait. La litanie s'assourdit tandis que le chœur traversait la Sala Regia vers la chapelle Sixtine. Il entendit le frottement des souliers des cardinaux contre le sol de marbre lorsqu'ils sortirent à leur tour.

Au bout d'un moment, Epifano lui glissa :

— Éminence, nous devrions y aller.

Lomeli leva les yeux et découvrit une chapelle presque vide. Il quitta donc l'autel et passa une nouvelle fois devant la crucifixion de saint Pierre en s'efforçant de garder le regard rivé sur la porte devant lui. Mais la force d'attraction du tableau était irrésistible. *Et toi ?* semblaient lui demander les yeux du saint martyrisé. *En quoi serais-tu digne de choisir mon successeur ?*

Dans la Sala Regia, des gardes suisses, en rang, se tenaient au garde-à-vous. Lomeli et Epifano rattrapèrent la queue de la procession. Les cardinaux psalmodiaient leur réponse – « *Ora pro nobis* » – à l'invocation chantée du nom de chaque saint. Ils pénétrèrent dans le vestibule de la chapelle Sixtine. Là, ils durent s'immobiliser pendant que l'on montrait leurs places à ceux qui les précédaient. À la gauche de Lomeli se trouvaient les poêles jumeaux dans lesquels seraient brûlés les bulletins de vote ; devant lui, le dos long et étroit de Bellini. Il avait envie de lui taper sur l'épaule, de se pencher vers lui pour lui souhaiter bonne chance. Mais les caméras de télé étaient partout, et il n'osa pas s'y risquer. De plus, il était certain que Bellini était en pleine communion avec Dieu.

Un instant plus tard, ils remontaient l'allée de bois temporaire, franchissaient la transenne et montaient sur le plancher surélevé de la chapelle. L'orgue jouait. Le chœur égrenait encore les noms des saints : «*Sancte Antoni... Sancte Benedict...*» La plupart des cardinaux se tenaient à leur place, derrière les rangées de longues tables. Bellini fut le dernier à être conduit à son siège. Lorsqu'il n'y eut plus personne dans l'allée, Lomeli s'avança sur la moquette beige jusqu'au pupitre sur lequel était posé l'Évangile ouvert pour le serment à prêter. Il retira sa barrette et la tendit à Epifano.

Le chœur entama le Veni Creator Spiritus :

> Viens, Esprit Créateur,
> Visite l'âme de tes fidèles,
> Emplis de la grâce d'En Haut
> Les cœurs que tu as créés...

Une fois l'invocation terminée, Lomeli se dirigea vers l'autel, large et étroit, placé au ras du mur tel un double manteau de cheminée. Au-dessus, *Le Jugement dernier* remplissait sa vision. Il devait l'avoir vu un bon millier de fois, mais n'avait jamais ressenti sa puissance comme ce fut le cas pendant ces quelques secondes. Il eut presque l'impression d'être aspiré par la fresque. Lorsqu'il monta les marches, il se retrouva nez à nez avec les damnés précipités vers l'enfer, et il dut prendre le temps de se ressaisir avant de se retourner vers le conclave.

Epifano tenait le livre ouvert devant lui, et il entonna la prière – «*Ecclesia tuae, Domine, rector et custos*» – avant de commencer à lire la formule de serment. Les cardinaux, qui suivaient le texte dans leur ordre de cérémonie, le prononcèrent avec lui :

— «Nous tous et chacun de nous, cardinaux électeurs présents à cette élection du souverain pontife, promettons, faisons le vœu et jurons d'observer fidèlement et scrupuleusement toutes les prescriptions contenues dans la Constitution apostolique...

» "De même, nous promettons, nous faisons le vœu et nous jurons que quiconque d'entre nous sera, par disposition divine, élu pontife romain, s'engagera à exercer fidèlement le *munus petrinum* de Pasteur de l'Église universelle...

» "Nous promettons et nous jurons surtout de garder avec la plus grande fidélité et avec tous, clercs et laïcs, le secret sur tout ce qui concerne d'une manière quelconque l'élection du Pontife romain et sur ce qui se fait dans le lieu de l'élection"...

Lomeli redescendit jusqu'au pupitre sur lequel reposait l'Évangile.

— Et moi, Jacopo Baldassare, cardinal Lomeli, je le promets, j'en fais le vœu et je le jure, prononça-t-il en posant la main sur le livre. Que Dieu m'y aide, ainsi que ces saints Évangiles que je touche de ma main.

Dès qu'il eut terminé, il gagna sa place, au bout de la longue table la plus proche de l'autel. Son voisin direct était le patriarche du Liban ; le siège d'après était occupé par Bellini. Lomeli n'avait plus rien à faire, sinon regarder les cardinaux se ranger en file indienne dans l'allée pour aller prêter serment chacun à leur tour. Il distinguait parfaitement chaque visage. Dans quelques jours, les producteurs de télévision pourraient piocher dans leurs enregistrements de la cérémonie pour trouver les images du nouveau pape à cet instant précis, alors qu'il posait la main sur l'Évangile, et à ce moment-là, son élection semblerait à tous inéluctable : c'était systématique. Roncalli, Montini, Wojtyla, même le pauvre petit Luciani, qui avait succombé après à peine un mois d'exercice : quand on les contemplait par la longue et majestueuse lunette du recul, tous paraissaient nimbés de l'aura de la destinée.

Tout en scrutant le défilé des cardinaux, il essaya de se représenter chacun revêtu de la blancheur pontificale. Sá, Contreras, Hierra, Fitzgerald, Santos, De Luca, Löwenstein, Jandaček, Brotzkus, Villanueva, Nakitanda, Sabbadin, Santini – ce pouvait être n'importe lequel d'entre eux. L'élu ne serait pas forcément l'un des favoris. Il y avait un vieux proverbe :

« Qui entre pape au conclave en sort cardinal. » Personne n'avait misé sur le Saint-Père avant la dernière élection, et pourtant il avait obtenu la majorité aux deux tiers au quatrième tour. Ô Seigneur, fais que notre choix se porte sur un candidat digne, et puisses-Tu nous guider dans nos délibérations pour que notre conclave ne soit ni long ni source de discordes, mais un emblème de l'unité de Ton Église. Amen.

Le collège tout entier mit plus d'une demi-heure à prêter serment. Puis l'archevêque Mandorff, en tant que maître des célébrations liturgiques pontificales, s'avança jusqu'au micro, sous *Le Jugement dernier*. De sa voix calme et précise, en articulant distinctement les quatre syllabes, il psalmodia la formule officielle : « *Extra omnes !* »

Les projecteurs de la télévision s'éteignirent, et les quatre maîtres de cérémonie, les prêtres et les officiels, les chanteurs, les agents de sécurité, les cadreurs de la télévision, le photographe officiel, une religieuse solitaire et le commandant de la Garde suisse en casque à plumet blanc entreprirent de quitter la chapelle.

Mandorff attendit que le dernier soit sorti, puis il parcourut l'allée moquettée jusqu'à la grande double-porte. Il était très exactement 16 h 46. La dernière vision que le monde extérieur eut du conclave fut celle de sa tête chauve et solennelle, puis les portes furent fermées de l'intérieur, et la transmission télévisée prit fin.

7

Le premier tour

Plus tard, quand les spécialistes payés pour analyser
le conclave tenteraient de percer le mur du secret et de
reconstituer ce qui s'était exactement passé, leurs sources s'ac-
corderaient toutes sur un point : les divisions commencèrent à
l'instant où Mandorff ferma les portes.

Il ne restait plus dans la chapelle Sixtine que deux hommes
non électeurs. Mandorff était l'un d'eux ; l'autre étant le
plus ancien résident du Vatican, le cardinal Vittorio Scavizzi,
vicaire général émérite de Rome, âgé de quatre-vingt-qua-
torze ans.

Scavizzi avait été choisi par le Collège cardinalice peu après
les funérailles du Saint-Père pour prononcer ce qui était
décrit dans la Constitution apostolique comme « la deuxième
méditation ». Il était stipulé que celle-ci devait intervenir
immédiatement avant le premier tour car elle avait pour fonction de rappeler une dernière fois au conclave la lourde
responsabilité qui lui incombait « d'agir avec une intention
droite pour le bien de l'Église universelle ». Traditionnellement, cette méditation était confiée à un cardinal ayant
dépassé les quatre-vingts ans, soit l'âge fatidique pour être
électeur – autrement dit, c'était une fleur accordée à la vieille
garde.

Lomeli ne se rappelait plus comment ils avaient fini par
choisir Scavizzi. Il avait eu tellement d'autres problèmes en

tête qu'il n'avait pas accordé beaucoup d'attention à cette décision. Il soupçonnait que la proposition avait dû émaner au départ de Tutino – c'était avant que l'on découvre que le préfet de la Congrégation pour les évêques, qui faisait l'objet d'une enquête pour l'agrandissement malheureux de son appartement, s'apprêtait à basculer dans le camp de Tedesco. Mais maintenant, tout en regardant l'archevêque Mandorff aider le vieil ecclésiastique à gagner le micro – son corps desséché penché de côté, ses notes farouchement serrées dans sa main arthritique et ses petits yeux brillants de détermination – Lomeli eut la soudaine prémonition d'ennuis à venir.

Scavizzi saisit le micro et le tira vers lui. Des bruits de chocs amplifiés se répercutèrent contre les murs de la chapelle. Il approcha son texte tout près de ses yeux. Pendant plusieurs secondes, rien ne se passa. Puis, peu à peu, de sa respiration rauque et difficile commencèrent à émerger des mots.

— Mes frères cardinaux, en cette heure de grande responsabilité, nous écoutons avec une attention particulière ce que le Seigneur nous dit à travers Ses paroles mêmes. Lorsque j'ai entendu le doyen de cet ordre prendre l'Épître aux Éphésiens de saint Paul comme un argument en faveur du doute dans son homélie de ce matin, je n'en ai pas cru mes oreilles. Le doute ! Est-ce réellement cela qui nous fait défaut dans le monde moderne ? *Le doute ?*

Un brouhaha léger se fit entendre sous la voûte – des murmures, des exclamations étouffées, une agitation sur les chaises. Lomeli sentait son sang battre contre ses tympans.

— Je vous implore, même à cette heure tardive, d'écouter ce que saint Paul a réellement dit : que nous devons parvenir, tous ensemble, à ne faire plus qu'un dans la foi et la connaissance du Fils de Dieu, afin que nous ne soyons plus des enfants, « ballottés et emportés à tout vent de la doctrine ».

» C'est d'un navire dans la tempête dont il parle, mes frères. C'est de la barque de saint Pierre, notre Sainte Église, qui, comme jamais auparavant dans son histoire, est à la merci « de l'imposture des hommes et de leur astuce à se fourvoyer

126

dans l'erreur ». Les vents et les vagues qui malmènent notre vaisseau portent des noms divers – athéisme, nationalisme, agnosticisme, marxisme, libéralisme, individualisme, féminisme, capitalisme – mais chacun de ces « ismes » cherche à nous faire dévier de notre vrai chemin.

» Notre tâche, cardinaux-électeurs, est de choisir un nouveau capitaine qui ignorera ceux d'entre nous qui doutent et tiendra le gouvernail d'une main ferme. Chaque jour, de nouveaux « ismes » surgissent. Mais toutes les idées n'ont pas valeur égale. On ne peut donner le même poids à toutes les opinions. Une fois que l'on succombe à la « dictature du relativisme », comme on l'a appelé avec raison, et que l'on cherche à survivre en nous adaptant à toutes les sectes éphémères, tous les engouements modernistes, le bateau est perdu. Nous n'avons pas besoin d'une Église qui avancerait *avec* le monde, mais d'une église qui *ferait avancer* le monde.

» Prions le Seigneur que l'Esprit-Saint accompagne ces délibérations et vous oriente vers un pasteur qui mettra fin aux dérives de ces derniers temps – un pasteur qui nous guidera de nouveau vers la connaissance du Christ, vers Son amour, vers la joie véritable. Amen.

Scavizzi lâcha le micro, et une explosion de bruits amplifiés résonna dans toute la chapelle. Il s'inclina en tremblotant devant l'autel, puis prit le bras de Mandorff. S'appuyant lourdement sur l'archevêque, il boitilla lentement jusqu'au bout de l'allée, sous les yeux incrédules d'une assistance muette de stupeur. Le vieillard, lui, ne regarda personne, pas même Tedesco, qui était assis au premier rang, presque en face de Lomeli. Ce dernier comprenait maintenant pourquoi le patriarche de Venise avait paru de si bonne humeur. Il savait ce qui allait se passer. Peut-être même était-ce lui qui avait écrit le texte de la méditation.

Scavizzi et Mandorff disparurent derrière les grilles de la transenne. Dans le silence stupéfait qui régnait, il fut facile de suivre leurs pas sur le sol de marbre du vestibule, puis d'entendre les portes de la chapelle Sixtine s'ouvrir et se refermer et enfin la clé tourner dans la serrure.

Conclave. Du latin *con clavis* : «avec une clé»; c'était ainsi que, depuis le XIIIe siècle, l'Église s'assurait que ses cardinaux parviendraient à une décision. Ils ne pourraient pas sortir de la chapelle, sauf pour manger et dormir, tant qu'ils n'auraient pas choisi de pape.

Les cardinaux-électeurs étaient enfin seuls.

Lomeli se leva et s'avança jusqu'au micro. Il se déplaçait avec lenteur, en réfléchissant à la meilleure façon de contenir le mal qui venait d'être fait. La nature personnelle de l'attaque l'avait blessé, naturellement. Mais cela l'inquiétait moins que la menace plus vaste qu'elle faisait peser sur sa mission, qui était par-dessus tout de maintenir la cohésion de l'Église. Il ressentait le besoin de ralentir les choses, de laisser la commotion s'apaiser afin de donner aux arguments en faveur de la tolérance une chance de revenir à la conscience des cardinaux.

Il se tourna vers le conclave à l'instant où la grosse cloche de Saint-Pierre sonnait 17 heures. Il leva les yeux vers les fenêtres. Le ciel était sombre. Il attendit que l'écho du dernier coup se fût dissipé.

— Mes frères cardinaux, après cette méditation stimulante...

Il marqua une pause, accueillie par quelques rires compatissants.

— Nous pouvons maintenant procéder aux actes de l'élection. Cependant, conformément à la Constitution apostolique, le vote peut être retardé si un membre du conclave a une objection. Quelqu'un veut-il remettre le vote à demain? Je suis bien conscient que la journée a été exceptionnellement longue et que nous pourrions vouloir méditer plus longtemps sur ce que nous venons d'entendre.

Il y eut un silence, puis Krasinski se servit de sa canne pour se lever.

— Le monde a les yeux rivés sur la cheminée de la Sixtine, mes frères. Je pense qu'il paraîtrait pour le moins curieux que nous en restions là pour la nuit. Je crois que nous devrions voter.

Il se rassit précautionneusement. Lomeli jeta un regard en direction de Bellini, dont le visage demeurait impassible. Personne d'autre ne s'exprima.

— Très bien, dit Lomeli. Nous allons voter.

Il retourna à sa place prendre son livret du rituel et son bulletin, puis revint au micro.

— Mes chers frères, vous trouverez devant vous l'un de ces bulletins.

Il brandit le rectangle de papier et attendit que les cardinaux aient ouvert la chemise de cuir rouge posée devant chacun d'eux.

— Vous voyez qu'il porte «Je choisis pour souverain pontife» rédigé en latin sur la moitié supérieure, alors que la moitié inférieure comporte un espace libre pour y inscrire le nom de celui que vous désirez élire. Prenez garde que nul ne puisse voir ce que vous écrivez et évitez d'inscrire plusieurs noms, ou le vote serait nul. Et, s'il vous plaît, écrivez lisiblement mais d'une écriture autant que possible non reconnaissable.

» Et maintenant, si vous voulez bien passer au chapitre cinq, paragraphe soixante-six de la Constitution apostolique, vous verrez quelle procédure il convient de suivre.

Lorsqu'ils eurent ouvert leur livret du rituel, Lomeli lut le paragraphe concerné à voix haute, pour s'assurer que tout le monde comprenait :

— «Chaque cardinal électeur, selon l'ordre de préséance, après avoir écrit et plié son bulletin, le tenant levé de telle sorte qu'il puisse être vu, le porte à l'autel, près duquel se tiennent les scrutateurs et sur lequel il y a une urne couverte d'un plateau pour recevoir les bulletins. Arrivé là, le cardinal électeur prononce, à haute voix, le serment selon la formule suivante : *Je prends à témoin le Christ Seigneur, qui me jugera, que je donne ma voix à celui que, selon Dieu, je juge devoir être élu.* Après cela, il dépose son bulletin sur le plateau et, au moyen de celui-ci, il le met dans l'urne ; ayant fait cela, il s'incline vers l'autel et regagne sa place.

» Est-ce bien clair pour tout le monde ? Parfait. Scrutateurs, voulez-vous prendre vos positions, je vous prie ?

Les trois hommes qui devraient compter les bulletins avaient été tirés au sort la semaine précédente. Il y avait le cardinal Lukša, archevêque de Vilnius ; le cardinal Mercurio, préfet de la Congrégation pour le clergé ; et le cardinal Newby, archevêque de Westminster. Ils se levèrent de leurs places respectives, réparties dans différents coins de la chapelle, et se dirigèrent vers l'autel. Lomeli retourna à sa chaise et prit le stylo mis à sa disposition par le Collège. Il cacha son bulletin avec son bras, tel un étudiant à un examen qui ne veut pas que son voisin puisse voir ses réponses, et inscrivit en majuscules : BELLINI. Puis il le plia en deux, se leva en le tenant en l'air pour qu'il soit vu de tous et marcha jusqu'à l'autel.

— Je prends à témoin le Christ Seigneur, qui me jugera, que je donne ma voix à celui que, selon Dieu, je juge devoir être élu.

Il y avait sur l'autel une grande urne ouvragée, plus grande qu'un calice ordinaire, et recouverte d'une patène d'argent qui faisait office de couvercle. Sous le regard attentif des scrutateurs, il déposa son bulletin sur la patène, qu'il souleva ensuite à deux mains pour verser le bulletin dans l'urne. Il s'inclina ensuite vers l'autel et regagna sa place.

Venaient ensuite les trois patriarches des Églises d'Orient, suivis par Bellini. Celui-ci récita le serment avec un soupir dans la voix et, lorsqu'il retourna à sa place, il porta la main à son front et parut plongé dans ses pensées. Lomeli, trop tendu pour prier ou méditer, observa de nouveau les cardinaux qui défilaient devant lui. Tedesco semblait anormalement nerveux. Il se montra si maladroit en soulevant la patène qu'il fit tomber le bulletin sur l'autel et le récupéra vivement pour le glisser dans l'urne à la main. Lomeli se demanda s'il avait voté pour lui-même — c'était probablement le cas de Tremblay : il n'y avait rien dans les règles qui s'y opposait. Le serment stipulait seulement qu'on devait voter pour celui qu'on jugeait le plus digne d'être élu. Le Canadien s'approcha de l'autel les yeux baissés en signe de révérence, puis il les leva soudain vers *Le Jugement dernier* et fit un signe de croix appuyé. Si un autre cardinal ne doutait pas de ses propres capacités, c'était Adeyemi, qui prononça le serment de sa voix grondante bien reconnaissable. Il s'était fait connaître en tant qu'archevêque de Lagos, lorsque le Saint-Père avait fait sa première tournée en Afrique : il avait pour l'occasion organisé une messe suivie par une congrégation de plus de quatre millions de fidèles. Le pape avait plaisanté dans son homélie sur le fait que Joshua Adeyemi était bien le seul homme de toute l'Église qui aurait pu officier sans micro.

Vint ensuite Benítez, que Lomeli n'avait pas vu depuis la veille au soir. On pouvait au moins être certain que *lui* ne voterait pas pour lui-même. L'habit de chœur qu'on lui avait fourni était trop long. Son rochet touchait presque par terre, et il faillit marcher dessus en arrivant devant l'autel. Lorsqu'il eut voté et se retourna pour regagner son siège, il adressa à Lomeli un regard ironique. Lomeli hocha la tête et lui sourit d'un air encourageant. Le Philippin avait, songea-t-il, quelque chose d'attirant qui n'était pas facile à identifier, une sorte de grâce intérieure. Maintenant qu'on commençait à le connaître, il pourrait aller loin.

Le vote dura plus d'une heure. Il y eut bien au début quelques conversations murmurées, mais quand les scrutateurs eurent voté à leur tour et que l'ultime électeur — Bill Rudgard, le dernier cardinal-diacre — fut retourné s'asseoir, le silence parut absolu et éternel, semblable à l'infini de l'espace. Lomeli se dit que Dieu était entré dans la chapelle. Nous sommes si bien séquestrés que le temps et l'éternité se rencontrent.

131

Le cardinal Lukša souleva l'urne et la présenta au conclave, comme s'il allait célébrer l'eucharistie. Il l'agita ensuite plusieurs fois afin de mélanger les bulletins. Puis il la remit au cardinal Newby, qui, sans déplier les bulletins, les prit un par un en les comptant à voix haute pour les transférer dans une deuxième urne posée sur l'autel.

À la fin, l'Anglais annonça en italien, avec un fort accent :

— Cent dix-huit bulletins ont été déposés.

Le cardinal Mercurio et lui disparurent alors dans la Chambre des Larmes, la sacristie à gauche de l'autel qui abritait la tenue pontificale en trois tailles différentes, et en émergèrent presque aussitôt avec une petite table, qu'il portèrent devant l'autel. Le cardinal Lukša la recouvrit d'une nappe blanche et plaça l'urne contenant les bulletins au milieu. Newby et Mercurio retournèrent chercher trois chaises dans la sacristie, puis Newby défit le micro de son support et l'apporta sur la table.

— Mes frères, annonça-t-il, nous allons procéder au dépouillement du scrutin.

Le conclave parut enfin sortir de sa transe et se mit à bouger. Dans la chemise posée devant eux, on avait glissé pour chaque électeur une liste alphabétique de tous les cardinaux en droit de voter. Lomeli fut satisfait de constater qu'elle avait été réimprimée pendant la nuit pour y inclure Benítez. Il prit son stylo.

Lukša sortit le premier bulletin de l'urne, le déplia et nota le nom avant de le passer à Mercurio, qui fit de même. Mercurio le donna à son tour à Newby, qui perfora le bulletin à l'endroit où se trouvait le mot *Eligo* (je choisis) et l'enfila sur un fil de soie rouge à l'aide d'une aiguille d'argent. Il s'inclina ensuite vers le micro. Il avait la voix paisible et assurée que donnent les écoles anglaises huppées puis des études à Oxford.

— Le premier vote est en faveur du cardinal Tedesco.

Dès qu'un vote était annoncé, Lomeli cochait le nom du candidat. Il fut au départ impossible de déterminer qui avait l'avantage. Trente-quatre cardinaux – plus d'un quart du conclave – reçurent au moins une voix, et il fut dit par la suite que cela constituait un record. Certains votaient pour eux-mêmes, ou pour un ami, ou un compatriote. Assez tôt, Lomeli entendit prononcer son propre nom et se gratifia d'un trait sur sa liste. Il se sentit touché que quelqu'un ait pu le juger digne de l'honneur suprême ; il se demanda qui c'était. Mais en entendant son nom revenir plusieurs fois, il commença à s'inquiéter. Dans un milieu aussi restreint, il suffisait d'obtenir une demi-douzaine de voix pour entrer sérieusement dans la course, du moins en théorie.

Il garda la tête baissée, concentré sur son décompte, mais eut malgré tout conscience des regards que certains portaient sur lui depuis l'autre côté de l'allée. La compétition se révélait lente et serrée, et la répartition des soutiens curieusement aléatoire, de sorte que l'un des favoris pouvait obtenir deux ou trois voix de suite, puis plus rien pendant une vingtaine de bulletins. Néanmoins, après que quatre-vingts bulletins environ eurent été dépouillés, certains noms se détachaient clairement, et, comme prévu, les cardinaux qui avaient le potentiel pour devenir pape étaient Tedesco, Bellini, Tremblay et Adeyemi. Après une centaine de bulletins, rien ne les départageait encore vraiment. Mais alors, tout à la fin, quelque chose d'étrange se produisit. Il n'y eut plus une seule voix pour Bellini, et les derniers noms proclamés durent lui faire l'effet d'autant de coups de massue : Tedesco, Lomeli, Adeyemi, Tremblay, et enfin – étonnamment – Benítez.

Pendant que les scrutateurs s'entretenaient et vérifiaient leurs totaux, des conversations murmurées s'échangèrent dans toute la chapelle. Lomeli fit courir son stylo le long de sa liste, additionnant les voix. Il nota les chiffres à côté de chaque nom :

Tedesco 22
Adeyemi 19
Bellini 18
Tremblay 16
Lomeli 5
Autres 38

Le nombre de bulletins en sa faveur le consterna. Si l'on supposait qu'il avait détourné des partisans de Bellini, il avait très bien pu lui coûter la première place et, avec elle, le sentiment d'évidence qui aurait pu le mener à la victoire. En fait, plus il regardait les chiffres, plus ils apparaissaient décevants pour Bellini. Sabbadin, son directeur de campagne, n'avait-il pas prédit au dîner de la veille que son candidat était assuré d'être en tête au premier tour avec au moins vingt-cinq voix, et que Tedesco n'en obtiendrait pas plus de quinze ? Pourtant, Bellini arrivait troisième, derrière Adeyemi — ce que personne n'avait envisagé —, et alors que Tremblay n'était qu'à deux voix derrière lui. Une chose était certaine, conclut Lomeli : aucun candidat ne s'approchait des soixante-dix-neuf voix nécessaires pour gagner l'élection.

Il écouta distraitement Newby annoncer les résultats officiels : ils ne faisaient que confirmer ses propres calculs. Il feuilleta en même temps la Constitution apostolique jusqu'au paragraphe soixante-quatorze. Aucun des derniers conclaves n'avait duré plus de trois jours, mais cela ne signifiait pas que cela ne pouvait pas arriver. D'après les règles, ils étaient obligés de continuer à voter jusqu'à ce qu'ils trouvent un candidat qui réunisse les deux tiers des suffrages, si nécessaire en procédant à trente tours étalés sur douze jours. Ce n'était qu'à la fin de ce délai qu'ils auraient le droit d'utiliser un autre mode de scrutin où la majorité simple suffirait à élire un nouveau pape.

Douze jours — quelle perspective épouvantable !

Newby avait fini de donner les résultats. Il souleva le cordon de soie rouge sur lequel étaient enfilés les bulletins et en noua les deux extrémités avant de regarder le doyen.

Lomeli se leva et prit le micro. De l'estrade de l'autel, il voyait Tedesco examiner les chiffres des votes, Bellini garder les yeux dans le vide, Adeyemi et Tremblay discuter à voix basse avec leurs voisins.

— Mes frères cardinaux, cela met fin au premier tour. Aucun candidat n'ayant obtenu la majorité nécessaire, nous allons interrompre le vote jusqu'à demain matin. Vous voudrez bien, je vous prie, rester à vos places jusqu'à ce que les assistants soient revenus dans la chapelle. Et puis-je rappeler à Vos Éminences que vous ne devez emporter aucune trace écrite des votes de la Sixtine ? Vos notes seront donc récupérées afin d'être brûlées avec les bulletins. Il y a des cars dehors pour vous ramener à la résidence Sainte-Marthe. Je vous prierais humblement de ne pas parler du vote d'aujourd'hui en présence des chauffeurs. Merci pour votre patience. J'invite maintenant le dernier cardinal-diacre à demander que nous soyons délivrés.

Rudgard se leva et marcha jusqu'au fond de la chapelle. Ils l'entendirent frapper contre la double porte et appeler pour qu'on leur ouvre – «*Aprite le porte ! Aprite le porte !*» – tel un prisonnier appelant ses gardiens. Il revint un instant plus tard accompagné de l'archevêque Mandorff, Mgr O'Malley et des autres maîtres de cérémonie. Les prêtres étaient munis de sacs en papier, et ils parcoururent les rangées de tables pour ramasser les décomptes des votes. Certains des cardinaux hésitèrent à remettre les leurs, et il fallut les convaincre de les jeter dans les sacs. D'autres s'y accrochèrent pour gagner quelques secondes, sans doute, pensa Lomeli, pour essayer de mémoriser les chiffres. Ou peut-être savouraient-ils simplement la seule preuve qui existerait jamais du jour où ils avaient reçu une voix pour devenir pape.

La plupart des cardinaux ne rejoignirent pas tout de suite les minibus mais se rassemblèrent dans le vestibule pour attendre de voir les bulletins et les notes brûler. Ce n'était pas rien, même pour un prince de l'Église, de pouvoir dire qu'il avait assisté à un tel spectacle.

Et le processus de vérification des votes n'était même pas encore terminé. Trois cardinaux, tirés eux aussi au sort avant le conclave pour être réviseurs, devaient désormais recompter les bulletins. Ces règles étaient vieilles de plusieurs siècles et témoignaient du peu de confiance que les Pères de l'Église avaient les uns dans les autres. Il aurait fallu une conspiration d'au moins six personnes pour truquer l'élection. Une fois la vérification effectuée, O'Malley s'accroupit, ouvrit le poêle rond et y fourra les sacs en papier et les bulletins enfilés sur le cordon rouge. Puis il frotta une allumette et la plaça soigneusement à l'intérieur. Lomeli trouva curieux de le voir procéder à une action aussi concrète. Il y eut un bruit sourd de combustion, et le tout s'enflamma aussitôt. O'Malley referma la petite trappe de fonte. Le second poêle, le carré, renfermait un fumigène composé d'un mélange de perchlorate de potassium, d'anthracène et de soufre. À 19 h 42, la cheminée métallique temporaire dressée au-dessus du toit de la chapelle Sixtine, et éclairée par un projecteur dans l'obscurité de novembre, se mit à cracher une fumée noire.

Alors que la procession des membres du conclave quittait la chapelle, Lomeli prit O'Malley à part. Ils se rangèrent dans un coin du vestibule, Lomeli tournant le dos aux poêles.

— Vous avez parlé à Morales ?

— Seulement au téléphone, Éminence.

— Et ?

O'Malley posa un doigt sur ses lèvres en regardant par-dessus l'épaule du doyen. Tremblay passait. Il plaisantait avec un groupe de cardinaux des États-Unis, son visage fade affichant une expression réjouie. Lorsque les Nord-Américains eurent disparu dans la Salla Regia, O'Malley répondit :

— Mgr Morales a répété qu'il ne voyait aucune raison qui pourrait empêcher le cardinal Tremblay d'être pape.

Lomeli hocha lentement la tête. Il ne s'était pas vraiment attendu à autre chose.

— Merci tout de même de lui avoir posé la question.

Une lueur rusée éclaira le regard d'O'Malley.

— Cependant, me pardonnerez-vous, Éminence, si je vous dis que je n'ai pas totalement cru notre bon prélat?

Lomeli le dévisagea. Lorsque le Collège cardinalice n'était pas en conclave, l'Irlandais était secrétaire de la Congrégation pour les évêques. Il avait accès aux dossiers de cinq mille dignitaires de l'Église, et on le disait très doué pour dénicher des secrets.

— Pourquoi dites-vous cela?

— Parce que, quand j'ai voulu savoir ce qui s'était dit précisément entre le Saint-Père et le cardinal Tremblay lors de leur dernière rencontre, Morales a tout fait pour me convaincre qu'ils n'avaient abordé que des questions de routine. Mon espagnol n'est pas parfait, mais il a tellement insisté qu'il a fini par éveiller mes soupçons. Alors j'ai sous-entendu – je ne l'ai pas réellement dit, j'espère –, disons que j'ai *insinué* dans mon mauvais espagnol que vous aviez pu voir un document qui allait à l'encontre de cette version des faits. Et il a répliqué que vous n'aviez pas à vous inquiéter pour le document : «*El informe ha sido retirada.*»

— *El informe?* Un rapport? Il a dit qu'il y avait un rapport?

— «Le rapport a été retiré», ce sont ses propres termes.

— Un rapport sur quoi? Retiré quand?

— Je n'en ai aucune idée, Éminence.

Lomeli réfléchit en silence. Il se frotta les yeux. La journée avait été longue, et il avait faim. Devait-il s'inquiéter de l'existence d'un rapport ou bien devait-il être rassuré par le fait que ce rapport n'existait plus? Et de toute façon, cela importait-il puisque Tremblay n'était que quatrième? Il leva soudain les mains : il ne pouvait pas s'occuper de ça maintenant, pas pendant qu'il était enfermé au conclave.

— Ce n'est probablement rien. Restons-en là pour l'instant. Je sais que je peux compter sur votre discrétion.

Les deux prélats traversèrent la Sala Regia. Un agent de sécurité posté sous une fresque de la *Bataille de Lépante* les suivit du regard. Il se détourna légèrement et murmura quelque chose dans sa manche ou dans le revers de son veston. Lomeli se demanda ce qu'ils avaient toujours de si important à dire pour prendre un ton aussi pressant.

— S'est-il passé quelque chose dans le monde extérieur que je devrais savoir ? interrogea-t-il.

— Pas vraiment. La presse internationale ne parle pas de grand-chose d'autre que du conclave.

— Pas de fuites, j'espère.

— Aucune. Les journalistes s'interviewent les uns les autres.

Ils entamèrent la descente de l'escalier, très long – une trentaine ou une quarantaine de marches – et éclairé de part et d'autre par des lumières électriques en forme de bougies ; très raide pour certains des plus vieux cardinaux.

— Je dois ajouter que le cardinal Benítez suscite beaucoup d'intérêt. Nous avons publié une biographie succincte, suivant vos instructions. J'y ai ajouté une note de contexte pour vous, en toute confidentialité. Il a bénéficié de la série de promotions la plus incroyable de tous les évêques de l'Église.

O'Malley tira une enveloppe des profondeurs de son habit et la remit à Lomeli.

— *La Repubblica* pense que son arrivée théâtrale faisait partie d'un plan secret du Saint-Père.

— Secret ou pas, je serais ravi qu'il y ait un plan ! répliqua Lomeli en riant. Mais j'ai l'impression que le seul qui ait un plan pour ce conclave est Dieu Lui-même, et, jusqu'à présent, il paraît déterminé à le garder pour Lui.

8

La dynamique du succès

Lomeli retourna à la résidence en silence, la joue pressée contre la vitre glacée du bus. Le bruissement des pneus sur les pavés mouillés lorsqu'ils traversèrent les cours successives lui parut étrangement réconfortant. Au-dessus des jardins du Vatican, les lumières d'un avion de ligne descendaient vers l'aéroport de Fiumicino. Lomeli se promit que, le lendemain matin, il se rendrait à la Sixtine à pied, qu'il pleuve ou pas. Le confinement n'était pas seulement malsain : c'était un obstacle à la réflexion spirituelle.

Une fois arrivé à la résidence Sainte-Marthe, il dépassa les cardinaux qui bavardaient et monta directement dans sa chambre. Les sœurs avaient fait le ménage pendant que le conclave votait. Ses vêtements étaient soigneusement suspendus dans le placard et les draps de son lit rabattus. Il retira sa mozette et son rochet, en drapa le dos de la chaise et s'agenouilla sur le prie-Dieu. Il remercia le Seigneur de l'avoir aidé à accomplir son devoir tout au long de cette journée. Il se risqua même à un peu d'humour : *Et merci, ô mon Dieu, de T'être exprimé dans ce conclave par le truchement de nos votes ; je prie pour que Tu nous gratifies bientôt de la sagesse nécessaire pour comprendre ce que Tu essaies de nous dire.*

De la chambre voisine lui parvenaient des voix étouffées ponctuées de rires occasionnels. Lomeli jeta un coup d'œil vers le mur. Il était à présent certain que son voisin devait être Adeyemi. Aucun autre membre du conclave n'avait une voix

139

aussi profonde. Il tenait de toute évidence une réunion avec ses partisans. Il y eut une autre explosion d'hilarité. Lomeli serra les lèvres en une expression désapprobatrice. Si Adeyemi sentait réellement la papauté approcher, il aurait dû rester allongé à plat ventre sur son lit, dans l'obscurité, effrayé et silencieux, au lieu de se réjouir de cette perspective. Mais il se reprocha aussitôt son attitude moralisatrice. Le premier pape noir serait un événement considérable pour le monde. Comment reprocher à un homme d'éprouver de l'euphorie à l'idée d'être l'instrument d'une telle manifestation de la volonté divine ?

Il se souvint du pli que lui avait remis O'Malley. Alors, lentement, il se releva dans des craquements de genoux et alla s'asseoir devant le bureau pour déchirer l'enveloppe. Deux feuilles de papier. La première était la notice biographique produite par les services de communication du Vatican :

Cardinal Vincent Benítez

Le cardinal Benítez, âgé de soixante-sept ans, est né à Manille, Philippines. Après des études au séminaire de San Carlos, il est ordonné prêtre en 1978 par l'archevêque de Manille, Son Éminence le cardinal Jaime Sin. Son premier ministère est l'église de Santo Niño de Tondo, puis la paroisse Notre-Dame des Abandonnés (Santa Ana). Reconnu pour son travail auprès des quartiers les plus pauvres de Manille, il crée huit refuges pour jeunes filles sans abri avec le Projet de la Bienheureuse Santa Margherita de Cortona. En 1996, à la suite de l'assassinat de l'ancien archevêque de Bukavu, Christopher Munzihirwa, le père Benítez est, à sa propre demande, transféré en République Démocratique du Congo, où il entreprend un travail de missionnaire. Par la suite, il installe un hôpital catholique à Bukavu afin d'aider les femmes victimes de violences sexuelles génocidaires perpétrées durant les Première et Deuxième guerres du Congo. En 2017, il est nommé prélat. En 2018, il devient archevêque de Bagdad, en Irak. Au début de cette année, il est admis *in pectore* au Collège cardinalice par le Saint-Père.

Lomeli lut le texte une seconde fois pour être sûr de n'avoir rien manqué. L'archidiocèse de Bagdad était extrêmement restreint – guère plus de deux mille âmes à présent, si sa mémoire était bonne – et cependant, Benítez semblait être passé de missionnaire à archevêque, sans étape intermédiaire. Le doyen n'avait jamais entendu parler d'une ascension aussi fulgurante. Il saisit la note manuscrite que lui avait jointe O'Malley.

> Votre Éminence,
>
> D'après le dossier du cardinal Benítez au dicastère, il semble que le Saint-Père ait fait sa connaissance pendant sa tournée africaine de 2017. Son travail l'avait alors tellement impressionné qu'il l'avait élevé au rang de prélat. Quand l'archidiocèse de Bagdad s'est retrouvé vacant, le Saint-Père a repoussé les trois nominations que lui proposait la Congrégation pour les évêques et a décidé de nommer le père Benítez. En janvier de cette année, à la suite de blessures mineures infligées lors d'un attentat à la voiture piégée, l'archevêque Benítez a offert sa démission pour raisons médicales, mais l'a retirée après une rencontre privée avec le Saint-Père au Vatican. Sinon, le dossier est *remarquablement* maigre.
>
> Mgr O'M

Lomeli s'appuya contre le dossier de sa chaise. Il avait la manie de se mordiller le côté de l'index droit quand il réfléchissait. Ainsi, Benítez avait, ou avait eu, des problèmes de santé après un incident terroriste en Iraq? Cela expliquait peut-être son apparence si frêle. Il avait dans l'ensemble exercé dans des lieux épouvantables. Ce genre de vie n'allait pas sans laisser de traces. Ce qui était certain, c'est que le personnage représentait le meilleur de ce que la foi chrétienne avait à offrir. Lomeli décida de garder discrètement un œil sur lui, et de le mentionner dans ses prières.

Une sonnerie retentit pour annoncer le dîner. Il était 20 h 30.

141

— Ne nous voilons pas la face. Nous n'avons pas fait aussi bien que nous l'espérions.

L'archevêque de Milan, Sabbadin, dont les lunettes sans monture brillaient à la lumière des lustres, regarda autour de la table les cardinaux italiens qui constituaient le noyau du soutien de Bellini. Lomeli était assis en face de lui.

C'était le soir où commençait le vrai travail du conclave. Quoique la Constitution apostolique enjoigne en théorie les cardinaux-électeurs de s'abstenir de « toute espèce de pactes, d'accords, de promesses ou d'autres engagements de quelque ordre que ce soit » sous peine d'excommunication, il s'agissait maintenant d'une élection à part entière, et donc d'un problème d'arithmétique : qui pouvait obtenir soixante-dix-neuf voix ? Tedesco, dont l'autorité était renforcée par sa place de premier à l'issue du premier tour, racontait une histoire drôle à une table de cardinaux sud-américains et se tamponnait les yeux avec sa serviette tellement il riait. Tremblay écoutait avec gravité l'opinion de cardinaux du Sud-Est asiatique. Adeyemi, pour le plus grand souci de ses rivaux, avait été invité à la table des archevêques conservateurs d'Europe de l'Est – Wroclaw, Riga, Lviv, Zagreb –, qui voulaient avoir son avis sur les questions sociales. Bellini lui-même semblait faire un effort : Sabbadin l'avait placé à une table de Nord-Américains à qui il décrivait son intention d'accorder une plus grande autonomie aux évêques. Les nonnes qui servaient à table pouvaient difficilement s'empêcher d'entendre quelle était la situation, et plusieurs d'entre elles se révélèrent par la suite des sources précieuses pour les journalistes qui s'efforcèrent de reconstituer le déroulement du conclave : une sœur eut même la présence d'esprit de conserver une serviette sur laquelle un cardinal avait noté le nombre de suffrages obtenus au premier tour par les favoris.

— Cela signifie-t-il que nous ne pouvons pas gagner ? poursuivit Sabbadin.

Cette fois encore, il chercha le regard de chacun des membres de la tablée, et Lomeli songea sans aménité qu'il avait l'air vraiment secoué : ses espoirs de devenir secrétaire d'État sous le pontificat de Bellini en avaient pris un coup.

— Bien sûr que nous pouvons encore gagner! continua Sabbadin. Tout ce que nous pouvons dire avec certitude après le scrutin d'aujourd'hui, c'est que le prochain pape sera l'un de ces quatre hommes : Bellini, Tedesco, Adeyemi ou Tremblay.

Dell'Acqua, l'archevêque de Bologne, l'interrompit :

— Tu oublies notre ami le doyen, non ? Il a reçu cinq voix.

— Avec toute l'estime que j'ai pour Jacopo, on n'a jamais vu de candidat totalisant aussi peu de voix au premier tour devenir un prétendant sérieux.

Mais Dell'Acqua refusa d'en rester là.

— Qu'est-ce que tu fais de Wojtyla au deuxième conclave de 78 ? Il n'avait reçu que quelques voix éparses au premier tour, et il a fini par être élu au huitième.

Sabbadin agita la main avec irritation.

— Bon, c'est arrivé une fois en un siècle. Mais ça ne doit pas nous distraire de notre propos... notre cher doyen n'a pas l'ambition d'un Karol Wojtyla. À moins qu'il ne nous dise pas tout ?

Lomeli regarda son assiette. Il y avait du poulet enveloppé dans du jambon de Parme en plat principal. C'était sec et trop cuit, mais tout le monde mangeait quand même. Il savait que Sabbadin lui en voulait d'avoir détourné des votes de Bellini. Il estima qu'il était temps pour lui de clarifier sa position.

— Je me retrouve dans une position très embarrassante. Si jamais je découvre qui a voté pour moi, je les supplierai de voter pour quelqu'un d'autre. Et s'ils me demandent pour qui je voterai, je leur répondrai : pour Bellini.

Landolfi, archevêque de Turin, intervint :

— N'êtes-vous pas censé être neutre ?

— En fait, je n'ai pas le droit de faire campagne pour lui, si c'est à cela que vous pensez. Mais si on me demande mon avis, j'estime avoir le droit de l'exprimer. Bellini est sans conteste le plus qualifié de tous pour gouverner l'Église universelle.

— Écoutez cela, pressa alors Sabbadin. Si les cinq voix du doyen nous reviennent, on est à vingt-trois. Et tous ces candidats impossibles qui n'ont reçu qu'une ou deux voix aujourd'hui vont disparaître demain. Cela signifie qu'il y a dans les trente-huit votes à récupérer. Il suffira d'en récolter la majorité.

— Il suffira ? répéta Dell'Acqua sur un ton moqueur. Je crains bien que ce ne soit pas aussi simple, Éminence !

Nul ne put répliquer quoi que ce soit. Sabbadin s'empourpra, et ils reprirent leur triste mastication en silence.

Si cette force que les profanes appellent la dynamique du succès, et les religieux l'Esprit-Saint, accompagnait un candidat ce soir-là, elle était avec Adeyemi. Ses adversaires semblèrent le percevoir. Ainsi, lorsque les cardinaux se levèrent pour le café et que le patriarche de Lisbonne, Rui Brandão D'Cruz, sortit fumer son cigare du soir dans la cour fermée, Lomeli remarqua que Tremblay se lançait aussitôt à sa poursuite, sans doute pour obtenir son soutien. Tedesco et Bellini passaient de table en table. Mais le Nigérian, lui, se contenta de se poster tranquillement dans un coin du hall et attendit que ses partisans fassent venir les électeurs potentiels qui voudraient s'entretenir avec lui. Une petite queue ne tarda pas à se former.

Lomeli, accoudé au comptoir de la réception pour boire son café, le regarda faire. Si Adeyemi avait été blanc, pensat-il, les progressistes l'auraient jugé encore plus réactionnaire que Tedesco. Mais le fait qu'il soit noir les empêchait de critiquer ouvertement ses prises de position. Ils pouvaient par exemple excuser ses invectives contre l'homosexualité en les assimilant à la simple expression de son héritage culturel africain. Lomeli commençait à se dire qu'il avait sous-estimé Adeyemi. Peut-être était-il effectivement le candidat qui pourrait réunir l'Église. En tout cas, il prenait assez de place pour pouvoir remplir le trône de Saint-Pierre.

Le doyen prit conscience qu'il fixait un peu trop ouvertement son confrère du regard. Il aurait dû se mêler aux autres, mais il n'avait pas envie de parler avec qui que ce soit. Il erra un moment dans le hall en tenant sa tasse et sa soucoupe comme pour se protéger, souriant et saluant d'un signe de tête les cardinaux qui s'approchaient, mais sans jamais s'arrêter. Au détour d'un mur, près de la porte de la chapelle, il repéra Benítez au centre d'un petit groupe de cardinaux. Ils écoutaient attentivement le Philippin, et Lomeli se demanda ce qu'il disait. Benítez regarda par-dessus leurs épaules et remarqua Lomeli, qui était tourné vers lui. Il s'excusa auprès de ses compagnons et le rejoignit.

— Bonsoir, Éminence.

— Et bonne soirée à vous.

Lomeli posa la main sur l'épaule de Benítez et le dévisagea avec inquiétude.

— Comment vous portez-vous ?

— Très bien, merci.

Il parut se crisper légèrement à la question, et Lomeli se rappela qu'O'Malley avait mentionné en toute confidentialité sa demande de démission pour raisons médicales.

— Pardonnez-moi, ajouta aussitôt le doyen, je n'avais pas l'intention de me montrer indiscret. Je voulais juste savoir si vous vous étiez bien remis de votre voyage.

— Parfaitement, merci. J'ai très bien dormi.

— J'en suis heureux. C'est un privilège de vous compter parmi nous.

Il donna une petite tape amicale sur l'épaule du Philippin puis retira vivement sa main et but son café.

— J'ai remarqué dans la chapelle Sixtine que vous avez trouvé quelqu'un pour qui voter.

— Oui, Doyen, répliqua Benítez avec un sourire timide. J'ai voté pour vous.

Sous l'effet de la surprise, Lomeli reposa bruyamment sa tasse sur sa soucoupe.

— Oh, Dieu du ciel !

— Pardonnez-moi. Je ne suis pas censé le dire ?

— Non, non, ce n'est pas cela. Je suis honoré. Mais vraiment, je ne suis pas un candidat sérieux.

— Avec tout mon respect, Éminence, n'est-ce pas à vos frères d'en décider ?

— Si, bien sûr. Mais je suis certain que si vous me connaissiez mieux, vous vous rendriez compte que je ne suis pas du tout digne d'être pape.

— Celui qui en est véritablement digne doit se considérer comme indigne. N'est-ce pas justement ce que vous avez défendu dans votre homélie ? Que sans le doute, il ne saurait y avoir de foi ? Ces propos sont entrés en résonance avec ma propre expérience. Les scènes dont j'ai été témoin, en Afrique surtout, feraient douter n'importe qui de la miséricorde divine.

— Mon cher Vincent – je peux vous appeler Vincent ? – je vous supplie, lors du prochain scrutin, de donner votre voix à l'un de nos frères qui a une vraie chance de gagner. Mon choix se porte sur Bellini.

Benítez secoua la tête.

— Bellini me paraît – quelle était l'expression qu'a employée le Saint-Père pour me le décrire, un jour ? –, ah oui, « Brillant, mais instable ». Je regrette, Doyen, mais je voterai pour vous.

— Même si je vous supplie de ne pas le faire ? Vous avez vous-même reçu une voix, cet après-midi, n'est-ce pas ?

— Effectivement. C'était n'importe quoi !

— Alors imaginez ce que vous pourriez ressentir si je persistais à voter pour vous et que, par miracle, vous étiez élu.

— Ce serait catastrophique pour l'Église.

— Oui, eh bien, ce le serait tout autant si c'était moi qui devenais pape. Vous voulez bien au moins réfléchir à ce que je vous demande ?

Benítez promit de le faire.

Après sa conversation avec Benítez, Lomeli se sentait suffisamment préoccupé pour essayer d'aller voir les principaux prétendants. Tedesco était seul dans le hall, se reposant sur l'un des fauteuils cramoisis, ses mains replètes et tachetées croisées sur son ventre proéminent, les pieds posés sur une table basse. Ces derniers paraissaient étonnamment délicats pour un homme de sa corpulence, glissés dans des chaussures orthopédiques usées.

— Je voulais simplement vous dire que je fais tout ce qui est en mon pouvoir pour que mon nom ne figure pas au deuxième tour.

Tedesco l'observa à travers ses yeux mi-clos.

— Et pourquoi feriez-vous une chose pareille ?

— Parce que je ne veux pas compromettre ma neutralité de doyen.

— Ça, vous l'avez déjà fait ce matin, non ?

— Je regrette que vous l'ayez pris de cette façon.

— Ah, ne vous en faites pas pour ça. En réalité, j'espère que vous allez rester dans la course. J'aime bien que les choses soient claires, et j'ai trouvé que Scavizzi vous avait très bien répondu dans sa méditation. Et puis... poursuivit-il en agitant joyeusement ses petits pieds et en fermant les yeux, vous divisez les votes progressistes !

Lomeli l'examina un instant. L'homme forçait le sourire. Il était madré comme un paysan en train de vendre un cochon au marché. Quarante voix, c'est tout ce qu'il fallait au patriarche de Venise : quarante voix, et il aurait le tiers nécessaire pour empêcher l'élection d'un «réformateur» honni. Il ferait traîner le conclave pendant des jours, s'il le devait. Il était donc d'autant plus urgent pour Lomeli de s'extirper de la situation embarrassante dans laquelle il se retrouvait maintenant.

— Je vous souhaite une bonne nuit, Patriarche.

— Bonne nuit, Doyen.

Avant la fin de la soirée, Lomeli avait réussi à parler tour à tour avec chacun des trois candidats de tête et, à chacun, il avait répété sa volonté de ne pas être au deuxième tour.

— Parlez-en à tous ceux qui pourraient citer mon nom, je vous en supplie. Dites-leur de venir me voir s'ils doutent de ma sincérité. Mon seul désir est de servir le conclave et de faire en sorte qu'il aboutisse sur la bonne décision. Or, je ne pourrai pas le faire si je suis considéré comme un prétendant potentiel.

Tremblay fronça les sourcils et se frotta le menton.

— Pardonnez-moi, Doyen, mais en agissant ainsi, cela ne vous fera-t-il pas apparaître comme un parangon de vertu ? Avec un peu de machiavélisme, on pourrait presque y voir une manœuvre subtile pour vous attirer d'autres voix.

La réponse était si insultante que Lomeli faillit évoquer le fameux «rapport retiré» sur les activités du camerlingue. Mais à quoi bon ? Le Canadien se contenterait de nier. Alors il répliqua simplement :

— Telle est pourtant la situation, Éminence, et je vous laisse la traiter comme bon vous semblera.

Il s'entretint ensuite avec Adeyemi, qui réagit en véritable homme d'État :

— J'estime que c'est une position des plus morales, Doyen, et je n'en attendais pas moins de vous. Je demanderai à mes partisans d'en parler autour d'eux.

— Et il me semble que vous en avez beaucoup, nota Lomeli.

Adeyemi le regarda sans comprendre, et le doyen sourit.

— Excusez-moi, mais je n'ai pas pu ne pas entendre la réunion dans votre chambre, tout à l'heure. Nos chambres sont voisines, et les murs sont très minces.

— Ah, oui! s'exclama Adeyemi, visiblement rasséréné. Il y a eu une certaine exubérance après le premier tour de scrutin. Ce n'était peut-être pas très convenable. Cela ne se reproduira plus.

Lomeli intercepta Bellini à l'instant où celui-ci allait monter se coucher, et il lui répéta ce qu'il avait dit aux autres. Puis il ajouta :

— Je suis vraiment malheureux que mes petits suffrages aient pu se faire à tes dépens.

— Ne le sois pas. Je suis soulagé. On dirait bien que, d'après le sentiment général, le calice est en train de m'échapper. Si tel est le cas – et je prie pour que ça le soit – je ne peux que souhaiter qu'il te revienne.

Bellini passa son bras sous celui de Lomeli, et les deux vieux amis commencèrent à monter ensemble l'escalier.

— Tu es le seul d'entre nous à avoir la sainteté et l'intelligence d'un pape, assura Lomeli.

— Non, c'est très gentil de ta part, mais je m'angoisse trop, et nous ne pouvons pas avoir un pape qui s'angoisse. Mais tu devrais faire attention, Jacopo. Je ne plaisante pas. Si ma position s'affaiblit encore, la plus grande partie de mes soutiens se reporteront sûrement sur toi.

— Non, non, non, ce serait une catastrophe!

— Réfléchis. Nos compatriotes voudraient par-dessus tout avoir un pape italien, mais en même temps, la plupart d'entre eux ne peuvent pas souffrir l'idée même de Tedesco. Si je m'efface, tu deviens le seul candidat viable derrière lequel ils pourraient se ranger.

Lomeli se figea au milieu d'une marche.

— Quelle perspective épouvantable! On ne peut pas laisser une chose pareille se produire!

Ils reprirent leur ascension, et Lomeli poursuivit :

— Adeyemi sera peut-être la solution. En tout cas, il a le vent en poupe.

— Adeyemi ? Un homme qui a dit qu'il faudrait mettre tous les homosexuels en prison dans ce monde, et en enfer dans l'autre ? Il n'est la solution à rien du tout !

Ils arrivèrent au deuxième étage. Les flammes des bougies vacillant devant les appartements du Saint-Père projetaient une lueur rouge sur le palier. Les deux premiers cardinaux du collège électoral s'arrêtèrent un moment devant la porte close.

— Je suis curieux de savoir ce qu'il avait en tête pendant toutes ces dernières semaines, commenta Bellini, presque pour lui-même.

— Ce n'est pas à moi qu'il faut le demander. Je ne l'ai pas vu de tout le dernier mois.

— Ah, c'est dommage ! Il était bizarre. Inaccessible. Secret. Je crois qu'il sentait la mort approcher et que tout un tas de pensées étranges lui venaient à l'esprit. Je ressens très fort sa présence, pas toi ?

— Oh, si. Je lui parle encore. Et j'ai souvent l'impression qu'il nous observe.

— J'en suis certain. Bon, c'est ici que nos chemins se séparent. Je suis au troisième, dit Bellini en consultant sa clé. Chambre 301. Je dois être juste au-dessus du Saint-Père. Tu crois que son esprit irradie à travers le plancher ? Ça explique-rait pourquoi je me sens aussi agité. Dors bien, Jacopo. Qui sait où nous en serons, demain à cette heure-ci ?

Ensuite, à la surprise de Lomeli, Bellini l'embrassa avec légèreté sur chaque joue avant de lui tourner le dos pour continuer de monter l'escalier.

— Bonne nuit, lui lança Lomeli.

Pour toute réponse, Bellini leva main sans se retourner.

Après son départ, le doyen resta encore une minute, les yeux rivés sur la porte close et sa barrière de cire et de rubans. Il se rappelait sa conversation avec Benítez. Se pouvait-il que le Saint-Père ait été assez proche du Philippin et lui ait fait assez confiance pour critiquer devant lui son propre secrétaire d'État ? La remarque avait pourtant l'accent de l'authenticité. « Brillant, mais instable » : il entendait presque le vieil homme le dire.

Cette nuit-là, Lomeli connut encore un sommeil agité. Pour la première fois depuis des années, il rêva de sa mère – veuve pendant quarante ans, qui lui avait toujours reproché sa froideur envers elle –, et lorsqu'il se réveilla, aux petites heures du jour, il croyait encore entendre sa voix plaintive geindre dans ses oreilles. Mais, après une minute ou deux, il se rendit compte que la voix qu'il entendait était bien réelle. Il y avait une femme à côté.

Une femme ?

Il roula sur le flanc et chercha sa montre à tâtons. Il était près de 3 heures.

La voix féminine se fit entendre de nouveau : pressante, accusatrice, proche de l'hystérie. Puis une voix masculine profonde en réponse : calme, rassurante, apaisante.

Lomeli écarta les couvertures et alluma la lumière. Les ressorts grippés de son sommier métallique grincèrent bruyamment lorsqu'il se mit debout. Il traversa la chambre sur la pointe des pieds et colla son oreille contre le mur. Les voix s'étaient tues, et il sentait que, de l'autre côté de la cloison, on écoutait aussi. Il demeura pendant plusieurs minutes dans la même position, jusqu'à ce qu'il se sente ridicule. Ses soupçons ne pouvaient être qu'absurdes, non ? Mais alors il perçut la voix très reconnaissable d'Adeyemi – même lorsqu'il chuchotait, la basse du cardinal résonnait – suivie par le déclic d'une porte qui se ferme. Il fonça alors vers sa propre porte et l'ouvrit à la volée, juste à temps pour voir un éclair de l'uniforme bleu des Filles de la Charité de Saint-Vincent-de-Paul disparaître au coin du couloir.

Par la suite, Lomeli sut avec certitude ce qu'il aurait dû faire. Il aurait dû s'habiller et aller frapper à la porte d'Adeyemi. Il aurait encore été possible, tout au début, avant que les positions ne soient établies et quand les faits étaient indéniables, d'avoir une franche conversation au sujet de ce qui venait de se passer. Mais le doyen choisit de se remettre au lit, de remonter les draps jusqu'à son menton et d'envisager toutes les hypothèses.

La meilleure explication – c'est-à-dire la moins préjudiciable, de son point de vue – était que la nonne devait être troublée, qu'elle s'était cachée pendant que les autres sœurs quittaient la résidence, à minuit, et était venue chercher conseil auprès d'Adeyemi. Il y avait beaucoup de sœurs africaines à la résidence Sainte-Marthe, et il était tout à fait possible qu'elle ait pu connaître le cardinal pendant ses années au Nigeria. De toute évidence, Adeyemi avait commis une grave imprudence en la laissant entrer sans chaperon dans sa chambre au milieu de la nuit, mais une imprudence n'était pas nécessairement un péché. Lui vinrent ensuite toute une série d'autres explications que l'imagination de Lomeli lui interdisait presque toutes d'envisager. Il s'était littéralement entraîné à ne pas entretenir ce genre de pensées. Un passage du *Journal de l'âme* de Jean XXIII lui avait servi de guide depuis les tourments qu'il avait pu connaître de jour comme de nuit lorsqu'il était jeune prêtre :

> Pour ce qui est des femmes, et de tout ce qui les entoure, jamais un mot, jamais ; c'était comme s'il n'existait pas de femmes dans le monde. Ce silence absolu, même entre amis proches, sur tout ce qui a trait aux femmes, a été l'une des leçons les plus profondes et durables de mes jeunes années de prêtre.

C'était le fondement même de la rude discipline mentale qui avait permis à Lomeli de respecter son célibat pendant plus de soixante ans. *N'y pense même pas !* La simple idée d'aller dans la chambre voisine pour parler d'une femme, d'homme à homme avec Adeyemi, était un concept totalement extérieur au système intellectuel fermé du doyen. Il décida donc d'oublier l'incident. Si Adeyemi décidait de se confier à lui, naturellement, il l'écouterait, dans l'esprit du confesseur. Autrement, il ferait comme si de rien n'était.

Il tendit la main et éteignit la lumière.

9

Le deuxième tour

À 6 h 30, la sonnerie retentit pour la messe du matin.

Lomeli se réveilla avec une impression confuse de fatalité imminente, comme si toute ses inquiétudes se tenaient tapies derrière lui et n'attendaient que sa pleine conscience pour l'assaillir. Il se rendit dans la salle de bains et tenta de les repousser avec une nouvelle douche brûlante. Mais lorsqu'il se mit devant le miroir pour se raser, elles le guettaient toujours.

Il se sécha et enfila sa soutane, puis s'agenouilla sur le prie-Dieu et récita son rosaire avant de prier pour que la sagesse du Christ puisse le guider durant toutes les épreuves qu'apporterait cette journée. Il s'aperçut en s'habillant que ses doigts tremblaient et il s'interrompit pour essayer de se ressaisir. Il existait des prières pour chaque vêtement – soutane, ceinture, rochet, mozette, calotte –, et il les récita toutes. « Ceins-moi, Seigneur, du cordon de la foi, et mes reins de la vertu de chasteté, murmura-t-il en nouant le cordon autour de sa taille, et éteins en eux le bouillonnement de la sensualité, afin que définitivement demeure en moi la vigueur d'une totale chasteté. » Mais il le fit mécaniquement, sans plus de sentiment que s'il lisait l'annuaire.

Juste avant de sortir, il s'aperçut en habit de chœur dans le miroir. Le décalage entre l'image qui lui apparut et l'homme qu'il savait être ne lui avait jamais paru aussi énorme.

Il descendit l'escalier avec un groupe de cardinaux pour gagner la chapelle du rez-de-chaussée. Elle occupait une annexe reliée au bâtiment principal : de conception résolument moderne et aseptisée, dotée d'une charpente inclinée de poutres blanches et de verre surplombant un dallage de marbre poli beige et or. L'ensemble faisait un peu trop penser à un salon d'aéroport pour être au goût de Lomeli, et pourtant, contre toute attente, le Saint-Père l'avait préféré à la chapelle Pauline. L'un des côtés était entièrement constitué de baies vitrées donnant sur le vieux mur d'enceinte du Vatican, éclairé par des spots et agrémenté de plantes en pot. L'angle était tel qu'il était impossible de voir le ciel, ni même de savoir si le jour était levé.

Deux semaines plus tôt, Tremblay était venu voir Lomeli et s'était proposé de se charger des messes matinales à la résidence Sainte-Marthe, et le doyen, que la perspective de célébrer la *Missa pro eligendo romano pontifice* accablait déjà, avait accepté avec reconnaissance. Il commençait à le regretter. Il s'apercevait qu'il avait donné au Canadien l'occasion idéale de rappeler au conclave à quel point il maîtrisait la liturgie. Il chantait bien. Il évoquait un prêtre de comédie romantique hollywoodienne : on pensait à Spencer Tracy. Sa gestuelle était assez théâtrale pour suggérer qu'il était porté par l'esprit divin, mais pas au point de paraître fausse ou égocentrique. Tout en attendant son tour de recevoir la communion et lorsqu'il s'agenouilla devant le cardinal, Lomeli eut la pensée sacrilège que ce service avait dû à lui seul rapporter trois ou quatre voix au Canadien.

Adeyemi fut le dernier à recevoir l'hostie. Il prit grand soin de ne pas jeter un coup d'œil à Lomeli ni à personne d'autre en retournant s'asseoir. Il paraissait totalement maître de lui, grave, distant, vigilant. Il saurait probablement au déjeuner s'il pouvait espérer devenir pape.

Après la bénédiction, quelques cardinaux s'attardèrent pour prier, mais la plupart allèrent prendre le petit déjeuner dans la salle à manger. Adeyemi rejoignit sa table habituelle de cardinaux africains. Lomeli s'assit entre les archevêques de Hong Kong et de Cebu. Ils s'efforcèrent d'engager une conversation polie, mais les silences ne tardèrent pas à se multiplier et à s'éterniser, et lorsque ses compagnons se rendirent au buffet, Lomeli resta assis.

Il regarda les sœurs qui évoluaient entre les tables pour servir du café. À sa grande honte, il prit conscience qu'il ne leur avait jamais prêté attention avant cet instant. Il évalua leur moyenne d'âge à une cinquantaine d'années. Elles venaient de tous les coins du monde mais étaient toutes sans exception particulièrement petites, comme si sœur Agnès avait décidé de ne recruter personne de plus grand qu'elle. La plupart portaient des lunettes. Tout en elles – leurs vêtements et coiffes de couleur bleue, leur attitude modeste, leurs yeux baissés, leur mutisme – semblait étudié pour qu'on ne les remarque pas, encore moins pour qu'elles puissent être des objets de désir. Il supposa qu'elles avaient ordre de ne pas parler : quand une nonne versa du café à Adeyemi, il ne tourna même pas la tête pour la regarder. Pourtant, le Saint-Père n'avait jamais manqué de prendre un repas avec un groupe de trois sœurs au moins une fois par semaine – manifestation supplémentaire de son humilité qui avait fait grincer des dents à la Curie.

Juste avant 9 heures, Lomeli repoussa son assiette intacte, se leva et annonça à la tablée qu'il était temps de retourner à la chapelle Sixtine. Ce fut le signal d'un exode général vers le hall d'entrée. O'Malley se tenait déjà prêt, porte-bloc en main, devant la réception.

— Bonjour, Éminence.

— Bonjour, Ray.

— Éminence, avez-vous bien dormi ?

— Très bien, merci. S'il ne pleut pas, je crois que je vais y aller à pied.

Il attendit qu'un des gardes suisses déverrouille la porte, puis il sortit à l'air libre. Il faisait frais et humide. Après la chaleur de la résidence, la moindre brise sur son visage eut un effet revigorant. Une file de minibus dont le moteur tournait bordait la place, et chaque véhicule était surveillé par un agent de sécurité en civil. Le départ à pied du doyen fit naître un crépitement de chuchotements dans les manches et, lorsqu'il prit la direction des jardins, il eut conscience d'être suivi par un garde du corps personnel.

En temps normal, cette partie du Vatican grouillait de membres de la Curie qui arrivaient au travail ou bien circulaient entre deux rendez-vous. Des voitures aux plaques d'immatriculation frappées au sceau de «SCV» raclaient le pavé. Mais cette partie du territoire avait été vidée pour toute la durée du conclave. Même le palais Saint-Charles, où cet idiot de cardinal Tutino avait aménagé son immense appartement, paraissait abandonné. On aurait dit qu'une terrible calamité s'était abattue sur l'Église, emportant tous les religieux et ne laissant derrière elle que les agents de sécurité qui affluaient dans la cité déserte telle une invasion de bousiers noirs. Dans les jardins, ils se regroupaient derrière les arbres et observaient Lomeli avec attention. L'un d'eux inspectait l'allée avec un berger allemand en laisse, cherchant des bombes dans les massifs de fleurs.

Sur un coup de tête, Lomeli quitta l'allée goudronnée, gravit quelques marches, dépassa une fontaine et traversa une pelouse. Il souleva le bas de sa soutane pour la protéger de l'humidité. Le sol était spongieux sous ses pieds, saturé d'eau. De là où il se trouvait, Lomeli avait vue à travers les arbres sur les collines basses de Rome, grises dans la pâle lumière de novembre. Penser que celui qui serait élu pape ne pourrait plus jamais circuler en ville librement, ne pourrait plus jamais feuilleter des livres dans une librairie ou s'asseoir à la terrasse d'un café, mais devrait rester prisonnier ici ! Même Ratzinger, qui avait renoncé, n'avait pas pu s'échapper et avait dû finir ses jours cloîtré dans un monastère rénové au milieu des jardins, telle une présence fantomatique. Lomeli pria encore pour qu'on lui épargne pareil destin.

Derrière lui, une explosion de parasites troubla sa méditation. Elle fut suivie par un charabia électronique inintelligible.

— Oh, allez-vous-en! marmonna Lomeli dans sa barbe.

Il se retourna, et l'agent de sécurité se dissimula précipitamment derrière une statue d'Apollon. Vraiment, cette aspiration maladroite à l'invisibilité était presque comique. En regardant vers l'allée goudronnée, il vit que plusieurs cardinaux avaient suivi son exemple et préféré marcher. Un peu plus loin, il repéra Adeyemi, seul. Lomeli descendit rapidement les marches dans l'espoir de l'éviter, mais le Nigérian pressa le pas pour le rattraper.

— Bonjour, Doyen.

— Bonjour, Joshua.

Ils s'écartèrent pour laisser passer l'un des minibus, puis reprirent leur chemin, dépassant le mur ouest de la basilique pour se diriger vers le Palais apostolique. Lomeli sentait qu'on attendait qu'il parle en premier. Mais il avait appris depuis longtemps déjà à éviter les bafouillages en s'en tenant au silence. Il ne souhaitait pas évoquer ce qu'il avait vu ou entendu, n'avait aucun désir d'être le dépositaire de la conscience de quiconque excepté la sienne. Finalement, ce fut Adeyemi, après qu'ils eurent répondu d'un signe de tête au salut des Suisses postés à l'entrée de la première cour, qui fut contraint de se lancer.

— Je crois qu'il faut que je vous dise quelque chose. Vous ne trouverez pas cela déplacé, j'espère?

— Cela dépend de quoi il s'agit, répondit prudemment Lomeli.

Adeyemi serra les lèvres et hocha la tête, comme pour confirmer quelque chose qu'il savait déjà.

— Je voulais simplement que vous sachiez que j'ai beaucoup apprécié ce que vous avez dit dans votre homélie, hier.

Lomeli lui adressa un regard étonné.

— Je ne m'attendais pas à ça.

— J'espère que je suis peut-être plus subtil que vous ne le pensez. Nous sommes tous éprouvés dans notre foi, Éminence. Nous avons tous des moment de doute. Mais la foi chrétienne est avant tout un message de pardon. Je crois que c'était l'essence de vos propos?

— Le pardon, oui. Mais aussi la tolérance.

— Précisément. La tolérance. Je compte bien qu'une fois cette élection terminée votre voix mesurée se fera entendre dans les plus hautes instances de l'Église. Ce sera une certitude si je peux avoir voix au chapitre. *Les plus hautes instances*, répéta-t-il avec insistance. J'espère que vous comprenez ce que je vous dis. Voulez-vous m'excuser, Doyen ?

Il allongea le pas, comme s'il était pressé de s'éloigner, et se dépêcha de rejoindre les deux cardinaux qui les précédaient. Le Nigérian s'immisça entre eux, les prit par les épaules et les serra contre lui, laissant Lomeli s'attarder derrière, à se demander s'il se faisait des idées ou si on venait de lui proposer, contre son silence, de reprendre son ancien poste de secrétaire d'État.

Chacun reprit sa place dans la chapelle Sixtine. Les portes furent verrouillées. Lomeli se plaça devant l'autel et lut par ordre de préséance le nom de tous les cardinaux. Tous répondirent « Présent ».

— Prions.

Les cardinaux se levèrent.

— Ô Père, afin que nous puissions par notre ministère et notre exemple veiller sur Ton Église, accorde à Tes serviteurs paix et sérénité, discernement et courage pour chercher à connaître Ta volonté et Te servir de toute notre âme. Par Jésus, le Christ, Notre-Seigneur...

— Amen.

Les cardinaux s'assirent.

— Mes frères, nous allons procéder au deuxième tour. Scrutateurs, si vous voulez bien vous installer, je vous prie ?

Lukša, Mercurio et Newby se levèrent de leurs chaises et se frayèrent un passage vers l'avant de la chapelle.

Lomeli regagna sa place et sortit son bulletin. Lorsque les scrutateurs furent prêts, il décapuchonna son stylo, s'abrita des regards, et inscrivit de nouveau en majuscules : BELLINI.

Puis il plia le bulletin, se leva, le brandit afin qu'il soit visible de tout le conclave et se dirigea vers l'autel. Au-dessus de lui, dans *Le Jugement dernier*, les armées du ciel s'élançaient vers le firmament tandis que les damnés sombraient dans l'abysse.

— Je prends à témoin le Christ Seigneur, qui me jugera, que je donne ma voix à celui que, selon Dieu, je juge devoir être élu.

Il déposa son bulletin sur la patène et la renversa dans l'urne.

En 1978, lors du conclave qui l'élut pape, Karol Wojtyla avait apporté des revues de philosophie marxiste et avait passé les longues heures que prirent les huit tours à les lire tranquillement. Cependant, en tant que pape Jean-Paul II, il n'accorda pas les mêmes distractions à ses successeurs. Selon les règles qu'il édicta en 1996, les électeurs n'étaient plus autorisés à faire entrer le moindre texte écrit dans la chapelle Sixtine. Une bible était placée sur les tables devant chaque cardinal afin qu'ils puissent trouver l'inspiration dans les Saintes Écritures. Leur seule occupation devait être de méditer sur le choix qui s'offrait à eux.

Lomeli examina les fresques et le plafond, feuilleta le Nouveau Testament, observa les candidats qui défilaient devant lui pour voter, ferma les yeux et pria. Au bout du compte, d'après sa montre, le vote prit en tout soixante-huit minutes. Il n'était pas encore 10 h 45 quand le cardinal Rudgard, le dernier à voter, retourna s'asseoir au fond de la chapelle et que le cardinal Lukša souleva l'urne pleine de bulletins pour la montrer au conclave. Ensuite les scrutateurs suivirent le même rituel que la veille. Le cardinal Newby transféra les bulletins pliés dans la deuxième urne, les comptant à voix haute jusqu'à ce qu'il arrive à 118. Puis le cardinal Mercurio et lui installèrent la table et les trois chaises devant l'autel. Lukša mit la nappe et posa l'urne dessus. Les trois hommes s'assirent. Lukša plongea la main dans le calice d'argent ouvragé, comme s'il tirait un billet de tombola lors d'un dîner de charité diocésain, et en sortit un premier bulletin. Il le déplia, le lut, prit note et le tendit à Mercurio.

Lomeli saisit son stylo. Newby perfora le bulletin avec son aiguille, l'enfila sur le cordonnet et se pencha vers le micro. Son italien atroce remplit la Sixtine.

— La première voix du second tour est pour le cardinal Lomeli.

Pendant quelques secondes atroces, Lomeli eut une vision de ses confrères s'associant en secret derrière son dos pendant la nuit pour le désigner, et de lui-même porté au pontificat par une vague de votes de compromission avant même qu'il puisse recouvrer ses esprits pour l'empêcher. Mais le nom suivant fut Adeyemi, puis Tedesco, puis de nouveau Adeyemi, et s'ensuivit une longue période bénie durant laquelle son nom ne fut pas mentionné du tout. Sa main courait le long de la liste des cardinaux, cochant un nom dès qu'il était proclamé, et il constata bientôt qu'il arrivait en cinquième place. Lorsque Newby lut le dernier nom – « Cardinal Tremblay » –, le doyen avait rassemblé un total de neuf suffrages, soit presque le double de ce qu'il avait obtenu au premier tour, à l'inverse donc de ce qu'il avait espéré, mais un score qui restait cependant suffisamment bas pour le mettre à l'abri. C'était Adeyemi qui avait fait une percée tonitruante et prenait la première place :

Adeyemi 35
Tedesco 29
Bellini 19
Tremblay 18
Lomeli 9
Autres 8

Ainsi donc, du brouillard des ambitions humaines commençait à émerger la volonté de Dieu. Comme toujours au deuxième tour, ceux qui n'avaient aucune chance avaient pratiquement disparu, et le Nigérian avait récolté seize de leurs voix, soit une adhésion phénoménale. Et, pensa Lomeli, Tedesco devait être satisfait d'avoir ajouté sept voix à son score du premier tour. Bellini et Tremblay, en revanche, n'avaient guère bougé, ce qui n'était peut-être pas un mauvais résultat pour le Canadien, mais certainement un désastre pour l'ancien secrétaire d'État, qui aurait eu besoin de franchir allègrement le cap des vingt pour rester dans la course.

Ce ne fut que lorsqu'il vérifia ses calculs une seconde fois que Lomeli remarqua une autre petite surprise – à peine une note en bas de page, en fait – qui lui avait échappé tant il s'était concentré sur l'intrigue principale. Benítez avait lui aussi doublé son nombre de voix, en passant d'une à deux.

10

Le troisième tour

Une fois que Newby eut proclamé les résultats, et que les trois cardinaux réviseurs les eurent vérifiés, Lomeli se leva et s'approcha de l'autel. La chapelle semblait émettre un bourdonnement bas. Tout le long des quatre rangées de tables, les cardinaux comparaient leurs listes et parlaient à voix basse à leurs voisins.

De la plate-forme de l'autel, il avait vue sur les quatre favoris. Bellini, en tant que cardinal-évêque, était le plus proche de lui, à droite de l'allée par rapport à Lomeli : il examinait les chiffres et se tapotait les lèvres avec son index, silhouette isolée parmi les siens. Un peu plus loin, de l'autre côté de l'allée, Tedesco se tenait en arrière sur sa chaise, un peu tourné de côté pour écouter l'archevêque émérite de Palerme : Scozzazi, dans la rangée derrière lui, qui s'était penché sur sa table pour lui dire quelque chose. À quelques sièges de Tedesco, Tremblay effectuait des torsions du buste d'un côté puis de l'autre pour étirer ses muscles, tel un sportif entre deux manches. En face de lui, Adeyemi gardait les yeux rivés droit devant lui, si parfaitement immobile qu'il aurait pu être une statue d'ébène, insensible aux regards qu'il suscitait partout dans la Sixtine.

Lomeli tapota le micro. Le bruit se répercuta contre les fresques comme un roulement de tambour. Les murmures se turent aussitôt.

165

— Mes frères, conformément à la Constitution apostolique, les bulletins exprimés ne seront pas brûlés maintenant, et nous allons procéder immédiatement au tour suivant. Prions ensemble.

Pour la troisième fois, Lomeli vota pour Bellini. Il s'était résolu à ne pas l'abandonner, même si l'on voyait – presque physiquement – l'autorité quitter l'ancien favori alors qu'il marchait d'un pas raide jusqu'à l'autel, récitait le serment d'une voix atone et déposait son bulletin dans l'urne. Bellini se retourna pour regagner sa place, pareil à une enveloppe vide. C'était une chose de redouter de devenir pape, et c'en était une autre de se trouver confronté à la soudaine réalité que cela ne se produirait jamais – de constater qu'après avoir été considéré pendant des années comme l'héritier évident, vos pairs vous jaugeaient, puis Dieu les orientait ailleurs. Lomeli se demanda s'il s'en remettrait. Au moment où l'ancien secrétaire d'État passait derrière lui pour regagner sa place, il lui donna une petite tape compatissante sur le dos, mais son ami ne parut pas le remarquer.

Pendant que les cardinaux votaient, Lomeli se plongea dans la contemplation des panneaux de la voûte les plus proches de lui. Le prophète Jérémie, plongé dans la désolation. Le supplice d'Aman, dénoncé pour antisémitisme. Le prophète Jonas, sorti de la bouche d'un poisson géant. L'agitation qui animait toutes ces scènes le frappa pour la première fois. Leur violence, leur force. Il tendit le cou pour examiner Dieu séparant la lumière des ténèbres. La création du soleil et des planètes. Dieu séparant la terre et les eaux. Sans s'en apercevoir, il se perdit dans les tableaux. *Et il y aura des signes dans le soleil, la lune et les étoiles. Sur la terre, les nations seront dans l'angoisse, inquiètes du fracas de la mer et des flots; des hommes défailliront de frayeur, dans l'attente de ce qui menace le monde habité, car les puissances des cieux seront ébranlées...* Il eut soudain la prémonition d'une catastrophe imminente, si intense qu'il en frissonna.

Lorsqu'il regarda autour de lui, il s'aperçut qu'une heure s'était écoulée et que les scrutateurs s'apprêtaient à compter les bulletins.

— Adeyemi... Adeyemi... Adeyemi...

Un vote sur deux semblait être en faveur du cardinal nigérian, et alors qu'on lisait à voix haute les derniers bulletins, Lomeli dit une prière pour lui.

— Adeyemi...

Newby enfila le rectangle de papier sur son cordon rouge.

— Mes frères, voilà qui conclut le vote du troisième tour.

Un soupir collectif parcourut la chapelle. Lomeli additionna rapidement la forêt de bâtonnets qu'il avait tracés à côté du nom d'Adeyemi. Il en trouva cinquante-sept. *Cinquante-sept!* Il ne put résister à l'envie de se pencher en avant pour voir, au bout de la rangée de tables, l'endroit où se tenait Adeyemi. Près de la moitié du conclave faisait déjà de même. Plus que trois voix, et il aurait la majorité simple ; encore vingt et une, et il serait élu pape.

Le premier pape noir.

La tête massive du Nigérian était inclinée vers sa poitrine. Il étreignait sa croix pectorale dans sa main droite. Il priait.

Au cours du premier tour de scrutin, trente-quatre cardinaux avaient recueilli au moins un suffrage. Ils n'étaient plus que six à se partager les voix.

Adeyemi 57
Tedesco 32
Tremblay 12
Bellini 10
Lomeli 5
Benítez 2

Adeyemi serait élu souverain pontife avant la fin du jour, Lomeli n'en doutait plus. La prophétie était écrite dans les chiffres. Même si Tedesco parvenait à atteindre quarante suffrages, lui interdisant la majorité aux deux tiers, cette minorité d'obstruction ne manquerait pas de s'effondrer au tour suivant. Dans leur grande majorité, les cardinaux préféreraient ne pas risquer un schisme au sein de l'Église en s'opposant à une manifestation aussi spectaculaire de la volonté divine. Et ils ne voudraient pas non plus, pour être honnête, se faire un ennemi du nouveau pape, surtout quand il avait une personnalité aussi forte que Joshua Adeyemi.

Une fois les bulletins vérifiés par les réviseurs, Lomeli retourna sur la plate-forme de l'autel pour s'adresser au conclave :

— Mes frères, le troisième tour est maintenant terminé. Nous allons suspendre le scrutin pour déjeuner. Le vote reprendra à 14 h 30. Je vous prie de rester à vos places pendant que les cérémoniaires reviennent, et rappelez-vous de ne pas parler de nos procédures tant que vous n'aurez pas regagné la résidence Sainte-Marthe. Le dernier cardinal-diacre pourrait-il avoir l'amabilité de faire ouvrir les portes, je vous prie ?

Les membres du conclave remirent leurs notes aux maîtres de cérémonies. Ensuite, tout en discutant avec animation, ils traversèrent en file le vestibule de la chapelle Sixtine, émergèrent au milieu des marbres grandioses de la Sala Regia, descendirent l'escalier et montèrent dans les minibus. Une déférence nouvelle se remarquait déjà à l'égard d'Adeyemi, qui semblait avoir érigé un bouclier protecteur autour de lui. Ses plus proches partisans eux-mêmes gardaient leurs distances. Il marchait seul.

Les cardinaux avaient hâte de rentrer à la résidence Sainte-Marthe. Ils étaient assez peu à présent à s'attarder pour regarder brûler les bulletins de vote. O'Malley fourra les sacs en papier dans un poêle et un fumigène dans l'autre. Les émanations se mêlèrent et s'élevèrent dans le conduit de cuivre. À 12 h 37, une fumée noire sortit par la cheminée de la chapelle Sixtine. Tout en l'observant, les spécialistes des questions vaticanes des grandes chaînes d'information télévisées continuèrent de prédire avec assurance la victoire de Bellini.

Lomeli quitta la chapelle Sixtine peu après que la fumée se fut dissipée, soit vers 12 h 45. Dans la cour, les agents de sécurité retenaient le dernier minibus à son intention. Il déclina l'aide qu'on lui proposait et monta seul le marchepied. Bellini était à bord, assis à l'avant avec sa petite troupe habituelle de partisans – Sabbadin, Landolfi, Dell'Acqua, Santini, Panzavecchia. Lomeli songea qu'il ne s'était pas rendu service en essayant de convaincre un électorat international avec une clique d'Italiens. Tous les sièges à l'arrière étaient occupés, et le doyen n'eut d'autre choix que de s'asseoir avec eux. Le minibus démarra. Conscients du regard du chauffeur, qui les surveillait dans son rétroviseur, les cardinaux ne parlèrent pas tout de suite. Mais Sabbadin finit pas se tourner vers Lomeli et lui dit avec une amabilité de façade :

— Doyen, j'ai remarqué que vous avez passé près d'une heure, ce matin, à étudier le plafond de Michel-Ange.

— En effet, et cette œuvre est d'une violence étonnante quand on prend le temps de l'examiner... des exécutions, des meurtres, le déluge. Je n'avais jamais remarqué auparavant l'expression de Dieu quand Il sépare la lumière et les ténèbres : cela fait froid dans le dos.

— Évidemment, il aurait été plus approprié pour nous de contempler l'histoire des porcs de Gadara, ce matin. Quel dommage que le maître n'ait jamais pensé à illustrer ça.

— Voyons, voyons, Giulio, avertit Bellini avec un coup d'œil en direction du chauffeur. Rappelle-toi où nous sommes.

Mais Sabbadin ne pouvait contenir son amertume. Sa seule concession fut de baisser la voix, qui ne fut plus qu'un sifflement, les obligeant tous à se pencher vers lui pour l'entendre.

— Sérieusement, avons-nous perdu la raison ? Ne voyons-nous pas que nous fonçons tête baissée vers un précipice ? Qu'est-ce que je vais leur dire, moi, à Milan, quand on commencera à découvrir les conceptions sociales de notre nouveau pape ?

— N'oublie pas qu'il y aura aussi beaucoup d'excitation à l'idée de connaître notre premier pontife africain.

— Oh, oui ! Génial ! Un pape qui autorisera les danses tribales au milieu de la messe mais qui ne tolérera pas la communion pour les divorcés !

— Cela suffit !

Bellini eut un geste du tranchant de la main pour couper court à la conversation. Lomeli ne l'avait jamais vu aussi en colère.

— Nous devons accepter la sagesse collective du conclave. Nous ne sommes pas à l'un des comités électoraux de ton père, Giulio... Dieu ne procède pas au recomptage des voix.

Puis il se tourna vers la vitre et ne dit plus rien jusqu'à la fin du court trajet. Sabbadin s'enfonça dans son siège, bras croisés, à la fois furieux, frustré et déçu. Dévoré par la curiosité, le conducteur ouvrait de grands yeux dans le rétroviseur.

Il leur fallait moins de cinq minutes pour aller de la Sixtine à la maison Sainte-Marthe. Lomeli estima par la suite qu'il devait donc être dans les 12 h 50 lorsqu'ils descendirent devant la résidence. Ils étaient les derniers arrivés. La moitié des cardinaux environ étaient déjà assis, et une trentaine d'autres faisaient la queue avec leur plateau ; les autres avaient dû monter dans leurs chambres. Les religieuses évoluaient entre les tables pour servir du vin. L'atmosphère était clairement électrique : maintenant qu'ils avaient le droit de parler ouvertement, les cardinaux échangeaient leurs avis concernant le résultat extraordinaire du vote. Tandis qu'il prenait sa place dans la queue, Lomeli fut étonné de voir Adeyemi installé à la même table qu'au petit déjeuner, avec le même contingent de cardinaux africains : à la place du Nigérian, il se serait retiré dans la chapelle, loin de l'agitation, pour s'immerger dans la prière.

Il avait atteint le comptoir et se servait un peu de *riso tonnato* quand il entendit des éclats de voix derrière lui, suivis du fracas d'un plateau heurtant le sol de marbre, d'un bris de verre et d'un cri de femme. (Ou était-ce bien un cri ? Un sanglot, aurait mieux convenu : un sanglot de femme.) Lomeli pivota pour voir ce qui se passait. D'autres cardinaux se levaient pour faire de même et lui bouchèrent la vue. Une religieuse, les mains plaquées sur la tête, traversa la salle à manger en courant et disparut dans la cuisine. Deux autres sœurs la suivirent à pas rapides. Il se tourna vers le cardinal le plus proche de lui – c'était le jeune Espagnol, Villanueva.

— Que s'est-il passé ? Vous avez vu quelque chose ?

— Je crois qu'elle a fait tomber une bouteille de vin.

Quel qu'ait été l'incident, il semblait terminé. Les cardinaux qui s'étaient levés avaient regagné leurs sièges. Le bourdonnement des conversations reprit lentement. Lomeli reporta son attention sur le comptoir pour achever de se servir. Puis, son plateau à la main, il chercha du regard une place ou s'asseoir. Une sœur sortit de la cuisine avec un seau et une serpillière et se dirigea vers la table des Africains, où Lomeli remarqua brusquement l'absence d'Adeyemi. À cet instant, il sut avec une clarté implacable ce qui s'était passé. Mais cette fois encore – et comme il se le reprocha par la suite ! – cette fois *encore*, son instinct fut de ne pas en tenir compte. Une vie de discrétion et d'autodiscipline guida ses pas vers la chaise libre la plus proche et força son corps à s'asseoir, sa bouche à sourire en guise de salut aux autres convives, sa main à déplier une serviette alors qu'il n'entendait plus dans ses oreilles qu'un bruit semblable à celui d'un torrent.

Le hasard voulut que la place voisine de la sienne fût occupée par l'archevêque de Bordeaux, Courtemarche – celui-là même qui avait remis en question l'existence historique de l'Holocauste

171

et que Lomeli avait toujours évité. Se méprenant sur ses intentions, le Français crut à un geste officiel du doyen du Collège et s'empressa de faire une réclamation pour le compte de la Fraternité Saint-Pie-X. Lomeli écouta sans entendre. Une religieuse, qui gardait les yeux modestement baissés, s'approcha de son épaule pour lui proposer du vin. Il leva la tête pour décliner son offre et, pendant une fraction de seconde, leurs regards se croisèrent — et celui de la sœur exprimait un reproche si terrible qu'il en eut la bouche sèche.

— ... le Cœur Immaculé de Marie... disait Courtemarche... La volonté du Ciel révélée à Fatima...

Derrière la sœur, trois des cardinaux africains qui avaient été assis à la table d'Adeyemi — Nakitanda, Mwangale et Zucula — venaient vers la table du doyen. Le plus jeune, Nakitanda de Kampala, semblait être leur porte-parole.

— Pourriez-vous nous accorder un instant, Doyen?

— Bien sûr, répondit-il en adressant un petit salut à Courtemarche. Je vous prie de m'excuser.

Il suivit le trio jusqu'à un coin du hall.

— Que s'est-il passé? questionna-t-il.

Zucula secoua la tête d'un air lugubre.

— Notre frère est tourmenté, dit-il.

— L'une des sœurs qui servaient à notre table s'est mise à parler à Joshua, intervint Nakitanda. Il a d'abord essayé de faire comme si de rien n'était. Puis elle a laissé tomber le plateau. Il s'est levé et il est parti.

— Qu'est-ce qu'elle a dit exactement?

— Malheureusement, nous ne le savons pas. Elle parlait un dialecte nigérian.

— Du yoruba, précisa Mwangale. C'était du yoruba. La langue d'Adeyemi.

— Et où se trouve le cardinal Adeyemi à présent?

— Nous n'en savons rien, Éminence, dit Nakitanda, mais, de toute évidence, quelque chose ne va pas, et il doit nous dire ce que c'est. Il faut que nous sachions ce qu'il en est de la sœur avant de retourner à la Sixtine pour voter. Qu'a-t-elle exactement à lui reprocher ?

Zucula saisit Lomeli par le bras. Pour un homme aussi frêle, il avait une poigne de fer.

— Nous attendons un pape africain depuis très longtemps, Jacopo, et si le choix de Dieu se porte sur Joshua, j'en serai heureux. Mais il doit avoir la conscience et le cœur purs. Ce doit être réellement un saint homme. Si ce n'est pas le cas, ce serait un désastre pour nous tous.

— Je comprends. Je vais voir ce que je peux faire.

Lomeli consulta sa montre. Il était 13 h 03.

Pour atteindre les cuisines depuis le hall, il fallait traverser toute la salle à manger. Les cardinaux avaient observé sa conversation avec les Africains, et il avait conscience tout en marchant d'être suivi par des dizaines de regards... de voir des têtes se rapprocher pour chuchoter, des fourchettes se figer à mi-course. Il poussa la porte. Il y avait des années qu'il n'était pas entré dans une cuisine, et en tout cas jamais dans une cuisine aussi animée que celle-ci. Il découvrit avec stupéfaction l'armée de religieuses qui préparaient le repas. Les sœurs les plus proches de lui baissèrent la tête.

— Éminence...

— Éminence...

— Dieu vous bénisse, mes enfants. Dites-moi, où est la sœur qui vient d'avoir un petit problème ?

— Elle est avec sœur Agnès, Éminence, répondit une religieuse italienne.

— Auriez-vous la gentillesse de me conduire à elle ?

— Bien sûr, Éminence. Je vous en prie.

Elle montra la porte qui donnait dans la salle à manger.

Lomeli eut un mouvement de recul.

— N'y aurait-il pas une entrée de service que nous pourrions emprunter ?

— Oui, Éminence.

— Montrez-moi, mon enfant.

Il la suivit à travers une réserve, puis dans un couloir de service.

— Vous savez comment s'appelle la sœur en question ?

— Non, Éminence. Elle est nouvelle.

La religieuse frappa timidement à la porte vitrée d'un bureau. Lomeli reconnut l'endroit où l'on avait conduit Benítez à son arrivée, seulement, maintenant, les stores étaient baissés, et il était impossible de voir à l'intérieur. Au bout d'un moment, il frappa lui-même contre la porte, un peu plus fort. Il entendit qu'on bougeait, puis la porte s'entrouvrit sur sœur Agnès.

— Éminence ?

— Bonjour, ma sœur. Je dois parler à la religieuse qui vient de laisser tomber son plateau.

— Elle est en sécurité avec moi, Éminence. Je gère la situation.

— Je n'en doute pas, sœur Agnès. Mais il faut que je lui parle.

— Je ne vois pas en quoi un plateau renversé pourrait concerner le doyen du Collège cardinalice.

— Néanmoins, si vous voulez bien ?

Il saisit la poignée de la porte.

— Ce n'est rien dont je ne puisse me charger...

Il poussa doucement le panneau et, après une dernière tentative de résistance, la religieuse céda.

La sœur était assise sur la même chaise qu'avait occupée Benítez, à côté de la photocopieuse. Elle se leva à son entrée. Il lui donna une cinquantaine d'années − petite, replète, timide, des lunettes : identique aux autres. Mais il était toujours si difficile de voir la personne au-delà de l'uniforme et du voile, surtout quand cette personne gardait les yeux rivés au sol.

— Asseyez-vous, mon enfant, dit-il doucement. Je suis le cardinal Lomeli. Nous nous inquiétons tous pour vous. Comment vous sentez-vous ?

174

— Elle se sent beaucoup mieux, Éminence, intervint sœur Agnès.

— Pouvez-vous me dire votre nom?

— Elle s'appelle Shanumi. Et elle ne comprend pas un mot de ce que vous lui dites : la pauvre petite ne parle pas italien.

— Anglais? demanda-t-il à la religieuse. Vous parlez anglais?

Elle acquiesça d'un signe de tête. Elle ne l'avait toujours pas regardé.

— Bien. Moi aussi. J'ai vécu quelques années aux États-Unis. Je vous en prie, asseyez-vous.

— Éminence, je crois vraiment qu'il vaudrait mieux que je...

Sans se retourner, Lomeli répliqua d'une voix ferme :

— Voudriez-vous avoir l'amabilité de nous laisser maintenant, sœur Agnès?

Ce ne fut que lorsqu'elle se permit de protester de nouveau que le doyen fit enfin volte-face et la foudroya d'un regard si glaçant que cette femme, qui avait fait trembler trois papes et au moins un seigneur africain, s'inclina et sortit à reculons de la pièce en refermant la porte derrière elle.

Lomeli prit une chaise et la tira juste en face de la religieuse, si près d'elle que leurs genoux se touchaient presque. Une telle intimité lui était physiquement pénible. *Ô Dieu*, pria-t-il, *donne-moi la force et la sagesse d'aider cette pauvre femme et de découvrir ce que je dois savoir afin que je puisse m'acquitter de ma mission envers Toi.*

— Sœur Shanumi, je veux tout d'abord que vous compreniez que vous n'aurez aucun problème. Le fait est que j'ai une responsabilité devant Dieu et vis-à-vis de notre Sainte Mère l'Église, que nous cherchons tous les deux à servir du mieux possible en nous efforçant de prendre les bonnes décisions. Là, il est important que vous me confiiez tout ce qui est dans votre cœur et qui vous trouble, pour autant que ce soit en relation avec le cardinal Adeyemi. Vous pouvez faire ça pour moi?

Elle fit non de tête.

175

— Même si je vous donne l'assurance que cela ne sortira pas de cette pièce?

Une pause, suivie par un nouveau mouvement négatif de la tête.

C'est alors qu'il eut une inspiration. Il serait par la suite toujours convaincu que Dieu était venu à son aide.

— Voudriez-vous que je vous entende en confession?

11

Le quatrième tour

Environ une heure plus tard, et vingt minutes à peine avant que les minibus ne reconduisent les cardinaux à la Sixtine pour procéder au quatrième tour, Lomeli se mit en quête d'Adeyemi. Il le chercha d'abord dans le hall, puis dans la chapelle. Une demi-douzaine de cardinaux y étaient agenouillés, le dos tourné vers lui. Il gagna rapidement l'autel pour voir leur visage. Le Nigérian n'y était pas. Il sortit, prit l'ascenseur jusqu'au deuxième et longea rapidement le couloir jusqu'à la chambre voisine de la sienne.

Il frappa fort.

— Joshua ? Joshua ? C'est Lomeli !

Il frappa encore. Il allait abandonner quand il entendit des pas, et la porte s'ouvrit.

Adeyemi, encore en habit de chœur, s'essuyait le visage avec une serviette de toilette.

— J'arrive tout de suite, Doyen.

Il laissa la porte ouverte et disparut dans la salle de bains ; après une brève hésitation, Lomeli franchit le seuil et referma la porte derrière lui. Le parfum d'après-rasage du cardinal emplissait la chambre confinée. Sur le bureau, il y avait une photo en noir et blanc encadrée montrant Adeyemi, jeune séminariste, devant une mission catholique avec une vieille femme coiffée d'un chapeau – sa mère, sans doute, ou peut-être une tante. Le lit était froissé, comme si le cardinal s'était allongé dessus. Il y eut un bruit de chasse d'eau, puis Adeyemi apparut, reboutonnant le bas de sa soutane. Il feignit d'être surpris de trouver Lomeli dans sa chambre au lieu de l'attendre dans le couloir.

— Ne devrions-nous pas partir ?

— Dans un instant.

— Voilà qui n'augure rien de bon.

Adeyemi se pencha vers le miroir. Il planta sa calotte sur son crâne et la rajusta jusqu'à ce qu'elle soit bien droite.

— Si c'est au sujet de l'incident de la salle à manger, je n'ai pas l'intention d'en parler.

Il chassa une poussière invisible des épaules de sa mozette, releva le menton et ajusta sa croix pectorale. Lomeli l'observait en gardant le silence.

— Je suis victime d'un complot odieux visant à ruiner ma réputation, Jacopo, dit enfin Adeyemi à mi-voix. Quelqu'un a ramené cette femme ici et a orchestré tout ce mélodrame dans le seul but d'empêcher que je sois élu pape. Comment s'est-elle retrouvée à la résidence Sainte-Marthe ? Elle n'avait jamais quitté le Nigeria de sa vie.

— Avec tout mon respect, Joshua, la question de savoir comment elle est arrivée ici est secondaire par rapport à celle de votre relation avec elle.

Adeyemi leva les bras avec emportement.

— Mais je n'ai pas de relation avec elle ! Il y a trente ans que je ne l'avais pas vue... en tout cas pas avant la nuit dernière, quand elle a débarqué devant ma chambre ! Je ne l'ai même pas reconnue. Vous voyez bien ce qui se passe, ici, non ?

— Les circonstances sont singulières, je vous l'accorde, mais laissons cela de côté pour le moment. C'est l'état de votre âme qui me préoccupe maintenant.

— De mon âme ?

Adeyemi se retourna brusquement sur la pointe du pied et approcha son visage tout près de celui de Lomeli. Il avait une haleine sucrée.

— Mon âme est remplie d'amour pour Dieu et Son Église. J'ai senti la présence du Saint-Esprit ce matin – vous l'avez certainement sentie aussi − et je suis prêt à assumer la charge. Une seule erreur commise il y a trente ans suffirait-elle à me disqualifier? Ou me rend-elle plus fort? Permettez-moi de citer votre homélie d'hier : «Faites qu'Il nous accorde un pape qui pèche, qui demande pardon et poursuive sa tâche.»

— Mais avez-vous demandé pardon? Avez-vous confessé votre péché?

— Oui! Oui, j'ai confessé mon péché à l'époque, mon évêque m'a muté dans une autre paroisse, et je n'ai plus jamais fauté. Ces relations n'étaient pas rares en ce temps-là. Et le célibat a toujours été une notion étrangère en Afrique... vous le savez.

— Et l'enfant?

— L'enfant? répéta Adeyemi, qui tressaillit, puis vacilla. L'enfant a été élevé dans une famille chrétienne, et il n'a jusqu'à ce jour aucune idée de qui est son père... en admettant que ce soit moi. Voilà pour l'enfant.

Il recouvra suffisamment son équilibre pour toiser le doyen avec fureur et, pendant encore un instant, l'édifice résista − provocant, blessé, magnifique. Lomeli pensa qu'il aurait fait un chef de file formidable pour l'Église. Puis, quelque chose parut céder, et le Nigérian s'assit brusquement au bord de son lit et pressa ses mains sur son crâne. La scène rappela au doyen une photographie qu'il avait vue un jour d'un prisonnier en équilibre au bord d'une fosse, attendant d'être abattu.

Quel effroyable gâchis! Lomeli ne se souvenait pas d'avoir connu d'heure plus douloureuse dans ses moindres détails que celle qu'il venait de vivre à entendre sœur Shanumi en confession. Selon son récit, elle n'était pas même novice au début de cette histoire, mais simple postulante, encore une enfant, alors qu'Adeyemi était le prêtre de la communauté. S'il ne s'agissait pas à proprement parler d'un viol, cela n'en était pas très loin. Mais dans ces conditions, quel péché avait-*elle* donc à confesser? En quoi était-elle coupable? Et pourtant, ce fardeau lui avait gâché la vie. Le plus pénible avait été pour Lomeli le moment où elle avait sorti la photo, pliée à la taille d'un timbre poste. Elle montrait un garçon de six ou sept ans, en chemisette de coton, qui souriait à l'objectif : une photo de bonne école catholique, avec un crucifix au mur, derrière lui. Les marques des plis maintes fois ouverts et refermés au cours du dernier quart de siècle fissuraient tant la surface brillante que l'enfant semblait regarder à travers une grille.

L'Église s'était occupée de l'adoption. Après la naissance, la jeune fille n'avait rien attendu d'Adeyemi, sinon qu'il veuille bien reconnaître d'une façon ou d'une autre ce qui s'était passé. Mais on l'avait transféré dans une paroisse à Lagos, et ses lettres lui étaient revenues sans avoir été ouvertes. Lorsqu'elle l'avait reconnu à la résidence Sainte-Marthe, elle n'avait pas pu se retenir, et elle était allée le voir dans sa chambre. Il lui avait dit qu'ils devaient oublier toute cette histoire. Puis, dans la salle à manger, quand il avait refusé ne fût-ce que de la regarder, et qu'une autre sœur lui avait chuchoté qu'il était sur le point de devenir pape, elle avait perdu tout contrôle. Elle était coupable de tant de péchés, assurat-elle, qu'elle ne savait par où commencer – luxure, colère, orgueil, mensonge.

Elle était tombée à genoux et avait fait acte de contrition :

— Mon Dieu, j'ai un très grand regret de T'avoir offensé, parce que Tu es infiniment bon, et que le péché Te déplaît. Je prends la ferme résolution avec le secours de Ta sainte grâce de ne plus T'offenser et de faire pénitence. Amen.

Lomeli la fit relever et lui donna l'absolution.

— Ce n'est pas vous qui avez péché, mon enfant. C'est l'Église, décréta-t-il avant de faire le signe de croix. Louez l'Éternel, car Il est bon.

— Car Sa miséricorde dure toujours.

Au bout d'un moment, Adeyemi dit à voix basse :
— Nous étions tous les deux très jeunes.

— Non, Éminence. *Elle* était très jeune ; vous aviez trente ans.

— Vous voulez ruiner ma réputation afin de pouvoir être élu pape à ma place !

— Ne soyez pas ridicule. Cette simple pensée n'est pas digne de vous.

Des sanglots secouaient déjà les épaules d'Adeyemi. Lomeli s'assit près de lui sur le lit.

— Reprenez-vous, Joshua, dit-il avec bonté. Si j'ai connaissance de tout cela, c'est seulement parce que j'ai entendu cette pauvre femme en confession, et elle n'en parlera jamais en public, j'en suis certain, ne serait-ce que pour protéger le garçon. Quant à moi, je suis lié par le secret de la confession et ne répéterai pas un mot de ce que j'y ai appris.

Adeyemi le regarda de biais. Il avait les yeux brillants. Il n'arrivait toujours pas à accepter que son rêve eût pris fin.

— Êtes-vous en train de me dire qu'il me reste encore un espoir ?

— Non. Pas le moindre, répliqua Lomeli, atterré.

Il parvint à se contrôler et poursuivit sur un ton plus raisonnable :

— Après un tel incident public, je crains qu'il n'y ait des rumeurs. Vous savez comment est la Curie.

— Peut-être, mais les rumeurs ne sont pas des faits.

— En l'occurrence, c'est la même chose. Vous savez aussi bien que moi que s'il y a une chose qui terrifie par-dessus tout nos confrères, c'est la perspective d'un nouveau scandale sexuel.

— Alors c'est fini ? Je ne pourrai jamais être pape ?

— Éminence, vous ne pouvez être *quoi que ce soit*.

Adeyemi paraissait incapable de lever les yeux.

— Que dois-je faire, Jacopo ?

— Vous êtes bon. Vous trouverez une façon d'expier. Dieu saura si vous vous repentez sincèrement, et Il décidera de ce qu'il adviendra de vous.

— Et le conclave ?

— Laissez-moi m'en charger.

181

Ils demeurèrent un moment silencieux. Lomeli pouvait à peine se représenter sa souffrance. *Dieu me pardonne ce que je suis contraint de faire.*

— Vous voulez bien prier quelques instants avec moi ? finit par demander Adeyemi.

— Bien sûr.

Ainsi, dans cette chambre entièrement close où flottaient des senteurs de lotion après-rasage, les deux hommes s'agenouillèrent sous la lumière électrique — sans difficulté pour Adeyemi, avec raideur dans le cas de Lomeli — et prièrent ensemble côte à côte.

Lomeli aurait aimé retourner à la chapelle Sixtine à pied — respirer un peu d'air frais et sentir le doux soleil de novembre sur son visage. Mais il était trop tard pour ça. Lorsqu'il parvint dans le hall, les cardinaux montaient déjà dans les minibus, et Nakitanda l'attendait près de la réception.

— Alors ?

— Il va devoir démissionner de toutes ses fonctions.

— Oh, non ! s'exclama Nakitanda, qui baissa la tête avec consternation.

— Pas tout de suite — j'aimerais que nous puissions lui éviter une humiliation — mais certainement d'ici un an ou deux. Je vous laisse décider de ce que vous direz aux autres. Je me suis entretenu avec les deux parties, et je suis lié par mes vœux. Je ne puis en dire davantage.

Dans le minibus, il s'assit tout au fond et ferma les yeux, sa barrette posée sur le siège voisin afin de décourager quiconque rechercherait sa compagnie. Tous les aspects de cette affaire l'écœuraient, mais un détail en particulier commençait à le turlupiner. Il s'agissait de la toute première remarque d'Adeyemi : le calendrier. D'après sœur Shanumi, elle avait passé les vingt dernières années à travailler au Nigeria pour la communauté d'Iwaro Oko, dans la province d'Ondo, où elle aidait les femmes atteintes du sida.

— Étiez-vous heureuse, là-bas ?

— Oui, Éminence, très.

— Votre travail devait être assez différent de ce que vous faites ici, j'imagine ?

— Oh, oui. Là-bas, j'étais infirmière. Ici, je suis une servante.

— Qu'est-ce qui vous a poussée à vouloir venir à Rome, alors ?

— Je n'ai jamais voulu venir à Rome !

Elle ne comprenait toujours pas comment elle avait pu se retrouver à la résidence Sainte-Marthe. Un jour de septembre, elle avait été convoquée par la Mère supérieure de leur communauté, qui l'informa qu'un courriel avait été reçu en provenance de la direction générale, à Paris, pour demander son transfert immédiat à la mission romaine. Un tel honneur avait suscité une grande excitation parmi les autres sœurs. Certaines pensaient même que c'était le Saint-Père en personne qui était à l'origine de l'invitation.

— C'est extraordinaire. Avez-vous déjà rencontré le pape ?

— Bien sûr que non, Éminence !

Ce fut la seule fois qu'il la vit rire – devant l'absurdité d'une telle idée.

— Je l'ai aperçu une fois, pendant sa tournée en Afrique, mais j'étais parmi les millions de fidèles. Et pour moi, il n'était qu'un point blanc dans le lointain.

— À quel moment exactement vous a-t-on donc priée de venir à Rome ?

— Il y a six semaines, Éminence. On m'a donné trois semaines pour me préparer, et puis j'ai pris l'avion.

— Et une fois ici, a-t-il été question que vous parliez au Saint-Père ?

— Non, Éminence, répondit-elle en se signant. Il est mort le lendemain de mon arrivée. Paix à son âme.

— Je ne comprends pas pourquoi vous avez accepté de venir. Pourquoi quitter tout ce que vous aviez en Afrique pour aller aussi loin ?

Sa réponse le transperça presque plus que tout ce qu'elle lui avait dit auparavant :

— Parce que j'ai cru que c'était peut-être le cardinal Adeyemi qui m'avait fait chercher.

Il fallait reconnaître à Adeyemi qu'il se comporta avec la même dignité, la même gravité que celles dont il avait fait preuve à la fin du troisième tour de scrutin. En le voyant entrer dans la chapelle Sixtine, nul n'aurait pu deviner que la conscience qu'il avait manifestement de sa destinée avait pu être de quelque façon que ce fût perturbée, et encore moins qu'il était complètement détruit. Il ignora les hommes qui l'entouraient et s'assit à la table, lisant calmement la Bible pendant qu'on faisait l'appel. En entendant son nom, il répondit d'une voix ferme :

— Présent.

À 14 h 45, on verrouilla les portes et, pour la quatrième fois, Lomeli dirigea les prières. Cette fois encore, il inscrivit le nom de Bellini sur son bulletin et s'avança vers l'autel pour le déposer dans l'urne.

— Je prends à témoin le Christ Seigneur, qui me jugera, que je donne ma voix à celui que, selon Dieu, je juge devoir être élu.

Il se rassit sur son siège et attendit.

Les trente premiers cardinaux à voter étaient les membres les plus éminents du conclave – les patriarches, les cardinaux-évêques, les cardinaux-prêtres les plus anciens. Il eut beau scruter leurs visages impassibles alors qu'ils quittaient leurs places les uns après les autres du côté de l'autel, Lomeli ne put deviner ce qu'ils avaient à l'esprit. Une inquiétude le saisit soudain : peut-être n'en avait-il pas fait assez. Et s'ils ne se doutaient pas du tout de la gravité du péché d'Adeyemi et votaient pour lui par ignorance ? Mais au bout d'un quart d'heure, les cardinaux assis autour d'Adeyemi, dans la partie centrale de la chapelle, commencèrent à se lever pour voter à leur tour. Et chacun d'eux, en retournant s'asseoir, détourna le regard du Nigérian. Ils faisaient penser aux membres d'un jury qui revenaient au tribunal pour livrer leur verdict et se trouvaient incapables de regarder l'accusé qu'ils s'apprêtaient à condamner. En les observant, Lomeli se sentit rassuré. Lorsque ce fut au tour d'Adeyemi de voter, le Nigérian se rendit d'un pas solennel jusqu'à l'urne et prononça le serment avec la même assurance absolue que précédemment. Il passa devant le doyen sans lui accorder un regard.

À 15 h 51, le vote était terminé, et les scrutateurs prirent le relais. Cent dix-huit bulletins ayant bien été dénombrés dans l'urne, ils installèrent leur table, et le rituel du dépouillement commença.

— Le premier vote est pour le cardinal Lomeli...

Oh, mon Dieu, non, pria-t-il, *pas encore; faites qu'on passe à quelqu'un d'autre.* Adeyemi avait insinué qu'il était motivé par des ambitions personnelles. C'était faux − il en était certain. Mais à présent, tandis qu'il notait les suffrages, il ne put s'empêcher de remarquer qu'il remontait au score, et que s'il était encore loin d'atteindre un niveau dangereux, il arrivait à un point un peu trop haut pour être confortable. Il se pencha légèrement en avant pour voir Adeyemi, assis un peu plus loin dans la rangée. Contrairement aux hommes qui l'entouraient, il n'avait pas pris la peine de noter les suffrages et fixait simplement le mur d'en face. Une fois que Newby eut dépouillé les derniers bulletins, Lomeli fit ses totaux :

Tedesco 36
Adeyemi 25
Tremblay 23
Bellini 18
Lomeli 11
Benítez 5

185

Il posa la liste des résultats sur la table et l'examina, les coudes sur la nappe et la tête appuyée sur ses mains, jointure contre ses tempes. Depuis la pause du déjeuner, Adeyemi avait perdu plus de la moitié de ses soutiens – une hémorragie renversante de trente-deux voix – dont Tremblay avait récupéré onze votes, Bellini huit, lui-même six, Tedesco quatre et Benítez trois. De tout évidence, Nakitanda avait fait circuler l'information, et il y avait eu suffisamment de cardinaux qui avaient assisté à la scène de la salle à manger, ou qui en avaient entendu parler, pour que la peur s'installe.

Alors que le conclave intégrait cette nouvelle donne, des conversations éclatèrent un peu partout dans la Sixtine. Lomeli savait à leurs visages ce qu'ils disaient. Songer que, s'ils n'étaient pas partis déjeuner, Adeyemi pourrait être pape ! Et voilà que maintenant, le rêve d'avoir un pontife africain était mort, et que Tedesco avait repris la tête, à quatre voix des quarante qu'il lui fallait pour bloquer la majorité aux deux tiers d'un autre candidat... *J'ai vu encore sous le soleil que la course ne revient pas aux plus rapides, ni le combat aux héros... temps et contre-temps leur arrivent à tous...* Quant à Tremblay, à supposer que les votes du tiers-monde penchent de son côté, était-il en position de devenir le nouveau favori ? (Pauvre Bellini, chuchotaient-ils avec des regards vers son expression dépourvue de passion, quand son humiliation prolongée prendrait-elle donc fin ?) Pour ce qui était du doyen, les suffrages qu'il avait obtenus reflétaient sans doute le besoin de stabilité qui ne manquait jamais de se manifester quand les choses devenaient incertaines. Et, enfin, il y avait Benítez : cinq voix pour quelqu'un dont nul ne connaissait l'existence deux jours plus tôt, cela tenait presque du miracle...

Lomeli baissa de nouveau la tête pour continuer d'examiner les chiffres sans s'apercevoir que les cardinaux commençaient à se tourner vers lui, jusqu'à ce que Bellini tende le bras derrière le dos du patriarche du Liban pour lui donner un petit coup dans les côtes. Il leva les yeux avec inquiétude. Quelques rires se firent entendre de l'autre côté de l'allée. Quel vieil imbécile il faisait !

Lomeli se leva et gagna l'autel.

— Mes frères, aucun candidat n'ayant atteint la majorité des deux tiers, nous allons procéder immédiatement au cinquième tour.

12

Le cinquième tour

L'élection de la plupart des papes de l'époque récente n'avait pas pris plus de cinq tours. Ainsi, le dernier Saint-Père était devenu pontife au cinquième, et Lomeli le revoyait encore, refusant de s'asseoir sur le trône pontifical parce qu'il tenait à rester debout et à embrasser tous les cardinaux qui se pressaient pour le féliciter. Quatre tours de scrutin avaient suffi à élire Ratzinger. Lomeli se rappelait aussi son sourire timide quand il avait obtenu les deux tiers des suffrages et que le conclave l'avait chaleureusement applaudi. Jean-Paul Ier l'avait emporté au quatrième tour également. En fait, mis à part Wojtyla, la règle des cinq tours s'était vérifiée au moins depuis 1963, quand Montini avait battu Lercaro et avait glissé sa célèbre remarque à son rival plus charismatique : « Ainsi va la vie, Éminence – vous devriez être assis ici. »

Lomeli avait secrètement prié pour une élection en cinq tours – un bon chiffre rond et conventionnel, suggérant un choix qui ne tenait ni du schisme ni du couronnement, mais d'un processus de méditation pour arriver à discerner la volonté de Dieu. Mais ce ne serait pas pour cette fois-ci, et cela n'annonçait rien de bon.

Lorsqu'il étudiait le droit canon à l'Université pontificale du Latran, il avait lu *Masse et Puissance*, de Canetti. Il y avait appris à distinguer les diverses catégories de masses – la masse en panique, la masse stagnante, la masse révoltée, etc. C'était utile pour un homme d'Église. En appliquant cette analyse séculière, on pouvait considérer un conclave comme la masse la plus avertie de la terre, mue dans un sens ou dans un autre par l'impulsion collective de l'Esprit-Saint. Certains conclaves se révélaient timides et rétifs aux changements, tel celui qui avait élu Ratzinger ; d'autres se révélaient plus hardis, comme celui qui avait fini par choisir Wojtyla. Lomeli trouvait inquiétant que ce conclave-ci commence à montrer des signes de ce que Canetti aurait pu appeler une masse en désintégration. C'était une assemblée troublée, instable, fragile – susceptible de partir soudain dans n'importe quelle direction.

La motivation et l'excitation grandissantes sur lesquelles s'était terminée la séance du matin s'étaient évaporées. Désormais, tandis que les cardinaux se levaient pour voter et alors que le petit bout de ciel visible par les fenêtres en hauteur s'obscurcissait, le silence qui régnait dans la chapelle devenait aussi morne et pesant que celui d'un tombeau. Saint-Pierre sonna 17 heures, et l'on aurait pu croire entendre le glas lors d'un enterrement. Nous sommes des brebis égarées, songea Lomeli, et une grande tempête approche. Mais qui sera notre berger ? Il pensait toujours que le meilleur choix était Bellini, et il vota de nouveau pour lui, mais sans espoir de le voir l'emporter. Jusqu'à présent, l'Italien avait obtenu respectivement dix-huit, dix-neuf, dix et dix-huit voix aux quatre scrutins précédents : quelque chose l'empêchait visiblement de percer au-delà de son petit noyau de partisans. Peut-être était-ce parce qu'il avait été secrétaire d'État, et donc associé de trop près au Saint-Père, dont la politique s'était attiré à la fois les foudres des traditionalistes et la déception des réformateurs.

Malgré lui, son regard se posait régulièrement sur Tremblay. Le Canadien, qui triturait nerveusement sa croix pectorale pendant le scrutin, parvenait à réunir un manque de personnalité et une ambition passionnée – paradoxe qui n'était, à en croire l'expérience de Lomeli, pas si rare que cela. Mais peut-être ce manque de personnalité était-il justement ce qu'il fallait pour assurer la cohésion de l'Église. Et l'ambition était-elle nécessairement un péché ? Wojtyla avait été ambitieux. Seigneur, quelle assurance il avait, dès le début ! Le soir de son élection, lorsqu'il était monté au balcon pour s'adresser aux milliers de fidèles présents sur la place Saint-Pierre, c'est tout juste s'il n'avait pas poussé le maître des célébrations liturgiques pontificales tant il était pressé de parler au monde. S'il en était réduit à devoir choisir entre Tremblay et Tedesco, Lomeli décida qu'il voterait pour Tremblay – rapport secret ou pas. Il ne pouvait que prier de ne pas avoir à en arriver là.

Le ciel était complètement noir lorsque le dernier bulletin fut glissé dans l'urne et que les scrutateurs commencèrent le comptage des votes. Le résultat du dépouillement fut un nouveau choc.

Tremblay 40
Tedesco 38
Bellini 15
Lomeli 12
Adeyemi 9
Benítez 4

Alors que ses confrères se tournaient vers lui, Tremblay baissa la tête et joignit les mains en prière. Pour une fois, au lieu de trouver cette démonstration ostentatoire de piété irritante, Lomeli ferma brièvement les yeux et loua le Seigneur. *Merci, mon Dieu, de nous avoir indiqué Ta volonté, et si le cardinal Tremblay doit être notre choix, je prie pour que Tu lui accordes la sagesse et la force de remplir sa mission. Amen.*

C'est avec un certain soulagement qu'il se leva et fit face au conclave.

— Mes frères, cela conclut le cinquième tour. Aucun candidat n'ayant atteint la majorité nécessaire, nous reprendrons le vote demain matin. Les maîtres des cérémonies vont ramasser vos feuilles. Ne sortez aucune note écrite de la Sixtine, je

vous prie, et prenez garde de ne pas souffler mot de nos délibérations avant d'être de retour à la résidence Sainte-Marthe.
Le dernier cardinal-diacre pourrait-il avoir l'amabilité de
demander qu'on ouvre les portes ?

À 18 h 22, une fumée noire s'échappa de nouveau de la
cheminée de la chapelle Sixtine, capturée par le projecteur
fixé au flanc de la basilique Saint-Pierre. Les experts invités
par les chaînes de télévision se déclarèrent surpris de constater
que le conclave n'avait toujours pas pu s'accorder. La plupart
avaient prédit qu'un nouveau pape serait déjà élu à l'heure
qu'il était, et les chaînes américaines se tenaient prêtes à interrompre leurs programmes de la mi-journée pour retransmettre
les images de la place Saint-Pierre, lorsque le vainqueur apparaîtrait au balcon. Pour la première fois, ces spécialistes
commencèrent à exprimer des doutes quant au soutien de la
candidature de Bellini. S'il avait dû l'emporter, ce serait déjà
fait. Une nouvelle sagesse collective s'élevait peu à peu des
débris de l'ancienne : le conclave s'apprêtait à faire date dans
l'histoire. Au Royaume-Uni – cette île impie d'apostasie, où
toute l'affaire était traitée comme une course de chevaux –,
les officines de paris firent du cardinal Adeyemi leur nouveau
favori. Demain, entendait-on un peu partout, on pourrait
enfin assister à la première élection d'un pape noir.

Comme d'habitude, Lomeli fut le dernier cardinal à quitter
la chapelle. Il s'attarda pour regarder Mgr O'Malley brûler
les bulletins, puis traversa avec lui la Sala Regia. Un agent de
sécurité les suivit dans l'escalier jusqu'à la cour. Lomeli supposa
que l'Irlandais, en tant que secrétaire du Collège cardinalice,
devait connaître les résultats des scrutins de l'après-midi, ne
fût-ce que parce qu'il lui revenait de récupérer les notes des
cardinaux pour les brûler – et O'Malley n'était pas du genre à
détourner les yeux d'un secret. Il devait donc être au courant

de l'effondrement de la candidature d'Adeyemi, et de la percée inattendue de Tremblay. Mais il était trop discret pour aborder le sujet directement. Il préféra interroger à mi-voix :

— Y a-t-il quelque chose que vous aimeriez que je fasse avant demain matin, Éminence ?

— Comme ?

— Je me demandais si vous voudriez que je retourne interroger Mgr Morales pour voir si je peux en apprendre un peu plus sur ce rapport annulé concernant le cardinal Tremblay.

Lomeli jeta un coup d'œil derrière lui, en direction du garde du corps.

— Je ne sais pas à quoi cela pourrait servir, Ray. S'il n'a rien voulu dire avant le début du conclave, il y a peu de chances qu'il accepte de le faire maintenant, surtout s'il soupçonne que le cardinal Tremblay pourrait bien devenir pape. Et c'est exactement ce qu'il soupçonnerait si vous l'interrogiez de nouveau à ce sujet.

Ils sortirent dans la nuit. Les derniers minibus étaient partis. Quelque part, non loin de là, un hélicoptère effectuait de nouveau un vol stationnaire. Lomeli fit signe à l'agent et montra la cour déserte.

— On dirait bien qu'on m'a oublié. Vous voulez bien ?

— Bien sûr, Éminence.

L'homme murmura aussitôt quelques mots dans sa manche.

Lomeli se retourna vers O'Malley. Il se sentait fatigué, très seul, et éprouva soudain le désir inhabituel de se confier.

— Il arrive qu'on en sache trop, mon cher monseigneur O'Malley. Qui parmi nous n'a pas un secret dont il a honte ? Cette horrible histoire d'avoir fermé les yeux sur des abus sexuels, par exemple – je travaillais aux Affaires étrangères et, Dieu merci, je n'ai pas eu à m'en mêler directement, mais je ne suis pas sûr que j'aurais fait preuve de plus de fermeté. Combien de nos frères n'ont pas pris les plaintes des victimes au sérieux et se sont contentés de muter les prêtres impliqués dans une autre paroisse ? Ceux qui n'ont pas voulu voir n'étaient pas forcément mauvais, mais ils n'ont simplement pas compris à quelle atrocité ils étaient confrontés, et ont préféré la tranquillité. On ne commettrait plus la même erreur.

Il demeura silencieux un moment, pensant à sœur Shanumi et à la petite photo élimée de son enfant.

— Et combien ont entretenu des amitiés qui sont devenues trop intimes, conduisant au péché et au chagrin ? Ou ce pauvre imbécile de Tutino, avec son appartement lamentable... sans famille, on peut facilement devenir obsédé par des questions de statut et de protocole pour se donner une impression d'accomplissement. Alors dites-moi, Ray : suis-je vraiment censé jouer les grands inquisiteurs et fouiller le passé de mes confrères pour trouver des fautes vieilles de plus de trente ans ?

— Je suis d'accord, Éminence, dit O'Malley. « Que celui qui n'a jamais péché jette la première pierre. » Cependant, je pensais que dans le cas du cardinal Tremblay, vous vous inquiétiez de quelque chose de beaucoup plus récent, un entretien entre le Saint-Père et le cardinal qui a eu lieu le mois dernier, non ?

— Effectivement. Mais je commence à découvrir que le Saint-Père... puisse-t-il être uni à tout jamais à la communauté des souverains pontifes...

— Amen, ajouta O'Malley, et les deux prélats se signèrent.

— Je commence à découvrir, reprit Lomeli en baissant la voix, que le Saint-Père n'était peut-être plus tout à fait lui-même au cours des dernières semaines de sa vie. De fait, d'après ce que m'a dit le cardinal Bellini, j'ai l'impression qu'il était presque devenu – je vous dis cela en toute confidence – légèrement paranoïaque, ou en tout cas très renfermé.

— Comme en témoignerait sa décision de créer un cardinal *in pectore ?*

— Exactement. Mais pourquoi donc a-t-il fait une chose pareille ? Laissez-moi vous dire tout de suite que je tiens le cardinal Benítez en très haute estime, et que je ne suis pas le seul – c'est un véritable homme de Dieu – mais était-il réellement nécessaire de le nommer en secret et avec une telle hâte ?

— D'autant plus qu'il venait de chercher à démissionner de sa fonction d'archevêque pour raisons de santé.

— Alors qu'il me paraît parfaitement sain de corps et d'esprit. De plus, hier soir, quand je me suis enquis de sa santé, il a paru surpris par ma question.

Lomeli se rendit compte qu'il chuchotait, et il se mit à rire.

— Écoutez-moi... on dirait une vieille servante de la Curie colportant les derniers ragots de nominations dans les coins sombres de la cité !

Un minibus pénétra dans la cour et s'immobilisa devant Lomeli. Le chauffeur ouvrit les portes. Il n'y avait personne d'autre à l'intérieur. Un souffle d'air chaud les assaillit.

— Vous voulez qu'on vous emmène à la résidence Sainte-Marthe ? s'enquit Lomeli en se tournant vers O'Malley.

— Non, merci, Éminence. Je dois retourner dans la Sixtine pour distribuer les nouveaux bulletins et m'assurer que tout est prêt pour demain.

— Bon, eh bien, bonsoir, Ray.

— Bonsoir, Éminence.

O'Malley tendit la main pour aider Lomeli à monter dans le véhicule et, pour une fois, le doyen se sentit si las qu'il la prit. L'Irlandais ajouta :

— Bien sûr, je peux approfondir un peu mon enquête, si vous le désirez.

Lomeli s'arrêta sur la dernière marche.

— Sur quoi ?

— Le cardinal Benítez.

Lomeli réfléchit.

— Merci, mais non, je ne crois pas. J'ai entendu assez de secrets pour aujourd'hui. Que la volonté de Dieu soit faite... et le plus vite sera le mieux.

Lorsqu'il parvint à la résidence Sainte-Marthe, Lomeli se dirigea directement vers l'ascenseur. Il n'était pas tout à fait 19 heures. Il maintint la porte ouverte assez longtemps pour

195

permettre aux archevêques de Stuttgart et de Prague, Löwenstein et Jandaček, de monter avec lui. Le Tchèque, visiblement épuisé, s'appuyait sur sa canne. Alors que la porte se refermait et que la cabine s'ébranlait, Löwenstein interrogea :

— Alors, Doyen, pensez-vous que ce sera terminé avant demain soir ?

— Peut-être, Éminence. Ce n'est pas à moi de décider.

Löwenstein haussa les sourcils et jeta un bref coup d'œil en direction de Jandaček.

— Si cela traîne encore, je me demande quels sont les risques statistiques pour que l'un d'entre nous meure avant qu'on ait élu un nouveau pape.

— Vous devriez faire part de vos craintes à certains de nos frères, répliqua Lomeli en souriant avec un petit salut de la tête. Cela pourrait peut-être rassembler les esprits. Excusez-moi : c'est mon étage.

Il sortit de l'ascenseur, dépassa les veilleuses votives devant l'appartement du Saint-Père et continua dans le couloir faiblement éclairé. De derrière certaines portes closes lui parvenaient des bruits de douche. Une fois devant sa chambre, il hésita, puis avança encore de quelques pas jusqu'à celle d'Adeyemi. Aucun bruit n'en sortait. Le contraste entre ce profond silence et les rires excités de la veille lui fit mal. Ce qu'il avait été contraint de faire l'épouvantait. Il frappa doucement.

— Joshua ? C'est Lomeli. Vous allez bien ?

Il n'y eut pas de réponse.

Cette fois encore, les religieuses avaient fait sa chambre. Il ôta sa mozette et son rochet puis s'assit au bord de son lit et desserra ses lacets. Il avait mal au dos. Ses yeux larmoyaient de fatigue. Il savait que, s'il s'allongeait, il s'endormirait instantanément. Alors il se leva pour aller au prie-Dieu, s'agenouilla et ouvrit son bréviaire aux prières du jour. Son regard tomba immédiatement sur le Psaume 46 :

Venez et voyez les actes du Seigneur,
comme Il couvre de ruines la terre.
Il détruit la guerre jusqu'au bout du monde,
Il casse les arcs, brise les lances,
incendie les chars.

Pendant qu'il méditait, il commença à éprouver la même prémonition de chaos et de violence qui s'était emparée de lui pendant la séance du matin dans la chapelle Sixtine. Il comprit pour la première fois que Dieu cherchait la destruction : qu'elle était inhérente à Sa création depuis le début, et qu'ils ne pouvaient pas y échapper... qu'Il viendrait parmi eux rempli de colère. *Venez et voyez les actes du Seigneur, comme il couvre de ruines la terre...!* Il agrippa les bords du prie-Dieu avec une telle force que, quelques minutes plus tard, lorsque des coups sonores furent frappés à sa porte, derrière lui, son corps tout entier sursauta comme sous l'effet d'une décharge électrique.

— Un instant !

Il se releva péniblement et posa brièvement la main sur son cœur. Celui-ci semblait se débattre contre ses doigts tel un animal en cage. Était-ce ce que le Saint-Père avait ressenti juste avant de mourir ? De soudaines palpitations qui s'étaient muées en un étau douloureux ? Il attendit un moment pour se ressaisir avant d'ouvrir.

Bellini et Sabbadin se tenaient dans le couloir.

Bellini le regarda d'un air inquiet.

— Excuse-nous, Jacopo, nous dérangeons tes prières ?

— Oh, ce n'est rien. Je suis sûr que Dieu nous pardonnera.

— Tu ne te sens pas bien ?

— Parfaitement bien. Entrez.

Il s'effaça pour les laisser passer. Comme à son habitude, l'archevêque de Milan affichait l'air lugubre d'un entrepreneur de pompes funèbres, même si son visage s'éclaira quand il découvrit la chambre de Lomeli.

— Oh ! là, là !, mais c'est minuscule. Nous avons tous les deux des suites.

— Ce n'est pas tant le manque d'espace que le manque d'air et de lumière que je trouve pénible. Ça me donne des cauchemars. Mais prions pour que ça ne dure plus trop longtemps.

— Amen!

— C'est justement ce qui nous amène, dit Bellini.

— Asseyez-vous, les invita Lomeli en retirant sa mozette et son rochet de son lit pour en draper le prie-Dieu et leur faire de la place.

Puis il prit la chaise du bureau et la retourna afin de s'asseoir face à eux.

— Je vous proposerais bien à boire, mais, contrairement à Guttuso, je n'ai pas eu la présence d'esprit d'apporter mes provisions.

— Nous n'en avons pas pour longtemps, assura Bellini. Je voulais simplement te mettre au courant que je suis arrivé à la conclusion que je n'ai pas assez de soutien parmi nos confrères pour être élu pape.

Lomeli fut pris de court par sa franchise.

— Je n'en serais pas si sûr, Aldo. Ce n'est pas encore terminé.

— Tu es très aimable, mais pour moi, je crains bien que ce ne soit fini. J'ai une cohorte de partisans très loyaux, parmi lesquels je suis touché de pouvoir te compter, Jacopo, en dépit du fait que j'ai pris ton poste de secrétaire d'État et que tu aurais été en droit de m'en vouloir.

— Je n'ai jamais dévié dans ma certitude que tu es l'homme qui convient le mieux pour le poste.

— Bien dit, commenta Sabbadin.

Bellini leva la main.

— Je vous en prie, mes chers amis, ne me rendez pas les choses plus difficiles qu'elles ne le sont déjà. Maintenant, la question qui se pose est : étant donné que je ne peux pas gagner, pour qui dois-je conseiller à mes partisans de voter? Au premier tour, j'ai voté pour Vandroogenbroek − le plus grand théologien de son temps, à mon avis − même si, évidemment, il n'avait pas une chance. Aux quatre tours suivants, j'ai voté pour toi, Jacopo.

Surpris, Lomeli cligna des yeux.

— Mon cher Aldo, je ne sais pas quoi dire...

— Et je serais heureux de continuer à voter pour toi et de conseiller à nos frères de faire de même, mais...

Il haussa les épaules.

— Mais tu ne peux pas gagner non plus, décréta brutalement Sabbadin.

Il ouvrit son tout petit calepin noir.

— Aldo a obtenu quinze voix au dernier tour ; tu en as eu douze. Alors, même si on t'offrait ces quinze voix sur un plateau, ce qu'on ne peut pas faire, tu serais toujours à la troisième place, derrière Tremblay et Tedesco. Les Italiens sont divisés – comme toujours ! – et comme nous sommes tous les trois d'accord pour penser que le patriarche de Venise serait une catastrophe, la logique de la situation est claire. La seule option viable est Tremblay. Nos vingt-sept voix combinées ajoutées aux quarante qu'il a obtenues lui donneraient un total de soixante-sept. Cela signifie qu'il ne lui manquerait plus que douze voix pour arriver à la majorité des deux tiers. S'il ne les obtient pas au prochain tour, j'ai l'impression qu'il les aura certainement à celui d'après. Tu n'es pas d'accord, Lomeli ?

— Si, malheureusement.

— Je ne suis pas plus fan de Tremblay que toi, assura Bellini. Mais on doit se rendre à l'évidence : il séduit largement. Et si l'on croit que le Saint-Esprit s'exprime par le conclave, nous devons accepter que Dieu – aussi improbable que ça puisse paraître – attend de nous que nous remettions les clés de Saint-Pierre à Joe Tremblay.

— C'est possible... même si, curieusement, jusqu'au déjeuner, Il semblait vouloir qu'on les donne à Joshua Adeyemi.

Lomeli regarda le mur. Il se demanda si le Nigérian écoutait.

— Puis-je ajouter que je suis un peu troublé par ceci..., dit-il en désignant leur petit groupe du geste, par cette espèce de collusion entre nous trois pour tenter d'influencer le résultat du scrutin ? Ça ressemble à un sacrilège. Il ne nous manque plus que le patriarche de Lisbonne avec son cigare pour nous retrouver dans une salle enfumée, comme dans une convention politique américaine.

Bellini eut un petit sourire ; Sabbadin se rembrunit.

— Sérieusement, n'oublions pas que nous jurons de donner notre voix à celui que, selon Dieu, nous jugeons devoir être élu. Il n'est pas suffisant pour nous de voter pour la moins mauvaise solution.

— Vraiment, Doyen, avec tout le respect que je te dois, c'est du sophisme ! répliqua Sabbadin avec un ricanement. Au premier tour, on peut jouer les puristes, oui, très bien. Mais quand on arrive au quatrième ou au cinquième tour, nos préférences personnelles se sont la plupart du temps réduites à rien, et on est obligé de choisir dans un champ restreint. Ce processus de concentration est la raison d'être du conclave. Sinon, tout le monde resterait sur ses positions et nous serions coincés ici pendant des semaines.

— Et c'est là-dessus que compte Tedesco, ajouta Bellini.

— Je sais, je sais. Vous avez raison, soupira Lomeli. Je suis arrivé à la même conclusion dans la Sixtine cet après-midi. Et pourtant...

Il se pencha en avant sur sa chaise et se frotta les paumes, se demandant s'il devait leur dire ce qu'il avait appris ou pas.

— Il y a une chose qu'il faut que vous sachiez. Juste avant le début du conclave, l'archevêque Woźniak est venu me voir. Il m'a confié que le Saint-Père s'était sérieusement disputé avec Tremblay, à tel point qu'il avait l'intention de le démettre de toutes ses fonctions dans l'Église. L'un ou l'autre d'entre vous a-t-il entendu parler de cette histoire ?

Bellini et Sabbadin se regardèrent avec stupéfaction.

— Tu nous l'apprends. Mais tu crois que c'est vrai ?

— Je n'en sais rien. J'ai posé la question à Tremblay lui-même, mais, naturellement, il a nié : il a attribué cette allégation à l'abus de boisson de Woźniak.

— Eh bien, c'est possible, commenta Sabbadin.

— Et pourtant, Woźniak n'a pas pu tout inventer.

— Pourquoi pas ?

— Parce que j'ai découvert ensuite qu'il y avait bien eu un rapport sur Tremblay, mais qu'il avait été retiré.

Il y eut un moment de silence pendant lequel ils digérèrent l'information. Puis Sabbadin se tourna vers Bellini.

— S'il y a effectivement eu un rapport, en tant que secrétaire d'État, tu devrais être au courant, non ?

— Pas nécessairement. Tu sais comment ça fonctionne. Et le Saint-Père faisait beaucoup de mystères.

Il y eut un nouveau silence, qui dura peut-être trente secondes, brisé de nouveau par Sabbadin :

— Nous ne trouverons jamais de candidat dont le nom ne soit pas d'une façon ou d'une autre entaché. Nous avons eu un pape qui a fait partie des Jeunesses hitlériennes et s'est battu du côté des nazis. Nous avons eu des papes accusés de collusion avec les communistes et les fascistes, ou qui ont ignoré des accusations d'abus épouvantables... Quelle est la limite ? Dès qu'on fait partie de la Curie, on peut être sûr que quelqu'un va laisser filtrer des informations nous concernant. Et si l'on a été archevêque, il est presque inévitable qu'on ait commis une erreur à un moment ou à un autre. Nous sommes mortels. Nous servons un idéal ; nous ne pouvons pas toujours être cet idéal.

On aurait dit un plaidoyer bien préparé – à tel point que, pendant un instant, Lomeli fut traversé par la pensée indigne que Sabbadin était peut-être déjà allé voir Tremblay pour lui proposer de lui assurer le pontificat contre une future nomination. Il en croyait l'archevêque de Milan tout à fait capable : celui-ci n'avait jamais dissimulé son ambition de devenir secrétaire d'État. Cependant, le doyen se contenta de commenter :

— C'était très bien formulé.

— Alors nous sommes d'accord, Jacopo ? intervint Bellini. Je parlerai à mes partisans et tu parleras aux tiens, pour les presser de soutenir Tremblay ?

— Si tu veux. Mais je dois préciser que je n'ai aucune idée de *qui* sont mes partisans, à part toi et Benítez.

— Benítez, répéta pensivement Sabbadin. Ah, *voilà* un type intéressant. Je ne sais pas du tout quoi en penser.

Il consulta son calepin.

— Et il a quand même obtenu quatre voix au dernier scrutin. D'où peuvent-elles bien venir? Tu devrais lui dire un mot, Jacopo, et voir si tu peux l'amener à notre point de vue. Ces quatre voix pourraient bien faire toute la différence.

Lomeli accepta d'essayer de parler à Benítez avant le dîner. Il irait le voir dans sa chambre. C'était le genre de conversation qu'il préférait éviter d'avoir devant les autres cardinaux.

Une demi-heure plus tard, Lomeli prit l'ascenseur jusqu'au cinquième étage du bloc B. Il se rappelait Benítez lui disant que sa chambre se situait tout en haut de la résidence, dans l'aile qui donnait sur la ville, mais maintenant qu'il était ici, il se rendit compte qu'il n'en connaissait pas le numéro. Il avança dans le couloir, examinant la douzaine de portes identiques, jusqu'au moment où il entendit des voix derrière lui. Il se retourna et vit surgir deux cardinaux. L'un d'eux était Gambino, l'archevêque de Pérouse, qui comptait au nombre des directeurs de campagne non officiels de Tedesco. L'autre était Adeyemi. Ils étaient en pleine conversation.

— Je suis sûr qu'on peut le convaincre, disait Gambino.

Mais ils s'interrompirent à l'instant où ils aperçurent Lomeli.

— Vous êtes perdu, Doyen? questionna Gambino.

— En fait, oui. Je cherche le cardinal Benítez.

— Ah, le petit nouveau! Seriez-vous en train d'*intriguer*, Éminence?

— Non... ou du moins, pas plus que n'importe qui.

— Alors, vous intriguez bien, dit l'archevêque, visiblement amusé, avant de désigner le bout du couloir. Je crois que vous le trouverez dans la dernière chambre, sur la gauche.

Pendant que Gambino se détournait pour appeler l'ascenseur, Adeyemi s'attarda encore une fraction de seconde, les yeux rivés sur Lomeli. Son expression semblait dire : Vous me croyez fini, mais épargnez-moi votre pitié, car je n'ai pas encore perdu tout mon pouvoir. Puis il rejoignit Gambino dans l'ascenseur. Les portes se refermèrent, et Lomeli contempla l'espace vide. Il se rendit compte qu'ils avaient complètement oublié l'influence d'Adeyemi dans leurs calculs. Bien que sa candidature soit de toute évidence condamnée, le Nigérian avait tout de même reçu neuf voix au dernier tour. S'il pouvait transmettre ne fût-ce que la moitié de ces irréductibles à Tedesco, le patriarche de Venise serait assuré d'avoir son tiers de blocage.

Cette pensée stimula Lomeli. Il se rendit au bout du couloir et frappa fermement à la dernière porte. Au bout d'un instant, il entendit Benítez demander :

— Qui est-ce ?

— C'est Lomeli.

Le verrou coulissa, et la porte s'entrouvrit.

— Éminence ?

Benítez maintenait le col encore ouvert de sa soutane contre sa gorge. Ses minces pieds bruns étaient nus. Derrière lui, la chambre était plongée dans l'obscurité.

— Pardonnez-moi de vous interrompre pendant que vous vous habillez. Puis-je vous dire quelques mots ?

— Bien sûr. Un instant.

Benítez disparut dans sa chambre. Sa méfiance parut curieuse à Lomeli, puis il songea que s'il avait vécu dans certains des endroits que cet homme avait fréquentés, il aurait sans doute pris lui aussi l'habitude de ne pas ouvrir sa porte avant d'avoir vérifié qui était de l'autre côté.

Deux autres cardinaux étaient apparus dans le couloir et se préparaient à descendre dîner. Ils regardèrent dans sa direction, et Lomeli les salua de la main. Ils firent de même.

Benítez ouvrit sa porte en grand. Il avait fini de s'habiller.

— Entrez, Éminence, dit-il en allumant la lumière. Veuillez m'excuser. À ce moment de la journée, j'essaie toujours de prendre une heure pour méditer.

Lomeli le suivit à l'intérieur. La chambre était petite – identique à la sienne – et parsemée d'une douzaine de bougies vacillantes : sur la table de nuit, sur le bureau, près du prie-Dieu, et même dans la salle de bains obscure.

— En Afrique, j'ai pris l'habitude de ne pas toujours avoir d'électricité, expliqua Benítez. Et maintenant, je m'aperçois que les bougies me sont essentielles quand je prie seul. Les sœurs ont eu la gentillesse de m'en procurer quelques-unes. La qualité de la lumière apporte quelque chose.

— Intéressant... je devrais voir si ça m'aide.

— Vous avez des difficultés pour prier ?

Lomeli fut surpris qu'on lui pose une question aussi directe.

— Parfois. Surtout ces derniers temps, ajouta-t-il en esquissant un vague cercle en l'air. J'ai l'esprit encombré par trop de choses.

— Je pourrais peut-être vous aider ?

Lomeli se sentit fugitivement offensé – était-ce à lui, ancien secrétaire d'État, doyen du Collège cardinalice, qu'on allait apprendre à prier ? – mais la proposition était clairement sincère, et il répondit tout naturellement :

— Oui, ce serait avec plaisir. Merci.

— Je vous en prie, asseyez-vous, offrit Benítez en tirant la chaise du bureau. Cela vous dérange-t-il si je finis de me préparer pendant que nous parlons ?

— Non, allez-y.

Lomeli observa le Philippin s'asseoir sur le lit et enfiler ses chaussettes. Il fut de nouveau frappé par la jeunesse et la forme qu'il affichait pour un homme de soixante-sept ans – on aurait presque dit un adolescent, avec ses mèches de cheveux d'un noir de jais qui retombaient sur son visage telles des coulures d'encre tandis qu'il penchait la tête vers ses pieds. Pour Lomeli, ces derniers temps, mettre ses chaussettes pouvait prendre dix minutes. Les membres et les doigts de Benítez paraissaient aussi souples et agiles que ceux d'un garçon de vingt ans. Peut-être pratiquait-il le yoga en plus de la prière, à la lueur des bougies ?

Le doyen se rappela soudain ce qui l'amenait.

— L'autre soir, vous avez eu la gentillesse de me dire que vous aviez voté pour moi.

— Effectivement.

— Je ne sais pas si vous avez continué à le faire – et je ne vous demande pas de me le dire – mais si c'est le cas, je voudrais vous réitérer mon souhait que vous ne le fassiez plus, et cette fois-ci, je vous en prie instamment.

— Pourquoi ?

— D'abord parce que je n'ai pas la profondeur spirituelle nécessaire pour être pape. Ensuite, parce qu'il est impossible que je gagne. Vous devez comprendre, Éminence, que ce conclave ne tient qu'à un fil. Si nous n'arrivons pas à tomber d'accord demain, les règles sont très claires. Le vote sera suspendu pendant une journée afin que nous puissions réfléchir à cette impasse. Puis nous devrons réessayer pendant deux jours. Ensuite, il y aura une nouvelle journée de trêve. Et ainsi de suite pendant douze jours consécutifs et un maximum de trente tours de scrutin. Ce n'est qu'à ce moment-là qu'on pourrait envisager d'élire un nouveau pape à la majorité simple.

— Et alors ? Quel est le problème ?

— Ça me paraît évident : un processus aussi long serait certainement très dommageable pour l'Église.

— Dommageable ? Je ne comprends pas.

Était-il naïf ou fourbe ? songea Lomeli. Il poursuivit patiemment :

— Eh bien, douze jours de votes et de discussions effectués à huis clos, avec la moitié des médias du monde entier postée à Rome, ce serait la preuve pour tous que l'Église est en crise... qu'elle ne peut s'accorder sur un dirigeant pour la guider en ces temps difficiles. Et, franchement, cela renforcerait aussi la faction de nos confrères qui veulent ramener l'Église à une époque reculée. Dans mes pires cauchemars, si je peux vous parler en toute liberté, ma crainte est qu'un conclave prolongé pourrait marquer le début du grand schisme qui nous menace depuis près de soixante ans.

— Donc, si je comprends bien, vous êtes venu me demander de voter pour le cardinal Tremblay ?

Lomeli pensa qu'il était plus perspicace qu'il ne le laissait paraître.

— C'est ce que je conseillerais. Et si vous savez qui sont les cardinaux qui ont voté pour vous, je vous prierais également d'envisager de leur conseiller la même chose. D'ailleurs, simple curiosité, vous les connaissez ?

— Je soupçonne deux d'entre eux d'être mes compatriotes, le cardinal Mendoza et le cardinal Ramos... même si, comme vous, j'ai bien supplié tout le monde de ne pas me soutenir. En fait, le cardinal Tremblay est déjà venu me voir à ce sujet.

— Ça ne m'étonne pas ! commenta Lomeli en riant.

Il regretta aussitôt son sarcasme.

— Vous voulez donc que je vote pour quelqu'un que vous considérez comme ambitieux ?

Benítez dévisagea le doyen − un regard appuyé, long et scrutateur qui mit ce dernier assez mal à l'aise − puis mit ses chaussures sans rien ajouter.

Lomeli s'agita sur son siège. Ce silence qui durait ne lui plaisait pas beaucoup. Il finit par dire :

— J'ai supposé, bien sûr, du fait de votre relation visiblement étroite avec le Saint-Père, que vous ne souhaitiez pas l'élection du cardinal Tedesco. Mais peut-être me suis-je trompé. Peut-être partagez-vous ses opinions ?

Benítez finit de lacer ses chaussures et posa les pieds par terre avant de lever à nouveau les yeux.

— Je crois en Dieu, Éminence. Et en Dieu seul. C'est pour cela que je ne comprends pas votre inquiétude à la perspective d'un long conclave... ou même d'un schisme, si on doit en arriver là. Qui sait ? Peut-être que c'est ce que veut le

Seigneur ? Cela expliquerait pourquoi notre conclave prend un tour si énigmatique que vous-même ne puissiez le résoudre.

— Un schisme irait à l'encontre de tout ce en quoi je crois et à quoi je travaille depuis toujours.

— C'est-à-dire ?

— Le don divin d'une Église universelle unique.

— Et l'unité de cette institution mérite qu'elle soit préservée, même s'il en coûte pour cela de rompre un serment sacré ?

— Voilà une assertion bien extraordinaire. L'Église n'est pas qu'une institution, comme vous l'appelez, mais l'incarnation vivante du Saint-Esprit.

— Ah, alors c'est là que nous divergeons. J'ai le sentiment que j'ai plus de chance de rencontrer l'incarnation du Saint-Esprit ailleurs... par exemple chez ces deux millions de femmes qui ont été violées dans le cadre d'une politique militaire de terreur durant les guerres civiles d'Afrique centrale.

Lomeli fut tellement décontenancé qu'il ne put répondre tout de suite. Puis il déclara avec raideur :

— Je puis vous assurer que jamais je ne consentirais à rompre mon serment envers Dieu, quelles que puissent en être les conséquences pour l'Église.

La sonnerie du soir retentit − un son strident et prolongé rappelant une alarme d'incendie − pour signaler que le dîner était prêt.

Benítez se mit debout et tendit la main.

— Je ne voulais pas vous offenser, Doyen, et je suis désolé si je l'ai fait. Mais je ne peux voter que pour celui que je juge le plus digne d'être pape. Et pour moi, cet homme n'est pas le cardinal Tremblay : c'est vous.

— Combien de fois devrai-je le répéter, Éminence ? s'exclama Lomeli en frappant de frustration le côté de sa chaise. Je ne veux pas de votre voix !

— Eh bien, vous l'aurez tout de même, conclut Benítez en avançant un peu plus sa main. Venez. Soyons amis. Vous voulez bien que nous descendions ensemble dîner ?

Lomeli fulmina encore quelques secondes, puis soupira et prit la main tendue, qui l'aida à se relever. Il regarda le Philippin faire le tour de la chambre pour souffler les veilleuses. Chaque mèche éteinte émit un filament de fumée noire et âcre, et l'odeur de cire fondue ramena aussitôt Lomeli à l'époque où il faisait son séminaire et lisait à la lumière d'une bougie dans le dortoir, après l'extinction des feux, feignant de dormir dès que le prêtre approchait. Il entra dans la salle de bains, mouilla d'un coup de langue le bout de son pouce et de son index et éteignit la chandelle posée près du lavabo. Il remarqua alors le petit ensemble de toilette qu'O'Malley avait fourni à Benítez le soir de son arrivée − une brosse à dents, un petit tube de dentifrice, un flacon de déodorant et un rasoir jetable, toujours dans son emballage de cellophane.

13

Le saint des saints

Ce soir-là, durant le troisième dîner de leur isolement – du poisson peu identifiable baignant dans une sauce aux câpres – une humeur fébrile et inédite s'empara du conclave.

Les cardinaux formaient un électorat averti. Ils étaient tout à fait capables de «faire le calcul», comme ne cessait de les presser Paul Krasinski, l'archevêque émérite de Chicago, en passant de table en table. Ils se rendaient parfaitement compte qu'il s'agissait à présent d'une course à deux chevaux entre Tedesco et Tremblay : entre le principe inflexible d'un côté et le désir de compromis de l'autre côté ; entre un conclave qui pourrait s'éterniser dix jours encore et un vote qui pourrait s'achever le lendemain matin. Les factions œuvraient dans ce sens à l'intérieur de la salle.

Tedesco se plaça dès le début à côté d'Adeyemi, à la table des cardinaux africains. Comme à son habitude, il tenait son assiette d'une main et portait de l'autre la nourriture à sa bouche, s'interrompant de temps à autre pour fendre l'air d'un coup de fourchette et donner son avis. Lomeli – qui avait pris sa place traditionnelle parmi le contingent italien composé de Landolfi, Dell'Acqua, Santini et Panzavecchia – n'avait pas besoin d'entendre ce qu'il disait pour savoir qu'il glosait sur son thème de prédilection, la décadence des sociétés occidentales libérales. Et, à en juger par les hochements de tête solennels de ses auditeurs, il trouvait là des oreilles réceptives.

Pendant ce temps, le Québécois Tremblay mangeait le plat principal à la table de ses confrères francophones : Courtemarche de Bordeaux, Bonfils de Marseille, Gosselin de Paris, Kourouma d'Abidjan. Sa technique de campagne était à l'opposé de celle de Tedesco, qui aimait rassembler tout un cercle autour de lui pour prêcher la bonne parole. Tremblay, lui, ne cessait d'aller d'un groupe à un autre, ne s'attardant guère plus de quelques minutes avec chacun : il serrait des mains, étreignait des épaules, affichait une bonhomie de façade avec tel cardinal, échangeait des confidences murmurées avec tel autre. Il ne semblait pas avoir à proprement parler de directeur de campagne, mais Lomeli avait déjà entendu plusieurs des cardinaux d'avenir – des hommes comme Modesto Villanueva, l'archevêque de Tolède – déclarer haut et fort que Tremblay était le seul vainqueur possible.

De temps en temps, Lomeli laissait son regard dériver vers les autres. Bellini s'était assis dans le coin le plus reculé de la salle. Il semblait avoir renoncé à tenter d'influencer les indécis et s'était permis pour une fois de dîner avec ses confrères en théologie, à savoir Vandroogenbroek et Löwenstein, sans doute pour s'entretenir du thomisme, de la phénoménologie ou d'autres abstractions similaires.

Quant à Benítez, à l'instant où il était arrivé dans la salle à manger, il avait été invité à la table des anglophones. Lomeli ne voyait pas le visage du Philippin, qui lui tournait le dos, mais il pouvait observer l'expression de ses compagnons de table : Newby de Westminster, Fitzgerald de Boston, Santos, de Galveston-Houston, Rudgard de la Congrégation des causes des saints. Comme les Africains avec Tedesco, ils semblaient passionnés par les propos de leur invité.

Et pendant tout ce temps, entre les tables, portant plateaux et bouteilles de vin, évoluaient les religieuses en habit bleu et aux yeux baissés des Filles de la Charité de Saint-Vincent-de-Paul. Lomeli connaissait bien cet ordre depuis les années où il avait été nonce. Il était dirigé depuis la maison mère, rue du Bac à Paris. Le doyen s'y était rendu deux fois. Les dépouilles de sainte Catherine Labouré et de sainte Louise de Marillac reposaient dans la chapelle. Ces saintes et leurs sœurs n'avaient pas donné leur vie à l'Ordre pour devenir servantes de cardinaux. La vocation de leur société était de s'occuper des pauvres.

À la table de Lomeli, l'humeur était sombre. À moins de se forcer à voter pour Tedesco – ce qu'ils ne pouvaient décemment pas faire – ils devaient peu à peu accepter l'idée qu'ils ne connaîtraient sans doute plus jamais de pape italien avant de mourir. La conversation était assez décousue, mais le doyen était trop préoccupé pour y prêter grande attention.

Son entretien avec Benítez l'avait profondément troublé. Il lui était impossible de penser à autre chose. Se pouvait-il que, durant les trente dernières années, il ait vénéré l'Église plutôt que Dieu ? Parce que c'était bien à cela que se résumait en substance l'accusation portée par Benítez. Il en sentait au fond de son cœur la vérité – le péché ; l'hérésie. Était-ce donc si étonnant qu'il ait éprouvé de telles difficultés pour prier ?

Il eut une révélation semblable à celle qui l'avait frappé dans Saint-Pierre, pendant qu'il attendait de prononcer son homélie.

Bientôt, il n'y tint plus et repoussa sa chaise.

— Mes frères, annonça-t-il, je crains de n'avoir pas été d'une compagnie très agréable. Je crois que je vais monter me coucher.

Il y eut un chœur étouffé de « Bonsoir, Doyen » autour de la table.

Lomeli se dirigea vers le hall, passant dans l'ensemble inaperçu. Et parmi les rares confrères qui le remarquèrent, nul n'aurait pu deviner à son allure digne le vacarme qui résonnait à l'intérieur de son crâne.

À la dernière seconde, au lieu de prendre l'escalier, ses pas virèrent soudain et le conduisirent à la réception. Il s'enquit auprès de la religieuse assise derrière le comptoir si sœur Agnès était encore de service. Il devait être environ 21 h 30.

Derrière lui, dans la salle à manger, on servait tout juste le dessert.

Quand sœur Agnès sortit de son bureau, quelque chose dans son attitude suggéra au doyen qu'elle l'attendait. Elle affichait un beau visage pâle et anguleux, et des yeux d'un bleu cristallin.

— Éminence ?

— Bonsoir, sœur Agnès. Je me demandais s'il serait envisageable d'échanger encore un mot avec sœur Shanumi ?

— J'ai bien peur que cela ne soit impossible.

— Pourquoi ?

— Elle est en route pour le Nigeria.

— Seigneur, voilà un retour au pays rapide !

— Il y avait un vol d'Ethiopian Airlines pour Lagos qui partait de Fiumicino ce soir. J'ai pensé qu'il valait mieux pour tout le monde qu'elle le prenne.

Le regard de la religieuse soutint le sien sans ciller.

Au bout d'un moment, Lomeli finit par dire :

— Dans ce cas, peut-être pourrais-je avoir un entretien privé avec vous ?

— Il me semble que c'est exactement ce que nous avons en ce moment, Éminence.

— Certes, mais peut-être pourrions-nous poursuivre cela dans votre bureau ?

Elle se montra réticente et prétendit qu'elle s'apprêtait à terminer son service. Mais elle finit par le conduire derrière la réception, dans la petite cellule vitrée. Les stores étaient baissés, et la seule lumière provenait d'une lampe de bureau. Sur la table, un vieux radio-cassette passait un chant grégorien. Il reconnut l'*Alma Redemptoris Mater* : «Sainte Mère du Rédempteur». L'évidence de la piété de la sœur le toucha. Il se rappela que son ancêtre martyrisé pendant la Révolution française avait été béatifié. Elle éteignit la musique, et il ferma la porte derrière eux. Ils restèrent debout tous les deux.

— Comment sœur Shanumi s'est-elle retrouvée à Rome ?

— Je n'en ai pas la moindre idée, Éminence.

— Mais la malheureuse ne parlait pas même italien et n'avait jamais quitté le Nigeria auparavant. Elle n'a pas pu débarquer simplement ici sans que quelqu'un ait décidé de la faire venir.

— J'ai reçu une notification de la supérieure générale m'informant de son arrivée. Les dispositions ont donc été prises à Paris. Il faudrait demander rue du Bac, Éminence.

— C'est ce que je ferais si je n'étais, comme vous le savez, confiné ici pendant la durée du conclave.

— Vous n'aurez qu'à les interroger après.

— Cette information est importante pour moi maintenant.

Elle le dévisagea de ses yeux bleus indomptables. On aurait pu la guillotiner ou la brûler sur-le-champ, elle n'aurait pas cédé. Si jamais je m'étais marié, songea le doyen, j'aurais voulu une femme comme celle-ci.

— Aimiez-vous le Saint-Père, sœur Agnès ? dit-il d'une voix douce.

— Évidemment.

— Eh bien, je sais qu'il avait une affection particulière pour vous. En fait, je crois que vous l'impressionniez.

— Première nouvelle !

Le ton était dédaigneux. Elle n'était pas dupe. Et pourtant, une part d'elle-même ne pouvait s'empêcher d'être flattée et, pour la première fois, son regard vacilla légèrement.

Lomeli insista :

— Et je crois qu'il avait un peu d'affection pour moi aussi. Disons en tout cas que, lorsque j'ai voulu démissionner de mon poste de doyen, il a refusé. Sur le moment, je n'ai pas compris pourquoi, et, pour être honnête, je lui en ai voulu – que Dieu me pardonne. Mais je crois que je comprends aujourd'hui. Je pense qu'il se sentait mourir et qu'il voulait, je ne sais pas pourquoi, que ce soit moi qui dirige ce conclave. Alors, sans cesser de prier, c'est ce que j'essaie de faire... pour lui. Ainsi, quand je vous dis que j'ai besoin de savoir pourquoi sœur Shanumi s'est retrouvée à la résidence Sainte-Marthe,

213

je ne vous le demande pas pour moi-même, mais pour notre ami commun, le pape.

— C'est ce que vous dites, Éminence, mais comment saurais-je ce qu'il aurait voulu que je fasse ?

— Demandez-le-Lui, sœur Agnès. Interrogez Dieu.

Pendant une bonne minute, elle ne répondit pas. Enfin, elle annonça :

— J'ai promis à la supérieure de ne rien dire. Et je ne dirai rien. Vous comprenez ?

Puis elle chaussa ses lunettes, s'assit devant l'ordinateur et se mit à taper avec une grande rapidité. Elle formait un curieux tableau – un tableau que Lomeli n'oublierait jamais – cette religieuse aristocratique d'un certain âge, le nez collé à l'écran et ses doigts virevoltant sur le clavier de plastique gris comme mus par une volonté propre. Le crépitement des touches s'anima crescendo puis ralentit, se réduisit à quelques battements isolés pour s'achever enfin sur une dernière note plaquée. Alors, la religieuse écarta les mains, se leva et s'éloigna du bureau pour gagner l'autre bout de la pièce.

Lomeli prit sa place. L'écran affichait un courriel de la supérieure générale en personne, daté du 3 octobre – deux semaines avant la mort du Saint-Père, remarqua-t-il – estampillé « confidentiel » et annonçant le transfert immédiat à Rome de sœur Shanumi Iwaro, de la communauté d'Oko dans la province d'Ondo, au Nigeria. *Ma chère Agnès, entre nous et sans en rien divulguer publiquement, je vous serais reconnaissante de vous occuper personnellement de notre sœur, dont la présence a été requise par le préfet de la Congrégation pour l'évangélisation des peuples, Son Éminence le cardinal Tremblay.*

Après avoir souhaité bonne nuit à sœur Agnès, Lomeli retourna dans la salle à manger. Il fit la queue pour obtenir un café, qu'il emporta dans le hall. Là, il prit place sur l'un des fauteuils rembourrés cramoisis qui tournaient le dos à la réception et il attendit, l'œil aux aguets. Ah, se dit-il, c'était un personnage, ce cardinal Tremblay! Nord-Américain qui n'était pas américain, francophone qui n'était pas français, libéral doctrinaire qui était aussi conservateur social (à moins que ce ne fût l'inverse?), défenseur du tiers-monde qui représentait la quintessence des pays industrialisés – comme il l'avait bêtement sous-estimé! Déjà, Lomeli nota que le Canadien n'avait plus à aller chercher son café lui-même – Sabbadin le lui apporta –, puis l'archevêque de Milan accompagna Tremblay jusqu'à un groupe de cardinaux italiens, qui s'en remirent à lui sans hésiter et élargirent leur cercle pour inclure le cardinal canadien.

Lomeli sirota son café en attendant le bon moment. Il ne voulait pas de témoins pour ce qu'il projetait de faire.

Il arrivait qu'un cardinal vienne lui parler, alors il souriait et échangeait avec lui quelques plaisanteries – sans que rien dans son expression trahisse l'agitation à laquelle son esprit était en proie –, mais il s'aperçut qu'il lui suffisait de rester assis pour que tous comprennent l'allusion et s'éloignent. Un par un, les membres du conclave commencèrent à prendre le chemin de leur chambre.

Il était près de 23 heures, et la plupart des cardinaux s'étaient retirés, quand Tremblay se résolut enfin à mettre un terme à sa conversation avec les Italiens. Il leva la main en ce qui pouvait presque être interprété comme une bénédiction. Plusieurs des cardinaux inclinèrent légèrement la tête. Il se détourna, le sourire aux lèvres, et se dirigea vers l'escalier.

— Éminence... un mot, s'il vous plaît?

Tremblay souriait toujours, et la bienveillance semblait émaner de toute sa personne.

— Bonsoir, Doyen. J'allais me coucher.

— Ça ne prendra qu'un instant. Venez.

Le sourire subsista, mais une lueur d'inquiétude parut dans les yeux de Tremblay. Néanmoins, il obéit au geste de Lomeli l'invitant à le suivre – au bout du hall, puis à gauche, dans la chapelle. L'annexe était déserte et plongée dans la pénombre. Derrière les vitres de verre trempé, le mur d'enceinte éclairé du Vatican baignait dans une lueur bleu-vert, semblable à un décor d'Opéra pour un rendez-vous nocturne, ou pour un meurtre. Le seul autre éclairage provenait des lampes au-dessus de l'autel. Lomeli se signa. Tremblay fit de même.

— Tout cela est bien mystérieux, commenta le Canadien. De quoi s'agit-il ?

— C'est très simple. Je veux que vous retiriez votre nom du prochain tour de scrutin.

Tremblay le dévisagea, l'amusement l'emportant encore, semblait-il, sur l'appréhension.

— Vous vous sentez bien, Jacopo ?

— Pardon, mais vous n'êtes pas l'homme qu'il faut pour être pape.

— C'est peut-être votre opinion. Quarante de nos frères sont d'un avis différent.

— Seulement parce qu'ils ne vous connaissent pas aussi bien que moi.

— Je trouve cela très triste, déclara Tremblay en secouant la tête. J'ai toujours apprécié votre sagesse et votre pondération. Mais depuis que nous sommes entrés en conclave, vous paraissez extrêmement troublé. Je prierai pour vous.

— Je pense que vous feriez mieux de garder vos prières pour le salut de votre âme. Il y a quatre choses que je sais à votre sujet et que nos frères ignorent. Premièrement, je sais qu'il y a eu un rapport sur vos activités. Deuxièmement, je sais que le Saint-Père a évoqué le problème avec vous quelques heures seulement avant de mourir. Troisièmement, je sais qu'il vous a démis de tous vos postes. Et quatrièmement, je sais maintenant pourquoi.

Dans la pénombre bleuâtre, le visage de Tremblay paraissait soudain pétrifié. Le Canadien semblait avoir pris un coup violent sur l'arrière du crâne. Il s'assit vivement sur le siège le plus proche et demeura un instant silencieux, les yeux rivés droit devant lui, sur le crucifix accroché au-dessus de l'autel.

Lomeli prit place sur la chaise juste derrière, puis il se pencha en avant et parla doucement à l'oreille de Tremblay.

— Vous êtes un homme bon, Joe, j'en suis sûr. Vous voulez servir Dieu de votre mieux. Malheureusement, vous pensez que vous avez les aptitudes pour devenir pape, et je dois vous dire que ce n'est pas le cas. Je vous parle en ami.

Tremblay ne se retourna pas.

— En ami ! marmonna-t-il avec autant d'amertume que de dérision.

— Oui, vraiment. Mais je suis aussi doyen du Collège et, à ce titre, j'ai des responsabilités. Ne pas agir en fonction de ce que je sais reviendrait pour moi à commettre un péché mortel.

— Et que savez-vous exactement qui ne soit pas de simples racontars ? répliqua le Canadien d'une voix creuse.

— Que, d'une façon ou d'une autre – j'imagine par l'intermédiaire de vos contacts dans nos missions en Afrique –, vous avez appris qu'il y a trente ans le cardinal Adeyemi avait succombé à la tentation, et vous vous êtes arrangé pour faire venir la femme impliquée à Rome.

D'abord, Tremblay n'esquissa pas un mouvement. Quand il finit par se retourner, il plissait le front, comme s'il essayait de se rappeler quelque chose.

— Comment êtes-*vous* au courant pour elle ?

— Peu importe. Ce qui compte, c'est que vous l'avez fait venir à Rome avec l'intention d'anéantir les chances d'Adeyemi de devenir pape.

— Je réfute catégoriquement cette accusation.

— Réfléchissez bien avant de parler, Éminence, le prévint Lomeli en agitant l'index en signe d'avertissement. Nous sommes dans un lieu consacré.

— Je peux le jurer sur une bible, si vous voulez. Je continuerai de nier.

— Soyons clairs : vous niez avoir demandé à la supérieure générale des Filles de la Charité de muter l'une de ses sœurs à Rome ?

— Non, je le lui ai bien demandé. Mais pas pour mon propre compte.

— Pour le compte de qui alors ?

— Pour celui du Saint-Père.

Lomeli recula avec incrédulité.

— Pour sauver votre candidature, vous n'hésitez pas à diffamer le Saint-Père dans sa propre chapelle ?

— Ce n'est pas de la diffamation, c'est la vérité. Le Saint-Père m'a donné le nom d'une sœur en Afrique et m'a demandé, en tant que préfet de la Congrégation pour l'évangélisation des peuples, de faire une requête privée auprès des Filles de la Charité pour la faire venir à Rome. Je n'ai pas posé de question. Je me suis simplement exécuté.

— C'est très difficile à croire.

— Eh bien, c'est vrai et, très franchement, je suis outré que vous puissiez penser autrement.

Il se leva. Toute son assurance lui était revenue, et il regardait Lomeli de haut.

— Je ferai comme si cette conversation n'avait jamais eu lieu.

Le doyen se leva à son tour. Il dut faire un effort pour empêcher la colère de transparaître dans sa voix.

— Malheureusement, elle a bien eu lieu, et à moins que vous ne fassiez savoir demain que vous ne voulez plus être considéré comme un candidat, j'informerai le conclave que le dernier acte officiel du Saint-Père a été de vous démettre de vos fonctions pour avoir cherché à faire chanter un confrère.

— Et sur quelle preuve vous fonderez-vous pour formuler cette assertion ridicule ? questionna Tremblay en écartant les mains. Il n'y en a pas.

Il se rapprocha d'un pas de Lomeli.

— Puis-je vous conseiller, Jacopo – et considérez que, moi aussi, je vous parle ici en ami –, de ne pas répéter ces propos diffamatoires à nos confrères ? Vos propres ambitions ne sont pas passées inaperçues. On pourrait y voir une tactique visant à noircir le nom d'un rival. Cela pourrait même avoir l'effet inverse de ce que vous recherchez. Vous vous souvenez de quelle façon les traditionalistes ont essayé d'éliminer le cardinal Montini en 63 ? Deux jours plus tard, il était pape !

Tremblay esquissa une génuflexion devant l'autel, se signa, salua Lomeli d'un ton glacial et quitta la chapelle, laissant le doyen du Collège des cardinaux écouter l'écho de ses pas diminuer sur le sol de marbre.

Durant les heures suivantes, Lomeli resta allongé sur son lit, tout habillé, à contempler le plafond. La seule source de lumière provenait de la salle de bains. Les ronflements d'Adeyemi lui parvenaient toujours à travers la cloison, mais Lomeli était cette fois tellement plongé dans ses pensées qu'il les entendait à peine. Il tenait entre ses mains le passe-partout que sœur Agnès lui avait prêté, le matin d'après la messe à Saint-Pierre, lorsque, de retour à la résidence, il s'était retrouvé enfermé dehors devant sa chambre. Il le tournait et le retournait entre ses doigts tout en priant et se parlant à lui-même, les deux propos se fondant en un long monologue.

Ô Seigneur, Tu m'as chargé de l'organisation de ce très saint conclave... mon devoir est-il simplement de m'assurer du bon déroulement des délibérations de mes confrères, ou ma responsabilité m'oblige-t-elle à intervenir et à influencer l'issue du scrutin ? Je suis Ton serviteur et tout entier soumis à Ta volonté... Quelles que soient les mesures que je prendrai, l'Esprit-Saint ne manquera pas de nous orienter vers un pontife digne... Guide-moi, Seigneur, je T'en supplie, dans l'accomplissement de Tes désirs... Serviteur, tu dois trouver seul ton chemin...

Par deux fois, il se leva de son lit et s'approcha de la porte, et par deux fois, il retourna s'allonger. Évidemment, il savait bien qu'il ne recevrait aucune révélation fulgurante, qu'il ne serait envahi par aucune certitude soudaine. Il n'attendait rien de tel. Dieu ne s'exprimait pas de cette façon. Il lui avait envoyé tous les signes dont il avait besoin. C'était à présent à lui d'agir. Et peut-être s'était-il toujours douté qu'il devrait en arriver là, ce qui expliquait pourquoi il n'avait pas rendu le passe et l'avait gardé dans le tiroir de sa table de chevet.

Il se leva pour la troisième fois et ouvrit la porte.

D'après la Constitution apostolique, après minuit, il ne devait rester personne d'autre que les cardinaux dans la résidence Sainte-Marthe. Les religieuses avaient été ramenées dans leurs quartiers. Les agents de sécurité étaient soit dans leurs voitures garées, soit en train de patrouiller le périmètre. Deux médecins de garde se tenaient prêts dans le palais Saint-Charles, à cinquante mètres à peine de la résidence. En cas d'urgence, médicale ou autre, les cardinaux étaient censés déclencher les alarmes incendie.

Dès qu'il eut vérifié qu'il n'y avait personne dans le couloir, Lomeli se dirigea rapidement vers le palier. Devant l'appartement du Saint-Père, les bougies votives vacillaient dans leur godets rouges. Il examina la porte et hésita une dernière fois. *Quoi que je fasse, je le fais pour Toi. Tu lis en mon cœur. Tu sais que mes intentions sont pures. Je m'en remets à Ta protection.* Il inséra la clé dans la serrure et la tourna. La porte s'entrouvrit à peine vers l'intérieur. Les rubans que Tremblay s'était empressé d'apposer après la mort du Saint-Père se tendirent, l'empêchant de s'écarter davantage. Lomeli examina les scellés. Les disques de cire rouge portaient les armes de la Chambre apostolique, deux clés croisées sous un parasol à demi ouvert. Leur fonction était purement symbolique : ils ne résisteraient pas à la moindre pression. Il poussa un peu plus fort sur la porte. La cire se fissura, puis céda. Les rubans s'échappèrent, et la voie fut libre pour entrer dans l'appartement du pape. Le doyen se signa, franchit le seuil et referma la porte derrière lui.

Il y régnait une odeur fétide de renfermé. Il chercha le commutateur à tâtons. Le salon familier était exactement tel qu'il l'avait vu la nuit de la mort du Saint-Père. Les rideaux jaune citron soigneusement tirés. Le sofa et les deux fauteuils à dossier coquillage bleus. La table basse. Le prie-Dieu. Le bureau, au pied duquel s'appuyait la vieille sacoche de cuir noir élimée.

Il s'assit au bureau et ramassa la serviette, la posa sur ses genoux et l'ouvrit. Elle contenait un rasoir électrique, une petite boîte de pastilles de menthe, un bréviaire et *L'Imitation de Jésus-Christ* de Thomas a Kempis en édition de poche. C'était notoirement – d'après la déclaration des services de presse du Vatican – le dernier livre que le Saint-Père lisait avant sa crise cardiaque. La page qu'il avait étudiée était indiquée par un ticket de bus jauni qui venait de sa ville natale et datait d'une vingtaine d'années :

Éviter la trop grande familiarité

> N'ouvrez pas votre cœur à tous indistinctement; mais confiez ce qui vous touche à l'homme sage et craignant Dieu. Ayez peu de commerce avec les jeunes gens et les personnes du monde. Ne flattez point les riches, et ne désirez point de paraître devant les grands. Recherchez les humbles, les simples, les personnes de piété et de bonnes mœurs...

Il referma le livre, remit le tout dans la sacoche et la replaça là où il l'avait trouvée. Lomeli essaya le tiroir central du bureau. Il n'était pas fermé à clé. Il le sortit entièrement de son logement et le posa sur le plateau pour en examiner le contenu : un étui à lunettes (vide) et un flacon en plastique de nettoyant pour les verres, des crayons, une boîte d'aspirine, une calculatrice de poche, des élastiques, un canif, un vieux portefeuille en cuir contenant un billet de dix euros, un exemplaire de la dernière version de l'*Annuaire pontifical,* gros document relié de toile rouge contenant la liste et les coordonnées de tous les dignitaires et institutions de l'Église... Il ouvrit les trois autres tiroirs. À part les cartes postales du Saint-Père signées que le pontife avait coutume de distribuer à ses visiteurs, il n'y avait aucun papier.

Lomeli se renversa contre le dossier de la chaise et se mit à réfléchir. Bien que le pape eût refusé de s'installer dans l'appartement pontifical traditionnel, il avait tout de même utilisé le bureau dont ses prédécesseurs disposaient au Palais apostolique. Il s'y rendait à pied tous les matins, muni de sa serviette, et rapportait invariablement avec lui du travail à examiner le soir. Les fardeaux du pontificat étaient infinis. Lomeli se rappelait parfaitement l'avoir souvent vu signer des lettres et des documents, assis à cette même place. Soit il avait renoncé complètement à travailler pendant les derniers jours de sa vie, soit son bureau avait été vidé – sans doute par la main d'une efficacité sans faille de son secrétaire particulier, Mgr Morales.

Lomeli se leva et parcourut la pièce pour trouver la volonté d'ouvrir la porte de la chambre.

On avait retiré les draps du grand lit ancien, et les oreillers étaient dépouillés de leur taie. Mais les lunettes du pape et son réveil étaient toujours posés sur la table de nuit, et, quand il ouvrit le placard, deux soutanes blanches et fantomatiques y pendaient encore. La vision de ces vêtements simples – le Saint-Père avait refusé de porter les tenues pontificales plus élaborées – sembla rompre en Lomeli quelque chose qui s'était accumulé depuis les obsèques. Il porta la main à ses yeux et baissa la tête. Son corps fut secoué d'un sanglot sans qu'aucune larme vienne. Cette convulsion sèche ne dura pas plus de trente secondes, et lorsqu'elle se fut dissipée, le doyen se sentit curieusement plus solide. Il attendit de reprendre une respiration normale, puis se retourna et examina le lit.

Le meuble était incroyablement laid, vieux de plusieurs siècles, avec quatre épais piliers carrés aux quatre coins et un panneau sculpté à la tête et au pied. Parmi tout le beau mobilier de l'appartement pontifical auquel il avait droit, c'était ce lit disgracieux que le Saint-Père avait choisi de faire venir à la résidence Sainte-Marthe. Les papes y dormaient depuis des générations. Il avait sans doute fallu le démonter entièrement pour lui faire passer les portes et le remonter ensuite.

Avec précaution, comme il l'avait fait la nuit de la mort du pape, Lomeli s'agenouilla, pressa ses mains l'une contre l'autre, ferma les yeux et posa son front contre le bord du matelas pour prier. Soudain, la solitude terrible de la vie du vieux pontife lui parut presque insupportable à concevoir. Il ouvrit les bras le long du cadre de bois et s'y agrippa.

Il ne pourrait déterminer par la suite avec certitude combien de temps il demeura dans cette position. Peut-être n'était-il resté ainsi que deux minutes ; peut-être vingt. Ce dont il était certain, c'est qu'à un moment le Saint-Père était entré dans son esprit et lui avait parlé. Bien sûr, ce n'était *peut-être* que le fruit de son imagination : les rationalistes avaient une explication pour tout, même pour l'inspiration. Tout ce qu'il savait, c'est qu'avant de s'agenouiller il se sentait désespéré et qu'après, lorsqu'il s'était péniblement relevé et avait regardé le lit, le défunt lui avait indiqué quoi faire.

Sa première idée fut qu'il devait y avoir un tiroir caché. Il se remit à genoux et fit le tour du lit en tâtant le dessous du cadre, mais ses mains ne rencontrèrent que le vide. Il essaya de soulever le matelas bien qu'il sût que c'était une perte de temps : le Saint-Père qui battait Bellini aux échecs presque tous les soirs n'aurait jamais imaginé quelque chose d'aussi évident. Enfin, quand il eut éliminé toutes les autres options, Lomeli examina les piliers du lit. Il commença par celui à droite de la tête de lit. Le montant était couronné d'un épais bulbe de chêne sombre et ciré. Au premier regard, le bulbe et son support massif semblaient constitués d'une seule pièce. Mais lorsqu'il passa les doigts autour de la frise perlée, l'une des petites billes lui parut avoir un peu de jeu. Il alluma la lampe de chevet, monta sur le matelas et l'examina. Il appuya prudemment dessus. Rien ne parut se produire. Mais lorsqu'il s'accrocha au pilier pour descendre du lit, le bulbe lui resta dans la main.

Il y avait en dessous une cavité dont la base de bois était restée brute et au centre de laquelle, si petit qu'il se remarquait à peine, se dressait un bouton de bois minuscule. Le doyen le saisit entre son pouce et son index, tira, et extirpa lentement un coffret de bois dépourvu d'ornements. Il s'adaptait à son logement avec une précision merveilleuse. Une fois extrait, il se révéla à peu près long comme une boîte à chaussures. Lomeli le secoua et entendit quelque chose bruire dedans.

Il s'assit sur le matelas et fit glisser le couvercle. Quelques dizaines de documents se trouvaient roulés à l'intérieur. Il les aplatit. Des colonnes de chiffres. Des relevés de comptes. Des transferts d'argent. Des adresses d'appartements. Nombre de pages portaient des annotations de la toute petite écriture anguleuse du Saint-Père. Tout à coup, son propre nom lui sauta au visage : *Lomeli. Appartement n° 2. Palais du Saint-Office. 445 mètres carrés!!* Il s'agissait d'une liste d'appartements officiels occupés par des membres de la Curie en exercice ou à la retraite, établie à l'intention du pape par l'APSA, l'Administration du patrimoine du siège apostolique. Les noms de tous les cardinaux électeurs qui jouissaient d'un appartement étaient soulignés : Bellini (410 mètres carrés), Adeyemi (480 mètres carrés), Tremblay (510 mètres carrés)... tout en bas du document, le pape avait ajouté son propre nom : le Saint-Père. Résidence Sainte-Marthe. 50 mètres carrés!!

Il y avait une annexe :

Confidentiel.

Très Saint-Père,

Sous réserve de plus amples vérifications, la surface totale du patrimoine de l'APSA se monte à 347 532 mètres carrés, avec une valeur potentielle supérieure à 2 700 000 000 euros, mais une valeur comptable déclarée de 389 600 000 euros. Le déficit de revenus semblerait indiquer un taux d'occupation payante de 56 % seulement. Il apparaît donc, comme Votre Sainteté le soupçonnait, qu'une grande partie des bénéfices ne soit pas proprement déclarée.

J'ai l'honneur d'être, Très Saint-Père, avec le plus profond respect de Votre Sainteté le très humble et très obéissant fils et serviteur.

D. Labriola (commission spéciale)

Lomeli passa aux autres pages, et son nom apparut de nouveau : il eut la surprise, en y regardant de plus près, de voir qu'il s'agissait d'un récapitulatif de ses relevés de comptes personnels auprès de l'Institut pour les œuvres de religion – la Banque vaticane. Une liste de totaux mensuels remontant sur plus de dix ans. Le relevé le plus récent, daté du 30 septembre, faisait état d'un solde de fin de période de 38 734,76 euros. Lui-même n'en connaissait même pas le montant exact. Et c'était toute la fortune qu'il possédait au monde.

Il parcourut du regard les centaines de noms sur la liste. Le seul fait de les lire lui donnait l'impression de se salir, et pourtant, il n'arrivait pas à s'arrêter. Bellini avait 42 112 euros en compte sur livret, Adeyemi en avait 121 865, et Tremblay 519 732 (une somme qui lui valait une nouvelle série de points d'exclamation du pape). Certains cardinaux avaient des comptes très réduits – celui de Tedesco n'excédait pas 2 821 euros, et Benítez semblait ne pas en avoir du tout – mais d'autres étaient des hommes riches. L'archevêque émérite de Palerme, Calogero Scozzazi, qui avait travaillé pendant un temps à l'IOR à l'époque de Marcinkus, et qui avait même enquêté sur le blanchiment d'argent, pesait 2 643 923 euros. Un certain nombre de cardinaux d'Afrique et d'Asie avaient encaissé de grosses sommes au cours des douze derniers mois. Sur une page, le Saint-Père avait griffonné d'une main tremblante une citation de l'Évangile selon saint Marc : *Ma maison sera appelée maison de prière pour toutes les nations. Mais vous, vous en avez fait une caverne de voleurs.*

Lorsqu'il eut terminé sa lecture, Lomeli roula les feuilles bien serrées, les replaça dans le coffret et le referma. Son écœurement lui donnait comme un goût de pourriture sur la langue. Le Saint-Père avait secrètement usé de son autorité auprès de l'IOR pour obtenir les données financières privées de tous ses confrères ! Les croyait-il donc *tous* corrompus ? Certaines données ne l'étonnaient pas vraiment : le scandale des appartements de la Curie, par exemple, avait été révélé par la presse des années plus tôt. Et il suspectait depuis long-temps la richesse personnelle de ses frères cardinaux − ne disait-on pas que Luciani, cet homme d'un autre monde qui n'avait vécu qu'un mois en tant que pape, avait été élu en 1978 parce qu'il était le seul cardinal italien à être sans taches. Non, ce qui l'ébranla le plus, à cette première lecture, fut ce que ces données révélaient de l'état d'esprit du Saint-Père.

Il réinséra le coffret dans son logement et replaça le sommet du pilier de lit.

Les paroles remplies de crainte des disciples de Jésus lui vinrent à l'esprit : *Le lieu est désert et déjà l'heure est avancée.* Pendant quelques secondes, il s'accrocha au solide montant de bois. Il avait demandé à Dieu de le guider, et Dieu l'avait conduit ici, mais il redoutait ce qu'il pouvait encore découvrir.

Lorsqu'il eut recouvré son calme, il fit néanmoins le tour du lit et examina la frise perlée en haut du pilier de gauche du chevet, sous le bulbe sculpté. Là aussi, il découvrit un bouton secret. Le haut du montant se détacha, et il extirpa un deuxième coffret du pilier. Il s'attaqua ensuite au pied du lit et en trouva un troisième, puis un quatrième.

14

Simonie

Il devait être près de 3 heures du matin quand Lomeli quitta la suite pontificale. Il ouvrit la porte juste assez pour voir au-delà de la lueur rouge des veilleuses et inspecta le palier. Il tendit l'oreille. Plus d'une centaine d'hommes, dont la plupart avaient dépassé les soixante-dix ans, dormaient ou priaient sans bruit. Le bâtiment était plongé dans un silence complet.

Il referma la porte derrière lui. Il n'aurait servi à rien de tenter de remettre les scellés. La cire était brisée et les rubans pendaient. Les cardinaux découvriraient le spectacle à leur réveil, et rien ne pourrait l'empêcher. Il traversa le palier et prit l'escalier. Il se souvenait de Bellini lui disant que sa chambre était située juste au-dessus de celle du Saint-Père, et que l'esprit du vieux pontife semblait passer à travers le plancher : Lomeli n'en doutait pas.

Il trouva le numéro 301 et frappa doucement à la porte. Il avait craint d'avoir du mal à se faire entendre sans réveiller la moitié de l'étage, mais, à sa grande surprise, la porte s'ouvrit et Bellini apparut, lui aussi vêtu de sa soutane. Il accueillit Lomeli avec le regard compatissant d'un compagnon d'infortune.

— Bonsoir, Jacopo. Tu ne peux pas dormir non plus ? Viens, entre donc.

Lomeli le suivit dans sa suite. Elle était identique à celle d'en dessous. La lumière était éteinte dans le salon, mais la

227

clarté provenait de la chambre dont la porte était restée entrouverte. Il vit que Bellini était au milieu de ses dévotions. Son chapelet s'accrochait au prie-Dieu, et l'office divin reposait sur le pupitre.

— Tu veux bien prier avec moi un moment?

— Avec plaisir.

Les deux hommes s'agenouillèrent. Bellini courba la tête.

— Aujourd'hui, rappelons-nous saint Léon le Grand. Seigneur Dieu, Tu as bâti Ton Église sur le solide fondement de l'apôtre Pierre, et Tu as promis que les portes de l'enfer n'en triompheraient jamais. Soutenus par les prières du pape Léon, nous Te supplions de garder l'Église fidèle à Ta vérité, et de la maintenir en Notre-Seigneur dans la paix éternelle. Amen.

— Amen.

Après une minute ou deux, Bellini proposa :

— Je peux t'offrir quelque chose? Un verre d'eau?

— Ce n'est pas de refus, merci.

Lomeli s'assit sur le divan. Il se sentait à la fois épuisé et agité – en tout cas pas en état de prendre une décision capitale. Il entendit le bruit d'un robinet qui coulait.

— Je ne peux rien te proposer d'autre, malheureusement, lança Bellini depuis la salle de bains.

Puis il revint dans le salon, porteur de deux gobelets d'eau. Il en tendit un au doyen.

— Alors, qu'est-ce qui t'empêche de dormir à cette heure de la nuit?

— Aldo, il faut que tu maintiennes ta candidature.

Bellini poussa un gémissement et se laissa tomber lourdement sur le fauteuil.

— Je t'en prie, non, pas encore! Je croyais que la question était réglée. Je ne veux pas, et je ne peux pas gagner.

— Laquelle de ces assertions pèse le plus lourd pour toi? Ne pas vouloir, ou ne pas pouvoir gagner?

— Si deux tiers de mes confrères m'avaient jugé digne de la mission, j'aurais à contrecœur écarté mes doutes et accepté la volonté du conclave. Mais ça n'a pas été le cas, aussi la question ne se pose-t-elle pas.

Il regarda Lomeli sortir trois feuilles de papier de sa soutane et les poser sur la table basse.

— Qu'est-ce que c'est ?

— Les clés de Saint-Pierre, si tu veux bien les prendre.

Il y eut un long silence, puis Bellini dit à voix basse :

— Je crois que je vais devoir te demander de partir.

— Mais tu ne le feras pas, Aldo.

Il but un long trait d'eau. Il ne s'était pas rendu compte à quel point il avait soif. Bellini croisa les bras sans rien répliquer. Lomeli l'observa par-dessus le bord du gobelet tout en le vidant, puis posa le verre vide.

— Lis ça, dit-il en poussant les pages sur la table vers son ami. C'est un rapport sur les activités de la Congrégation pour l'évangélisation des peuples – ou plus précisément, c'est un rapport sur les activités de son préfet, le cardinal Tremblay.

Bellini fronça les sourcils en direction des pages, puis détourna les yeux. Enfin, à son corps défendant, il déplia les bras et prit les feuillets.

— C'est la preuve manifeste qu'il s'est rendu coupable de simonie, qui est, je te rappelle, condamnée par les Saintes Écritures : «Quand Simon vit que l'Esprit-Saint était donné par l'imposition des mains des apôtres, il leur offrit de l'argent. "Donnez-moi, dit-il, ce pouvoir à moi aussi : que celui à qui j'imposerai les mains reçoive l'Esprit-Saint." Mais Pierre lui répliqua : "Périsse ton argent, et toi avec lui, puisque tu as cru acheter le don de Dieu à prix d'argent !"»

Bellini lisait toujours.

— Je sais ce qu'est la simonie, merci.

— Mais a-t-on jamais vu cas plus évident de tentative d'achat d'une charge ou d'un sacrement ? Au premier tour, Tremblay n'a obtenu toutes ces voix que parce qu'il les avait achetées – principalement à des cardinaux d'Afrique et d'Amérique du Sud. Les noms sont tous là – Cárdenas, Diène, Figarella, Garang, Papouloute, Baptiste, Sinclair, Alatas. Il les a même payés en liquide, pour que ce soit plus difficile à retracer. Et tout cela a été fait au cours des douze derniers mois, à partir du moment où il a dû deviner que le pontificat du Saint-Père touchait à son terme.

Bellini termina sa lecture et laissa son regard se perdre dans le vide. Lomeli voyait son esprit puissant assimiler l'information, soupeser l'importance de la preuve.

— Comment sais-tu qu'ils n'ont pas utilisé l'argent à des fins complètement légitimes ? lâcha-t-il enfin.

— J'ai vu leurs comptes bancaires.

— Seigneur !

— Le problème, pour le moment, ce n'est pas les cardinaux. Je ne les accuserai même pas nécessairement de s'être laissés corrompre – peut-être ont-ils l'intention de remettre ces sommes à leurs églises et n'ont-ils simplement pas trouvé le temps de le faire. De toute façon, les bulletins ont été brûlés, alors comment veux-tu prouver pour qui ils ont voté ? En revanche, ce qui *est* tout à fait clair, c'est que Tremblay a ignoré les procédures officielles et a distribué des dizaines de milliers d'euros d'une façon qui était manifestement destinée à appuyer sa candidature. Et je n'ai pas besoin de te rappeler que la peine qui s'applique automatiquement à la simonie est l'excommunication.

— Il va nier.

— Il peut nier autant qu'il veut : si ce rapport s'ébruite, ça déclenchera le scandale du siècle. Ça prouve que Woźniak disait la vérité quand il a assuré que le dernier acte officiel du Saint-Père avait été d'ordonner à Tremblay de démissionner.

Bellini ne répliqua rien. Il reposa les pages sur la table. Il les rassembla méticuleusement de ses longs doigts fins jusqu'à ce qu'elles soient parfaitement alignées

— Je peux te demander d'où tu tiens toutes ces informations ?

— De l'appartement du Saint-Père.

— Quand ?

— Cette nuit.

— Tu as brisé les scellés ? s'exclama Bellini, épouvanté.

— Qu'est-ce que je pouvais faire d'autre ? Tu as été témoin de la scène au déjeuner. J'avais des raisons de penser que Tremblay avait délibérément détruit les chances d'Adeyemi de devenir pape en faisant venir cette pauvre femme d'Afrique pour l'embarrasser. Il a nié, bien entendu, alors il a bien fallu que je cherche s'il y avait des preuves quelque part. Je ne pouvais pas en toute conscience m'effacer et regarder un tel personnage se faire élire pape sans mener un minimum d'enquête.

— Et alors, il l'a fait ? C'est lui qui a fait venir cette femme pour embarrasser Adeyemi ?

Lomeli hésita.

— Je ne sais pas. C'est effectivement lui qui a demandé la mutation de la femme à Rome. Mais il prétend qu'il l'a fait sur la requête du Saint-Père. Peut-être est-ce vrai − il semble que le pape ait monté une véritable opération d'espionnage contre ses propres collaborateurs. J'ai trouvé toutes sortes de copies de mails privés et de transcriptions de conversations téléphoniques cachées dans sa chambre.

— Mon Dieu, Jacopo ! gémit Bellini comme s'il souffrait physiquement. Quelle histoire diabolique ! ajouta-t-il en rejetant la tête en arrière pour contempler le plafond.

— Je suis d'accord. Mais mieux vaut mettre de l'ordre dans tout ça pendant que le conclave siège encore et qu'on peut traiter nos affaires en toute discrétion, plutôt que de découvrir la vérité après avoir élu un nouveau pape.

— Mais comment veux-tu « mettre de l'ordre dans tout ça » à ce stade de l'élection ?

— Pour commencer, nous devons faire en sorte que nos frères soient informés du rapport sur Tremblay.

— Comment ?

— Nous devons le leur montrer.

Bellini le regarda avec un regain d'horreur.

— Tu parles sérieusement ? Un document fondé sur des relevés de comptes privés, volés dans l'appartement du Saint-

Père. Ça aurait des relents de désespoir! Et ça pourrait nous retomber dessus.

— Je ne suggère pas que ce soit à toi de le faire, Aldo... pas du tout. Tu dois rester en dehors de ça. Laisse-moi faire, ou laisse-nous faire, moi et Sabbadin. Je veux bien assumer toutes les conséquences.

— C'est très noble de ta part, et je t'en suis reconnaissant, bien sûr. Mais les dégâts ne s'arrêteraient pas à toi. Les choses finiraient forcément par se savoir. Pense aux conséquences pour l'Église. Je ne pourrais pas envisager de devenir pape dans de telles circonstances.

Lomeli en croyait à peine ses oreilles.

— Quelles circonstances?

— Un vrai coup fourré... effraction, vol de documents, atteinte à la réputation d'un frère cardinal. Mais je deviendrais le Richard Nixon des papes! Mon pontificat serait entaché avant même de débuter, en supposant que je puisse gagner l'élection, ce dont je doute sérieusement. Tu te rends compte que celui qui a le plus à gagner de toute cette histoire est Tedesco? La base même de sa candidature est de prétendre que c'est le Saint-Père qui a conduit l'Église au désastre en tentant une réforme inconsidérée. Pour lui et pour ses partisans, le fait que le Saint-Père passait son temps à lire leurs relevés de comptes et à commanditer des rapports accusant la Curie de corruption institutionnelle ne ferait qu'apporter de l'eau à leur moulin.

— Je croyais que nous étions ici pour servir Dieu, pas la Curie.

— Oh, ne sois pas naïf, Jacopo... toi surtout! C'est le genre de combats que je mène depuis plus longtemps que toi, et la vérité, c'est que nous ne pouvons servir Dieu que par l'intermédiaire de l'Église de Son Fils, Jésus-Christ, et que la Curie, aussi imparfaite soit-elle, est le cœur et le cerveau de cette Église.

Lomeli prit soudain conscience qu'une terrible migraine s'installait petit à petit en un point situé précisément derrière son œil droit – c'était immanquablement ce que lui valaient l'épuisement et la tension nerveuse. Selon son expérience, s'il n'y prenait pas garde, il allait devoir s'aliter pendant un jour ou deux. Peut-être le devrait-il ? Il y avait une disposition dans la Constitution apostolique pour que les cardinaux malades puissent voter depuis leur chambre à la résidence Sainte-Marthe. Leurs bulletins devaient être recueillis par trois cardinaux délégués nommés *infirmarii*, qui étaient chargés de les apporter à la chapelle Sixtine dans une boîte fermée à clé. Le doyen fut fortement tenté par l'idée de rester couché, la tête sous les couvertures, et de laisser les autres se débrouiller avec cette épouvantable pagaille. Mais il demanda aussitôt pardon à Dieu pour sa faiblesse.

— Il a mené son pontificat comme une guerre, Jacopo, poursuivit Bellini à voix basse. On ne s'en doutait pas. Ça a commencé dès le premier jour, quand il a refusé de porter tous les attributs de sa charge et a insisté pour vivre ici plutôt qu'au Palais apostolique, et cela a continué chaque jour. Tu te rappelles avec quelle détermination il est entré dans la salle Bologne pour cette réunion préliminaire avec les préfets de toutes les congrégations et qu'il a ordonné une totale transparence financière – tenue des livres de comptes irréprochable, communication des comptes, appels d'offre à l'extérieur pour la moindre petite construction, récépissés ? À l'Administration du patrimoine, ils ne savaient même pas ce qu'était un récépissé ! Puis il a fait venir des comptables et des conseillers en gestion pour éplucher tous les dossiers, et il leur a installé des bureaux au premier étage de la résidence Sainte-Marthe. Ensuite, il s'est demandé pourquoi ça a déplu à la Curie – et pas seulement à la vieille garde, d'ailleurs !

» Alors ça a été le début des fuites, et quand il ouvrait un journal ou allumait la télé, il y avait une nouvelle révélation gênante sur les sommes que des amis comme Tutino détournaient des subsides aux pauvres pour faire retaper leurs appartements ou voyager en première classe. Et pendant tout ce temps, en arrière-plan, Tedesco et sa clique n'arrêtaient pas de l'attaquer, l'accusant pratiquement d'hérésie chaque fois qu'il disait quoi que ce soit relevant du bon sens sur des sujets comme les homosexuels, les couples divorcés ou l'entrée de davantage de femmes dans les institutions de l'Église. Ça a été le paradoxe cruel de son pontificat : plus il plaisait au monde extérieur, plus il était isolé au sein du Saint-Siège. À la fin, il ne faisait pratiquement plus confiance à personne. Je ne suis même pas sûr qu'il avait confiance en moi.

— Ou en moi.

— Non, je crois qu'il te faisait relativement confiance, ou il aurait accepté ta démission quand tu as proposé de te retirer. Mais ce n'est pas la peine de nous leurrer, Jacopo. Il était fragile, malade, et ça affectait son jugement. Si on utilise ça, ajouta Bellini en se penchant pour taper du doigt sur le rapport, on ne servira pas sa mémoire. Je te conseille de le remettre à sa place, ou de le détruire.

Il le poussa sur la table vers Lomeli.

— Et de laisser Tremblay devenir pape ?

— On a eu pire.

Lomeli le dévisagea un instant, puis se leva. La douleur qui l'élançait derrière son œil devenait presque aveuglante.

— Tu me fais de la peine, Aldo. Vraiment. Cinq fois, j'ai voté pour toi en pensant sincèrement que tu étais l'homme qu'il fallait pour diriger l'Église. Mais je vois à présent que le conclave, dans sa sagesse, avait raison et que j'avais tort. Tu manques du courage nécessaire pour devenir pape. Je te laisse.

Trois heures plus tard, alors que la sonnerie de 6 h 30 résonnait encore dans toute la bâtisse, Jacopo Baldassare Lomeli, cardinal-évêque d'Ostie, en grande tenue de chœur, sortit de sa chambre, parcourut le couloir d'un pas rapide, passa devant la suite du Saint-Père et ses scellés manifestement forcés, descendit l'escalier et émergea dans le hall.

Aucun autre cardinal n'avait encore paru. Derrière la porte vitrée, un agent de sécurité vérifiait l'identité des religieuses qui arrivaient pour préparer le petit déjeuner. Il ne faisait pas encore assez clair pour distinguer leur visage. Dans la grisaille du petit jour, elles ne formaient qu'une file d'ombres mouvantes, pareilles à celles que l'on pouvait voir partout dans le monde à cette heure — les pauvres de la Terre qui commençaient leur journée de travail.

Lomeli fit vivement le tour de la réception et pénétra dans le bureau de sœur Agnès.

Il y avait des années que le doyen du Collège des cardinaux ne s'était pas servi d'une photocopieuse. En fait, maintenant qu'il en voyait une de près, il n'était pas sûr d'en avoir jamais utilisé. Il examina le tableau des réglages et se mit à presser des touches au hasard. Un petit écran vert s'alluma et afficha un message. Il se baissa pour lire : *Erreur*.

Il perçut un bruit derrière lui. Sœur Agnès se tenait dans l'embrasure de la porte. Son regard inflexible intimida Lomeli. Il se demanda depuis combien de temps elle observait ses tâtonnements. Il leva les mains en aveu d'impuissance.

— J'essaie de faire des photocopies.

— Si vous me donnez le document à copier, je le ferai pour vous.

Il hésita. La première feuille était intitulée : *Rapport d'enquête destiné au Saint-Père concernant des soupçons de simonie commise par le cardinal Joseph Tremblay. Synthèse. Strictement confidentiel.* Elle portait la date du 19 octobre, jour de la mort du Saint-Père. Finalement, il décida qu'il n'avait pas le choix et lui remit le document.

Elle le regarda sans faire de commentaire.

— Combien d'exemplaires vous faudrait-il, Éminence ?

— Cent dix-huit.

Elle écarquilla imperceptiblement les yeux.

— Encore une chose, ma sœur, si c'est possible. Je voudrais que le document original soit préservé, et en même temps, il faudrait que certains termes soient noircis sur les copies. Y a-t-il moyen de faire ça ?

— Oui, Éminence, je crois que c'est faisable.

Sa voix exprimait une nuance d'amusement. La religieuse souleva le couvercle de l'appareil. Lorsqu'elle eut fait une copie de chaque page, elle les remit au doyen.

— Il vous suffit de faire vos corrections sur cette version, et c'est celle-ci que nous reproduirons. C'est une très bonne machine, et la perte de qualité sera infime.

Elle lui donna un stylo et approcha une chaise pour qu'il puisse s'asseoir au bureau. Puis elle se détourna avec tact et ouvrit un placard pour en sortir une rame de papier.

Il parcourut le document ligne par ligne et noircit soigneusement les noms des huit cardinaux à qui Tremblay avait remis de l'argent. *De l'argent !* pensa-t-il en serrant les lèvres. Il se souvenait que le Saint-Père disait toujours que l'argent était la pomme dans leur jardin d'Éden, la tentation originelle qui avait conduit à tant de péchés. L'argent traversait le Saint-Siège en un flot constant qui enflait à Noël et à Pâques, lorsque évêques, prélats et moines se pressaient au Vatican avec enveloppes, attachés-cases et caisses métalliques bourrés de pièces et de billets provenant des dons des fidèles. Une audience du pape pouvait rapporter 100 000 euros de dons, l'argent étant remis discrètement de la main à la main par les visiteurs aux assistants pontificaux au moment de prendre congé, pendant que le Saint-Père feignait de ne rien voir. Les espèces étaient censément déposées aussitôt dans le coffre des cardinaux, à la Banque vaticane. La Congrégation pour l'évangélisation des peuples en particulier, chargée d'envoyer de l'argent à ses missions du tiers-monde, où la corruption était monnaie courante et où l'on ne pouvait se fier aux banques, préférait distribuer ses financements en espèces.

Lorsqu'il arriva à la fin du rapport, Lomeli revint au début pour s'assurer qu'il avait bien caviardé tous les noms. Ces biffures rendaient le document plus sinistre encore, le faisant ressembler à l'un de ces dossiers secrets ouverts par la CIA grâce à la loi de la liberté d'information. Évidemment, l'affaire finirait par filtrer dans la presse. Tôt ou tard, c'était toujours le cas. Jésus-Christ Lui-même n'avait-il pas prophétisé, selon saint Luc, que *rien n'est caché qui ne deviendra manifeste, rien non plus n'est secret qui ne doive être connu et venir au grand jour* ? Tout l'enjeu était de déterminer quelle réputation aurait le plus à en souffrir : celle de Tremblay ou celle de l'Église ? Il remit le rapport raturé à sœur Agnès et la regarda commencer à tirer les cent dix-huit exemplaires de chaque page. La lumière bleue de la photocopieuse se mit à aller et venir, aller et venir, aller et venir en un mouvement qui évoqua pour Lomeli celui d'une faux.

— Dieu, pardonne-moi, murmura-t-il.

Sœur Agnès jeta un coup d'œil vers lui. Elle devait savoir maintenant ce qu'elle imprimait : elle n'aurait guère pu éviter de le voir.

— Si votre cœur est pur, Éminence, Il vous pardonnera, assura-t-elle.

— Soyez bénie, ma sœur, pour votre générosité. Je pense que mon cœur *est* pur. Mais comment pouvoir être certain de ce qui motive nos actes ? Si j'en crois mon expérience, les pires péchés sont souvent commis pour les motifs les plus nobles.

Il fallut vingt minutes à sœur Agnès pour imprimer tous les feuillets, et encore vingt minutes pour les ranger et les agrafer. Ils travaillèrent ensemble en silence. À un moment, une religieuse entra pour utiliser l'ordinateur, mais sœur Agnès la pria sèchement de partir. Lorsqu'ils eurent terminé, Lomeli demanda s'il y avait assez d'enveloppes à la résidence pour que chaque rapport puisse être mis sous pli et distribué individuellement.

— Je vais voir, Éminence. Je vous en prie, asseyez-vous. Vous paraissez épuisé.

Pendant son absence, il demeura assis devant le bureau, tête baissée. Il entendait les cardinaux traverser le hall en direction de la chapelle pour la messe du matin. Le doyen étreignit sa croix pectorale. *Pardonne-moi, Seigneur, si j'essaie aujourd'hui de Te servir autrement...* Quelques minutes plus tard, sœur Agnès revint avec deux boîtes d'enveloppes kraft format A4.

Ils entreprirent de glisser les rapports dans les enveloppes.

— Que voulez-vous en faire, Éminence ? voulut-elle savoir. Devons-nous en porter un dans chaque chambre ?

— Je voudrais m'assurer que chaque cardinal aura l'occasion de le lire avant que nous partions voter, alors je crains que nous n'ayons pas le temps. Peut-être pourrions-nous les distribuer dans la salle à manger ?

— Comme vous voudrez.

Ainsi, dès que les enveloppes furent remplies et fermées, ils divisèrent la pile en deux et se rendirent dans la salle à manger, où les sœurs dressaient les tables du petit déjeuner. Lomeli se chargea d'un côté de la salle, et déposa une enveloppe sur chaque chaise, sœur Agnès fit de même de l'autre côté. De la chapelle où Tremblay célébrait la messe leur parvenaient les voix du plain-chant. Lomeli sentait les battements de son cœur dans sa poitrine ; et chaque battement s'accompagnait d'un élancement douloureux derrière ses yeux. Il poursuivit malgré tout sa tâche et finit par rejoindre sœur Agnès au centre de la salle, où les derniers rapports furent déposés.

— Merci, lui dit-il.

Il était touché par la sévérité qu'affectait la bonté de la religieuse, et il lui tendit la main. Mais au lieu de la serrer la sœur s'agenouilla et embrassa son anneau. Puis elle se leva, lissa ses jupes et s'éloigna sans un mot.

Il ne restait plus à Lomeli qu'à s'asseoir à la table la plus proche pour attendre.

Des comptes rendus embrouillés de ce qui se passa ensuite apparurent dans les heures qui suivirent le conclave. Bien que chaque cardinal eût juré le secret, ils furent nombreux à ne pouvoir résister au désir de tout raconter à leurs plus proches collaborateurs lorsqu'ils retrouvèrent le monde extérieur, et ces confidents, pour la plupart des prêtres et des prélats, bavardèrent à leur tour, de sorte qu'une version de l'histoire ne tarda pas à circuler.

Il y eut en gros deux catégories de témoins. Ceux qui furent les premiers à quitter la chapelle et à entrer dans la salle à manger furent frappés par la vision de Lomeli, assis seul et impassible à une table centrale, les bras posés sur la nappe et les yeux fixés droit devant lui, sans rien voir. Ce dont ils se souvinrent également fut le silence de stupeur lorsqu'ils découvrirent les enveloppes et commencèrent à lire.

Au contraire, ceux qui arrivèrent quelques minutes plus tard – ceux qui avaient choisi de prier dans leur chambre au lieu d'assister à la messe matinale, ou ceux qui s'étaient attardés dans la chapelle après avoir communié –, ceux-là se rappelèrent clairement le tohu-bohu qui régnait dans la salle à manger, et l'essaim des cardinaux qui se pressaient maintenant autour de Lomeli pour lui demander des explications.

La vérité, autrement dit, était une question de perspective.

En plus de ces deux groupes, il en existait un troisième, plus restreint, dont les chambres se trouvaient au deuxième étage ou qui avaient pris l'escalier pour descendre des étages supérieurs, et qui avaient remarqué les scellés brisés à l'entrée de la chambre du Saint-Père. De nouvelles rumeurs commencèrent donc à circuler en contrepoint de la première, pour dire qu'il y avait eu un cambriolage pendant la nuit.

Lomeli entendit tout cela sans bouger de son siège. À tous les cardinaux qui venaient le voir – Sá, Brotzkus, Yatsenko et les autres – il répéta la même antienne. Oui, c'était lui qui avait décidé de faire circuler le document. Oui, il avait brisé les scellés. Non, il n'avait pas perdu la raison. On avait porté à sa connaissance qu'une faute passible d'excommunication avait été commise, puis dissimulée. Il avait estimé de son devoir d'enquêter, même si cela impliquait de pénétrer dans la chambre du Saint-Père pour y chercher des preuves. Il avait tenté de traiter l'affaire de façon responsable. Ses

frères électeurs disposaient à présent de l'information nécessaire. Le devoir sacré leur revenait. À eux de décider quelle
importance lui donner. Lui n'avait fait qu'obéir à sa
conscience.

Il fut étonné tant par la force intérieure qui l'animait que
par la façon dont cette conviction semblait irradier de lui, de
sorte que même les cardinaux qui venaient vers lui pour
manifester leur consternation repartaient souvent avec de
petits signes approbateurs. D'autres se montrèrent plus critiques. Sur le chemin du buffet, Sabbadin lui glissa à l'oreille :

— Pourquoi avoir gaspillé une arme aussi utile ? On aurait
pu s'en servir pour contrôler Tremblay après son élection. Là,
tu n'as réussi qu'à renforcer la position de Tedesco !

Fitzgerald, l'archevêque de Boston, qui était l'un des principaux partisans de Tremblay, s'avança carrément vers la table
et jeta le rapport en direction de Lomeli.

— Ceci est contraire à la justice naturelle. Vous n'avez pas
donné à notre frère cardinal la moindre chance de se
défendre ! Vous vous êtes posé en juge, jury et bourreau ! Je
suis atterré par un acte aussi peu chrétien !

Plusieurs cardinaux, qui écoutaient aux tables voisines,
murmurèrent leur assentiment. L'un d'eux lança même :

— Bien dit !

Et un autre confirma :

— Amen à cela !

Lomeli demeura impassible.

À un moment, Benítez lui apporta du pain et des fruits, et
fit signe à l'une des sœurs de lui verser du café. Il s'assit à ses
côtés.

— Il faut manger, Doyen, ou vous allez vous rendre
malade.

— Ai-je fait ce qu'il fallait, Vincent ? demanda Lomeli à
voix basse. J'aimerais votre avis.

— On n'agit jamais mal en suivant sa conscience, Éminence.
Cela n'aboutit pas toujours à l'effet escompté ; on peut s'apercevoir avec le temps que l'on a commis une erreur. Mais ce

n'est pas la même chose que d'être dans son tort. La seule chose qui doive jamais guider nos actions, c'est notre conscience, car c'est en elle que l'on entend le plus clairement la parole de Dieu.

Tremblay lui-même ne parut pas avant 9 heures passées, sortant de l'ascenseur le plus proche de la salle à manger. Quelqu'un avait dû lui porter un exemplaire du rapport, et il le tenait roulé dans sa main. Il semblait parfaitement calme en s'avançant parmi les tables en direction de Lomeli. La plupart des cardinaux cessèrent de parler et de manger. Tremblay avait ses cheveux gris soigneusement coiffés, et il tenait le menton levé. N'eût été sa tenue de chœur rouge, il aurait pu passer pour un shérif de western en route pour une épreuve de force.

— Puis-je vous dire un mot, Doyen, je vous prie ?

Lomeli posa sa serviette et se leva.

— Bien sûr, Éminence. Voulez-vous parler dans un endroit privé ?

— Non, je préférerais m'exprimer en public, si cela ne vous dérange pas. Je veux que nos frères entendent ce que j'ai à dire. C'est vous qui êtes responsable de ça, me semble-t-il ? gronda le camerlingue en agitant le rapport devant le visage de Lomeli.

— Non, Éminence, c'est *vous* qui en êtes responsable, en agissant comme vous l'avez fait.

— Ce rapport est un tissu de mensonges ! s'exclama Tremblay en se tournant vers la salle tout entière. Il n'aurait jamais dû apparaître au grand jour, et cela ne serait pas arrivé si le cardinal Lomeli n'avait pas pénétré par effraction dans l'appartement du Saint-Père dans le seul but de le récupérer pour manipuler l'issue de ce conclave !

L'un des cardinaux – Lomeli ne vit pas qui – cria :

— Quelle honte !

— En ces circonstances, poursuivit Tremblay, je crois qu'il devrait être destitué de sa charge de doyen puisqu'il est à présent impossible de se fier à son impartialité.

— Si ce rapport est, comme vous le prétendez, un tissu de mensonges, peut-être pourriez-vous nous expliquer pourquoi le dernier acte officiel du Saint-Père a été de vous demander de démissionner?

Un mouvement de surprise parcourut la salle.

— Il n'a rien fait de tel... le seul témoin de cet entretien, son secrétaire particulier, Mgr Morales, le confirmera.

— Et pourtant, l'archevêque Woźniak soutient que c'est le Saint-Père en personne qui lui a rapporté cette conversation lors du dîner, et qu'il était si agité à cette évocation que son trouble a pu précipiter son décès.

L'indignation de Tremblay fut admirable :

— Le Saint-Père – puisse son nom compter parmi ceux des grands prêtres – était, vers la fin de sa vie, un homme malade, dont les pensées avaient tendance à s'embrouiller, comme le confirmeront ceux d'entre nous qui le voyaient régulièrement... n'est-ce pas, cardinal Bellini?

Bellini, le visage fermé, contempla son assiette.

— Je n'ai rien à dire là-dessus.

Tout au fond de la salle à manger, Tedesco leva la main.

— Quelqu'un d'autre peut-il se joindre à votre dialogue? intervint-il en se mettant péniblement debout. Je déplore tous ces propos rapportés de conversations privées. La question est de savoir si ce rapport est exact ou pas. Les noms de huit cardinaux ont été biffés. Je suppose que le doyen peut nous dire de qui il s'agit. Qu'il nous donne les noms et que nos frères confirment, ici et maintenant, si oui ou non ils ont reçu ces versements et, dans le cas où ce serait vrai, si le cardinal Tremblay leur a demandé de voter pour lui en retour.

Il se rassit. Lomeli avait conscience de tous les yeux tournés vers lui. Il répondit d'une voix calme :

— Non, je ne ferai rien de tel.

Quelques protestations s'élevèrent, et il leva la main.

— Que chacun interroge sa conscience, comme j'ai dû le faire. J'ai rayé ces noms précisément parce que je voulais éviter de susciter de la violence dans ce conclave, ce qui ne

ferait que nous fermer à la parole de Dieu et nous empêche-
rait d'accomplir notre devoir sacré. J'ai fait ce que j'estimais
nécessaire – beaucoup d'entre vous diront que j'en ai trop fait,
et je le comprends. Vu l'état des choses, je me démettrais
volontiers de ma charge de doyen et proposerais que le cardinal Bellini, dont la position hiérarchique au sein du Collège
vient juste après la mienne, préside la fin de ce conclave.

Aussitôt, des voix se firent entendre dans toute la salle à
manger, certaines pour, d'autres contre. Bellini secoua la tête
vigoureusement.

— Certainement pas! décréta-t-il.

Dans la cacophonie ambiante, il fut au début difficile de
comprendre les mots, peut-être parce qu'ils étaient prononcés
par une femme.

— Éminences, puis-je avoir l'autorisation de parler?

Elle dut les répéter plus fermement et, cette fois, ils per-
cèrent le vacarme :

— Éminences, puis-je parler, je vous prie?

Une voix de femme! C'était à peine croyable! Les cardinaux, éberlués, se tournèrent vers la petite silhouette résolue
de sœur Agnès, qui s'avançait entre les tables. Le silence qui
s'abattit était probablement aussi épouvanté par la présomp-
tion de la religieuse que curieux devant ce qu'elle pourrait
dire.

— Éminences, commença-t-elle, bien que les Filles de la
Charité de Saint-Vincent-de-Paul soient censément invisibles,
Dieu nous a néanmoins pourvues d'yeux et d'oreilles, et j'ai la
responsabilité de mes sœurs. Je voudrais dire que je sais ce qui
a poussé le doyen du Collège à pénétrer dans la chambre
du Saint-Père la nuit dernière, parce que nous avons eu un
entretien auparavant. Il craignait que la sœur de mon ordre
qui a causé l'incident regrettable d'hier – pour lequel je vous
présente mes excuses – n'ait été mutée à Rome que dans l'intention délibérée de nuire à un membre de ce conclave. Ses
soupçons se sont révélés fondés. J'ai pu lui confirmer que la
sœur avait en effet été envoyée ici à la demande explicite de

l'un d'entre vous : le cardinal Tremblay. Je suis certaine que c'est cette découverte, et non quelque intention malfaisante, qui a guidé sa conduite. Merci.

Elle esquissa une génuflexion devant les cardinaux, puis fit demi-tour et, la tête très droite, quitta la salle à manger et traversa le hall. Bouche bée d'horreur, Tremblay la suivit du regard. Il tendit les mains pour en appeler à la compréhension générale :

— Mes frères, il est vrai que j'ai fait cette requête, mais c'était à la demande du Saint-Père. Je ne savais pas qui était cette femme, je vous le jure !

Pendant plusieurs secondes, nul ne prit la parole. Puis Adeyemi se leva. Lentement, il redressa son bras, qu'il pointa sur le camerlingue. Et, de sa voix profonde et modulée, qui ce matin plus que jamais résonna pour l'assistance comme la manifestation de la colère de Dieu, il psalmodia ce seul mot :

— Judas !

15

Le sixième tour

Il était impossible d'arrêter le conclave. Telle une machine sacrée, il poursuivait laborieusement son chemin quelles que soient les embûches profanes. À 9 h 30, conformément à la Constitution apostolique, les cardinaux reprirent leur procession vers les minibus. Ils connaissaient bien la routine à présent. Aussi vite que le leur permettaient l'âge et l'infirmité, ils gagnèrent leurs places. Bientôt, les véhicules démarrèrent, un toutes les deux minutes, traversant la place Sainte-Marthe en direction de l'ouest, vers la chapelle Sixtine.

Lomeli se tenait devant la résidence, sa barrette à la main, tête nue sous le ciel gris. Les cardinaux étaient d'humeur morose − ils étaient comme abasourdis −, et le doyen s'attendait presque à ce que Tremblay prétexte un malaise pour ne pas se présenter au vote. Mais non : il sortit du hall au bras de l'archevêque Fitzgerald et monta dans son minibus, affichant une attitude sereine alors que son visage, lorsqu'il se tourna vers la vitre au moment où le véhicule partait, semblait un masque blême de supplicié.

Bellini, qui se tenait près de Lomeli, commenta sèchement :

— On dirait qu'on commence à manquer de favoris.

— Effectivement. On se demande qui sera le prochain.

Bellini coula un regard vers lui.

— Il me semble que c'est évident : toi.

Lomeli porta la main à son front. Il sentit une veine battre sous ses doigts.

— J'étais sincère tout à l'heure, dans la salle à manger : je crois que ce serait mieux pour tout le monde de m'effacer en tant que doyen et que ce soit toi qui supervises la suite de l'élection.

— Non, merci, Doyen. De plus, tu as dû remarquer qu'à la fin, la majorité de l'assemblée était de ton côté. Tu tiens la barre de ce conclave... je ne sais pas exactement où tu vas le mener, mais c'est toi qui es aux commandes, et la fermeté de ta main suscite l'admiration.

— Je n'en suis pas sûr.

— Cette nuit, je t'ai prévenu que celui qui dénoncerait Tremblay s'exposerait à des répercussions, mais je me suis trompé... une fois de plus! Et maintenant, je prédis que la partie se jouera entre toi et Tedesco.

— Alors, espérons que tu te trompes encore.

Bellini le gratifia de son sourire le plus glacial.

— Après quarante ans, on aura peut-être enfin un pape italien. Cela fera plaisir à nos compatriotes. Sérieusement, mon ami, ajouta-t-il en prenant Lomeli par le bras, je prierai pour toi.

— Je t'en prie. Tant que tu ne votes pas pour moi.

— Oh, mais ça, je le ferai aussi.

O'Malley rangea son porte-bloc.

— Nous sommes prêts à partir, Éminences.

Bellini monta le premier. Lomeli mit sa barrette et la rectifia, scruta une dernière fois le ciel puis se hissa dans le bus derrière le tournoiement d'étoffe du patriarche d'Alexandrie. Il s'installa sur l'un des deux sièges vacants juste derrière le chauffeur. O'Malley prit place à côté de lui. Les portes se refermèrent et le bus s'ébranla sur les pavés.

Alors qu'ils passaient entre la basilique Saint-Pierre et le Palais de justice, O'Malley se pencha vers le doyen et lui dit à voix très basse, afin que personne ne l'entende :

— Étant donné les derniers développements, je suppose, Éminence, qu'il y a peu de chances que le conclave parvienne à une décision aujourd'hui ?

— Comment le savez-vous ?

— Je me trouvais dans le hall.

Lomeli grogna intérieurement. Si O'Malley était au courant, tôt ou tard, tout le monde le serait.

— Eh bien, naturellement, répondit-il, vu les chiffres, on s'aperçoit que le blocage est presque inévitable. Nous devrons consacrer la journée de demain à la méditation et reprendre le vote...

Il s'interrompit. Avec ces allées et venues entre la résidence Sainte-Marthe et la chapelle Sixtine, pratiquement sans voir la lumière du jour, il perdait la notion du temps.

— Vendredi, Éminence.

— Vendredi, merci. Quatre tours de scrutin vendredi, encore quatre samedi, puis une nouvelle journée de méditation dimanche, à supposer que nous ne soyons pas plus avancés. Il faudra prendre des dispositions pour la blanchisserie, du linge propre *et cetera*.

— Tout est sous contrôle.

Ils s'arrêtèrent pour permettre aux minibus qui les précédaient de laisser descendre leurs passagers. Lomeli fixa du regard le mur aveugle du Palais apostolique, puis se tourna vers O'Malley et chuchota :

— Dites-moi, où en sont-ils, dans les médias ?

— Ils prédisent une décision pour ce matin ou cet après-midi, et le cardinal Adeyemi passe toujours pour être le favori. Entre nous soit dit, Éminence, poursuivit O'Malley en se rapprochant encore de l'oreille de Lomeli, s'il n'y a pas de fumée blanche aujourd'hui, je crains que les choses ne nous échappent.

— Dans quel sens ?

— Dans le sens que nous ne savons pas vraiment ce que le service de presse du Vatican pourrait dire aux médias pour les empêcher de spéculer sur une Église en crise. Comment voulez-vous qu'ils occupent leurs temps d'antenne ? Et il y a aussi les problèmes de sécurité. On dit qu'il y a quatre millions de pèlerins présents à Rome pour attendre le nouveau pape.

Lomeli leva les yeux vers le rétroviseur du conducteur. Des yeux noirs l'observaient. Peut-être ce garçon savait-il lire sur les lèvres ? Tout était possible. Il ôta sa barrette et s'en servit pour dissimuler sa bouche lorsqu'il se tourna pour répondre à l'Irlandais.

— Nous avons tous juré le secret, Ray, aussi je compte sur votre discrétion, mais je pense que vous devriez laisser entendre au service de presse, très subtilement, que le conclave risque de durer plus longtemps que tous ceux de l'histoire récente. Conseillez-leur de préparer les médias en conséquence.

— Et quelles raisons dois-je leur donner ?

— Pas les vraies, bien évidemment ! Dites-leur que nous avons pléthore de candidats sérieux et qu'il est très difficile de choisir entre tous. Dites que nous prenons délibérément tout notre temps, que nous prions de toute notre âme pour entendre la volonté divine et qu'il nous faudra peut-être plusieurs jours encore pour nous accorder sur notre prochain pasteur. Vous pouvez aussi faire remarquer qu'on ne peut pas bousculer Dieu dans le simple but d'arranger CNN.

Il lissa ses cheveux et se recoiffa de sa barrette. O'Malley écrivit sur son bloc. Lorsqu'il eut terminé, il glissa :

— Encore une chose, Éminence. Ce n'est qu'un détail, et il n'est pas nécessaire que je vous en fasse part, si vous préférez ne pas savoir.

— Allez-y.

— J'ai fait quelques recherches sur le cardinal Benítez. J'espère que cela ne vous dérange pas.

— Je vois, dit Lomeli, qui ferma les yeux comme s'il allait recevoir une confession. Vous feriez mieux de tout me dire.

— Voilà, vous vous souvenez que j'avais trouvé la trace d'un entretien privé entre le Saint-Père et lui au mois de janvier de cette année, après sa demande de démission de ses fonctions d'archevêque pour problèmes de santé ? Sa lettre de démission figure dans son dossier à la Congrégation pour les évêques, ainsi qu'une note du bureau privé du Saint-Père stipulant que sa demande de démission avait été retirée. Il n'y a rien d'autre. Cependant, quand j'ai entré le nom du cardinal Benítez dans notre moteur de recherche, j'ai découvert qu'on lui avait fourni un billet d'avion aller et retour pour Genève, réglé avec le compte personnel du pape. Ça fait l'objet d'un dossier séparé.

— Ça a une importance ?

— Eh bien, en tant que ressortissant philippin, il a dû soumettre une demande de visa. À la rubrique motif du voyage, il était indiqué «soins médicaux», et quand j'ai vérifié son adresse en Suisse pour la durée du séjour, j'ai découvert qu'il s'agissait d'une clinique privée.

Lomeli ouvrit aussitôt les yeux.

— Pourquoi ne pas recourir aux services hospitaliers du Vatican ? Quel genre de soins devait-il recevoir ?

— Je ne sais pas, Éminence, sans doute était-ce lié aux blessures qu'il avait subies pendant les bombardements de Bagdad. Quoi qu'il en soit, ça ne devait pas être trop grave. Les billets ont été annulés. Il n'est jamais allé à la clinique.

Pendant la demi-heure qui suivit, Lomeli n'accorda pas d'autres pensées à l'archevêque de Bagdad. Une fois descendu du minibus, il laissa délibérément O'Malley et les autres partir devant, puis monta seul le long escalier avant de traverser la Sala Regia menant à la chapelle Sixtine. Il avait besoin d'un instant de solitude afin de faire dans son esprit le vide nécessaire à la manifestation de Dieu. Les scandales et le stress de ces dernières quarante-huit heures, le fait de savoir qu'audelà de ces murs des millions d'observateurs attendaient leur décision avec impatience... il s'efforça de chasser tout cela en se récitant la prière de saint Ambroise :

Ô Dieu tendre, Ô majesté saisissante,
je suis un misérable, pris entre les angoisses,
je recours donc à Toi, la source de la miséricorde,
vers Toi je me hâte pour être guéri,
sous Ta protection je me réfugie ;
et ne pouvant pas supporter un Juge,
j'aspire à avoir un Sauveur...

Il salua l'archevêque Mandorff et ses assistants dans le vestibule, où ils l'attendaient près des poêles, et il entra avec eux dans la chapelle. À l'intérieur de la Sixtine, on n'entendait pas un mot. Les seuls sons, amplifiés par le vaste écho, se réduisaient à une toux occasionnelle et au mouvement des cardinaux sur leur siège. C'était un bruit de galerie d'art, ou de musée. La plupart priaient.

— Merci, murmura Lomeli à Mandorff. Nous vous reverrons donc pour le déjeuner.

Après que les portes eurent été verrouillées, il prit sa place, tête baissée, et laissa le silence durer. Il percevait un désir collectif de méditation afin de retrouver la voie du sacré. Mais il ne parvint pas à se débarrasser de l'idée de tous ces pèlerins qui attendaient dehors, et des commentateurs qui débitaient leurs inepties devant les caméras. Au bout de cinq minutes, il se leva et s'avança jusqu'au micro.

— Mes très chers frères. Je vais faire l'appel par ordre alphabétique. Je vous prie de répondre «présent» lorsque j'aurai lu votre nom. Cardinal Adeyemi ?

— Présent.

— Cardinal Alatas ?

— Présent.

Alatas, un Indonésien, occupait une place vers le milieu de l'allée, côté droit. Il faisait partie de ceux qui avaient reçu de l'argent de Tremblay. Lomeli se demanda pour qui il allait voter désormais.

— Cardinal Baptiste ?

Celui-ci se trouvait deux places après Alatas. Encore un bénéficiaire de Tremblay, de Sainte-Lucie, dans les Antilles. Elles étaient si pauvres, ces missions. Il avait la voix épaisse, comme s'il avait pleuré.

— Présent.

Lomeli poursuivit. Bellini... Benítez... Brandão D'Cruz... Brotzkus... Cárdenas... Contreras... Courtemarche... il les connaissait tous si bien maintenant, leurs manies et leurs faiblesses. Une phrase de Kant lui revint à l'esprit : *Dans un bois aussi courbe que celui dont est fait l'homme, on ne peut rien tailler de tout à fait droit...* L'Église était taillée dans un bois courbe − comment pourrait-il en être autrement ? Mais, par la grâce de Dieu, elle tenait bon. Elle perdurait depuis deux mille ans ; elle pourrait bien tenir encore quinze jours sans pape si nécessaire. Il se sentit pénétré d'un amour profond et mystérieux pour ses frères et leur fragilité.

— Cardinal Yatsenko ?

— Présent.

— Cardinal Zucula ?

— Présent, Doyen.

— Merci, mes frères. Nous sommes tous rassemblés. Prions.

Pour la sixième fois, le conclave se leva.

— Ô Père, afin que nous puissions par notre ministère et notre exemple veiller sur Ton Église, accorde à Tes serviteurs paix et sérénité, discernement et courage pour chercher à connaître Ta volonté et Te servir de toute notre âme. Par Jésus, le Christ, Notre-Seigneur...

— Amen.

— Scrutateurs, vous voulez bien vous installer, je vous prie ?

Lomeli consulta sa montre. Il était 9 h 57.

Pendant que l'archevêque Lukša de Vilnius, l'archevêque Newby de Westminster et le préfet de la Congrégation pour le clergé, le cardinal Mercurio, prenaient leurs places devant l'autel, Lomeli examina son bulletin. Sur la moitié supérieure figuraient les mots *Eligo in Summum Pontificem* – «Je choisis pour souverain pontife»; dans la partie inférieure, rien. Il la tapota du bout de son stylo. Maintenant que le moment était arrivé, il ne savait plus vraiment quel nom écrire. Sa confiance en Bellini était sérieusement ébranlée, mais quand il envisagea les autres possibilités, aucune ne lui parut s'imposer. Il parcourut des yeux la chapelle Sixtine et supplia Dieu de lui envoyer un signe. Il ferma les yeux et pria, mais rien ne se passa. Conscient que les autres attendaient qu'il entame le vote, il dissimula sa feuille et inscrivit à contrecœur BELLINI.

Il plia le bulletin en deux, se leva, le brandit et s'avança vers l'autel sur l'allée moquettée. Il prononça d'une voix ferme :

— Je prends à témoin le Christ Seigneur, qui me jugera, que je donne ma voix à celui que, selon Dieu, je juge devoir être élu.

Il déposa le papier sur le plateau et le renversa dans l'urne. Il entendit le bulletin heurter le fond d'argent. Tout en regagnant son siège, il éprouvait un sentiment aigu de déception. Pour la sixième fois, Dieu lui avait posé la même question, et pour la sixième fois il avait l'impression de lui avoir donné la même mauvaise réponse.

Il n'eut aucun souvenir du déroulement du vote qui suivit. Épuisé par les événements de la nuit, il s'endormit à peine assis, et ne se réveilla qu'une heure plus tard, quand quelque chose atterrit sur la table devant lui. Son menton reposait sur sa poitrine. Il ouvrit les yeux et découvrit un mot plié : *Et voici qu'une grande agitation se fit dans la mer, au point que la barque était couverte par les vagues. Lui cependant dormait. Matthieu 8 : 24.* Il chercha autour de lui et vit Bellini qui le regardait, penché sur la table. Il se sentit confus d'avoir montré une telle faiblesse en public, mais personne d'autre ne semblait faire attention à lui. Les cardinaux qui lui faisaient face lisaient ou contemplaient le vide. Devant l'autel, les scrutateurs installaient leur table. Le vote devait être terminé. Il prit son stylo et griffonna sous la citation : *Je me suis couché, je me suis endormi, je me suis réveillé ; car l'Éternel me soutient. Psaumes 3.* Et il renvoya le message. Bellini le lut et hocha la tête d'un air approbateur, comme si Lomeli était un de ses anciens élèves à la Grégorienne et qu'il lui donnait une bonne réponse.

— Mes frères, dit Newby dans le micro. Nous allons maintenant procéder au dépouillement du sixième tour.

La routine lente et familière reprit. Lukša sortit un bulletin de l'urne, l'ouvrit et inscrivit le nom. Mercurio le vérifia et l'inscrivit aussi. Enfin, Newby l'enfila sur le cordon rouge et annonça :

— Cardinal Tedesco.

Lomeli cocha le nom de Tedesco sur sa liste et attendit le dépouillement du deuxième bulletin.

— Cardinal Tedesco.

Puis encore, quinze secondes plus tard :

— Cardinal Tedesco.

Lorsque le nom de Tedesco retentit pour la cinquième fois d'affilée, Lomeli eut un mauvais pressentiment – que tous ses efforts n'avaient abouti qu'à persuader le conclave de la nécessité d'un pouvoir fort, et que le patriarche de Venise allait être élu sur-le-champ. L'attente de l'annonce du sixième bulletin, qui fut prolongée par un échange murmuré entre Lukša et Mercurio, fut un supplice. Elle s'acheva enfin :

— Cardinal Lomeli.

Les trois votes suivant furent pour Lomeli, suivis par deux voix en faveur de Benítez, une pour Bellini et deux autres pour Tedesco. La main de Lomeli montait et descendait le long de la liste des candidats, et il ne savait pas ce qui l'inquiétait le plus : la série de traits qui s'accumulaient à côté du nom de Tedesco, ou la quantité menaçante qui commençait à flanquer le sien. Tremblay – étonnamment – bénéficia de deux voix vers la fin du dépouillement, Adeyemi de même. Puis ce fut terminé, et les scrutateurs vérifièrent leurs totaux.

La main de Lomeli tremblait tandis qu'il tentait de compter les voix de Tedesco – dorénavant en fait tout ce qui importait. Le patriarche de Venise atteindrait-il les quarante voix nécessaires pour bloquer le conclave ? Il dut tout recompter avant d'arriver à ce résultat :

Tedesco 45
Lomeli 40
Benítez 19
Bellini 9
Tremblay 3
Adeyemi 2

Depuis l'autre côté de la chapelle Sixtine lui parvint un très clair murmure de triomphe, et Lomeli leva les yeux juste à temps pour surprendre Tedesco qui mettait sa main devant sa bouche pour dissimuler son sourire. Ses partisans se baissaient et se penchaient par-dessus la double rangée de tables pour lui toucher le dos et lui chuchoter leurs félicitations. Tedesco les ignora comme s'il ne s'agissait que d'une volée de mouches. Et il leva les yeux vers Lomeli, haussant ses sourcils broussailleux en signe de complicité amusée. Tout se jouait à présent entre eux deux.

16

Le septième tour

Le chuchotis d'une centaine de cardinaux s'entretenant à voix basse avec leurs voisins, amplifié par les murs peints de la chapelle Sixtine, évoqua pour Lomeli un souvenir qu'il ne parvint pas tout de suite à identifier. Puis il se rappela que c'était la mer de Gênes ou, pour être exact, la marée descendante sur les galets, à la plage où il allait nager, enfant, avec sa mère. Cela dura quelques minutes jusqu'à ce qu'enfin, après s'être entretenu avec les trois cardinaux réviseurs, Newby se levât pour lire les résultats officiels. Le collège électoral observa alors un bref moment de silence. Mais l'archevêque de Westminster ne fit que confirmer ce qu'ils savaient déjà et, dès qu'il eut terminé, pendant que l'on rangeait la table et les chaises des scrutateurs et que l'on remisait le cordon de bulletins dans la sacristie, le chuchotis des calculs reprit.

Lomeli, lui, resta assis sans bouger, extérieurement impassible. Bellini et le patriarche d'Alexandrie eurent beau essayer d'attirer son attention, il ne parla à personne. Dès que l'urne et la patène eurent été replacées sur l'autel et que les scrutateurs eurent repris leurs poste, il marcha jusqu'au micro.

— Mes frères, aucun candidat n'ayant atteint la majorité aux deux tiers nécessaire, nous procéderons immédiatement au septième tour.

Sous la surface lisse de son attitude, son esprit tournait en rond en suivant inlassablement le même circuit. *Qui ? Qui ?*

Dans moins d'une minute, il devrait déposer son bulletin. *Mais qui ?* Alors même qu'il regagnait son siège, il s'efforçait encore de déterminer quoi faire.

Il ne souhaitait pas être pape – il en était certain. Et il priait de tout son cœur pour qu'on lui épargne ce calvaire. *Mon Père, si c'est possible, faites que cette coupe ne me revienne pas.* Et si ses prières n'étaient pas entendues et que la coupe lui soit proposée ? Dans ce cas, il était résolu à la refuser, tout comme le pauvre Luciani avait essayé de le faire à la fin du premier conclave de 78. Refuser de prendre sa place sur la croix était considéré comme un grave péché d'égoïsme et de lâcheté, ce qui explique que Luciani ait fini par céder aux supplications de ses frères. Mais Lomeli était déterminé à rester ferme. Si Dieu nous avait accordé le don de la connaissance de soi, alors, certainement, nous avions le devoir de l'utiliser ? Il était prêt à endurer la solitude, l'isolement, le supplice du pontificat. Mais l'inconcevable serait d'élire un pape qui ne serait pas assez saint. *Cela* serait véritablement un péché.

Cependant, Lomeli devait aussi reconnaître sa responsabilité dans le fait que Tedesco avait pris la tête du conclave. C'était lui, en tant que doyen, qui s'était rendu complice de l'élimination d'un des favoris et avait œuvré à l'anéantissement de l'autre. Il avait abattu les obstacles à l'avancée du patriarche de Venise alors même qu'il restait convaincu qu'il fallait arrêter Tedesco. De toute évidence, Bellini ne pourrait pas y arriver : continuer de voter pour lui relèverait du laisser-aller.

Il s'assit à sa place, ouvrit la chemise et en sortit le bulletin.

Benítez, alors ? L'homme présentait d'indéniables qualités de spiritualité et d'empathie qui le démarquaient du reste du Collège. Son élection ne manquerait pas d'avoir un effet galvanisant sur le ministère de l'Église en Asie, et probablement en Afrique aussi. Les médias l'adoreraient. Son apparition au balcon surplombant la place Saint-Pierre ferait sensation. Mais qui était-il ? Quelles étaient ses convictions doctrinales ?

Il paraissait si fragile. Aurait-il seulement l'énergie physique d'être pape ?

L'esprit bureaucratique de Lomeli fonctionnait essentiellement sur la logique. Une fois Bellini et Benítez éliminés, il ne restait plus qu'un candidat pour empêcher ce qui pourrait bien devenir un raz de marée en faveur de Tedesco, et ce candidat n'était autre que lui. Il devait absolument s'accrocher à ses quarante voix et faire durer le conclave jusqu'à ce que l'Esprit-Saint les guide vers un héritier digne du trône de Saint-Pierre. Personne d'autre ne pouvait le faire.

C'était inévitable.

Il prit son stylo et ferma brièvement les yeux. Puis, sur son bulletin, il écrivit : LOMELI.

Il se leva très lentement, plia son bulletin et le porta à la vue de tous.

— Je prends à témoin le Christ Seigneur, qui me jugera, que je donne ma voix à celui que, selon Dieu, je juge devoir être élu.

La portée de son parjure ne le frappa vraiment que lorsqu'il se tint devant l'autel pour déposer le bulletin sur la patène. À cet instant, il se retrouva face à face avec la représentation par Michel-Ange des damnés poussés hors de leur barque pour être précipités en enfer. *Seigneur Dieu, pardonne mon péché.* Mais il était trop tard pour s'arrêter maintenant.

Juste comme il renversait son bulletin dans l'urne, une explosion formidable retentit, le sol vibra et il entendit, venant de derrière lui, un bruit de vitres fracassées qui s'écrasaient sur la pierre. Pendant un long moment, Lomeli se crut mort, et ces quelques secondes où le temps parut suspendu lui apprirent que la pensée ne fonctionne pas toujours de façon séquentielle – que les idées et les impressions peuvent arriver empilées les unes sur les autres, comme des paquets de diapositives. Il se sentit donc à la fois terrifié d'avoir attiré le jugement de Dieu sur sa propre tête, et en même temps transporté d'avoir apporté la preuve de Son existence. Il n'avait pas vécu en vain ! Dans la peur et la joie mêlées, il imagina qu'il avait dû passer à une autre dimension d'existence. Mais quand il regarda ses mains, elles lui parurent toujours aussi tangibles, et le temps reprit brusquement son cours normal, comme si un hypnotiseur venait de claquer des doigts. Lomeli nota l'expression choquée des scrutateurs, qui avaient les yeux braqués sur lui. Il fit volte-face et s'aperçut que la Sixtine était intacte. Certains cardinaux se levaient pour découvrir ce qui venait de se produire.

Il descendit de l'autel et foula la moquette beige jusqu'à l'autre bout de la chapelle. Il fit signe aux cardinaux de part et d'autre de l'allée de regagner leurs places.

— Gardez votre calme, mes frères. Pas de panique. Restez où vous êtes.

Personne ne semblait blessé. Il aperçut Benítez juste devant lui et lança :

— Qu'est-ce que c'était, d'après vous ? Un tir de missile ?

— Je dirais plutôt une voiture piégée, Éminence.

De très loin leur parvint alors le son d'une seconde explosion, moins forte que la première. Plusieurs cardinaux étouffèrent un cri.

— Mes frères, je vous en prie, restez à vos places.

Il franchit la transenne et pénétra dans le vestibule. Le sol de marbre était couvert de débris de verre. Il descendit la rampe de bois, souleva le bas de sa soutane et progressa avec prudence. Il leva les yeux et découvrit que, du côté où le conduit de cheminée des poêles s'élevait dans le ciel, les deux fenêtres avaient été soufflées. C'étaient de très grandes vitres – trois ou quatre mètres de haut, constituées de centaines de petits panneaux circulaires – et leurs débris formaient comme un amoncellement de neige cristallisée. Il perçut des éclats de voix masculines derrière la porte – des voix affolées, une dispute – puis un bruit de clé dans la serrure. La porte s'ouvrit alors à la volée sur deux agents de sécurité en complet noir, arme au poing, avec O'Malley et Mandorff qui protestaient derrière eux.

Épouvanté, Lomeli se précipita vers eux sur les fragments de verre et écarta les bras pour leur bloquer le passage.

— Non! Dehors! cria-t-il en faisant le geste de les chasser comme s'ils étaient des corbeaux. Allez-vous-en! C'est un sacrilège. Personne n'a été blessé.

— Pardon, Éminence, répliqua l'un d'eux. Nous devons vous conduire en lieu sûr.

— Nous sommes plus en sécurité ici, dans la chapelle Sixtine et sous la protection de Dieu, que n'importe où au monde. Maintenant, je vous prie de sortir tout de suite.

Les deux hommes hésitèrent, et Lomeli haussa le ton :

— Ce conclave est sacré, mes enfants, et c'est votre âme immortelle que vous mettez en péril!

Les deux agents se consultèrent du regard, puis reculèrent à contrecœur derrière le seuil de la salle.

— Refermez la porte à clé, monseigneur O'Malley. Nous vous appellerons quand nous serons prêts.

O'Malley, qui avait généralement le teint rubicond, était d'un gris marbré. Il inclina la tête.

— Oui, Éminence, répondit-il d'une voix tremblante.

Il referma la porte. La clé tourna dans la serrure.

Le doyen retourna dans la chapelle alors que le verre vieux de plusieurs siècles crissait et se rompait sous ses pas. Il remercia Dieu : c'était un miracle qu'aucune des fenêtres plus proches de l'autel n'ait implosé au-dessus de leurs têtes. Si tel avait été le cas, les cardinaux assis en dessous n'auraient pas manqué d'être transpercés. Déjà, plusieurs d'entre eux levaient vers la voûte des regards inquiets. Lomeli se rendit directement derrière le micro. Il remarqua en passant que Tedesco ne paraissait pas troublé le moins du monde.

— Mes frères, il s'est de toute évidence produit un événement grave – l'archevêque de Bagdad soupçonne une voiture piégée, et il a l'habitude de ces horreurs. Personnellement, je crois que nous devrions nous en remettre à Dieu, qui nous a jusqu'à présent épargnés, et poursuivre ce scrutin, mais certains peuvent être d'un avis différent. Je suis à votre service. Quelle est la volonté du conclave ?

Tedesco se leva aussitôt.

— Éminence, nous ne devrions pas trop nous avancer. Il ne s'agit pas forcément d'une bombe. C'est peut-être juste une conduite de gaz ou quelque chose de ce genre. Nous aurons l'air ridicule si nous fuyons pour un simple accident ! À moins que ce ne soit bien du terrorisme... Mais alors, autant montrer au monde la force inébranlable de notre foi en refusant de nous laisser intimider et en continuant de mener notre mission sacrée.

Lomeli trouva le propos très pertinent. Mais il ne put malgré tout s'empêcher de soupçonner Tedesco de n'avoir parlé ainsi que pour rappeler au conclave son autorité de favori.

— Quelqu'un veut-il ajouter quelque chose ?

Plusieurs cardinaux contemplaient encore avec méfiance les rangées de fenêtres, quinze mètres au-dessus de leurs têtes. Personne d'autre ne manifesta le désir de s'exprimer.

— Non ? Très bien. Cependant, avant de continuer, je suggère que nous prenions un moment pour prier.

Le conclave se leva. Lomeli baissa la tête

— Seigneur, nous Te prions pour ceux qui ont souffert, ou qui souffrent encore en cet instant, du fait de la violente déflagration que nous venons d'entendre. Pour la conversion des pécheurs, pour le pardon de nos péchés, afin de réparer nos péchés et pour le salut de notre âme...

— Amen.

Il laissa s'écouler encore trente secondes de méditation avant d'annoncer :

— Le scrutin peut maintenant reprendre.

Très atténué, leur parvint par les fenêtre fracassées un bruit de sirène, puis d'hélicoptère.

Le vote reprit là où il s'était interrompu. D'abord les patriarches du Liban, d'Antioche et d'Alexandrie, puis Bellini, suivi par les cardinaux-prêtres. Ils se gardèrent de traîner pour arriver à l'autel, cette fois. Certains paraissaient même tellement pressés d'en finir avec le scrutin et de retourner à la chaleur chauffée de la résidence Sainte-Marthe qu'ils en bafouillèrent presque leur serment sacré.

Lomeli avait posé les mains à plat sur la table pour les empêcher de trembler. Lorsqu'il avait parlé aux agents de sécurité, il s'était senti parfaitement calme, mais à peine eut-il regagné sa place que le choc l'avait rattrapé. Il n'était pas adepte du solipsisme au point de penser qu'une bombe avait explosé simplement parce qu'il avait écrit son nom sur un bout de papier. Mais il n'était pas non plus assez prosaïque pour ne pas croire que tout était d'une certaine façon lié. Comment expliquer que l'explosion, qui avait frappé avec la précision de la foudre, s'était produite pile à cet instant, autrement que comme la manifestation du mécontentement divin devant de telles manigances ?

Tu m'as assigné une tâche, et j'ai échoué.

Le hurlement des sirènes montait en crescendo tel un chœur de damnés : certaines hululaient, d'autres émettaient des cris stridents, et d'autres encore une longue plainte. Au ronronnement du premier hélicoptère était venu s'ajouter le vacarme d'un second. C'était un outrage à l'isolement supposé du conclave. Ils auraient aussi bien pu se rassembler en plein milieu de la place Navone.

Mais s'il était impossible de trouver la paix nécessaire à la méditation, on pouvait au moins solliciter l'aide de Dieu – et alors les sirènes devenaient une aide à la concentration. Ainsi, tandis que chacun des cardinaux défilait devant lui, Lomeli pria pour son âme. Il pria pour Bellini, qui s'était à son corps défendant préparé à recevoir la coupe, pour la voir s'écarter soudain de ses lèvres de façon si humiliante. Il pria pour Adeyemi drapé dans sa dignité solennelle, qui possédait toutes les qualités pour devenir l'une des grandes figures de l'histoire mais avait été anéanti par une pulsion sordide vieille de plus de trente ans. Il pria pour Tremblay, qui passa furtivement devant lui avec un regard en biais dans sa direction, et dont la détresse pèserait sur la conscience du doyen jusqu'à la fin de ses jours. Il pria pour Tedesco, qui marcha implacablement vers l'autel, sa stature massive se balançant sur ses jambes courtes tel un vieux remorqueur battu par les vents sur une mer démontée. Il pria pour Benítez, dont l'expression était plus grave et décidée qu'il ne l'avait vue jusqu'à présent, comme si l'explosion lui avait rappelé des images qu'il aurait préféré oublier. Et enfin, il pria pour lui-même, pour qu'on lui pardonne d'avoir brisé son serment et que, devant son impuissance, on lui envoie encore un signe pour lui indiquer comment sauver le conclave.

Il était 12 h 42 à la montre de Lomeli quand le dernier bulletin fut renversé dans l'urne et que les scrutateurs commencèrent le dépouillement. Les sirènes s'étaient déjà raréfiées et, pendant quelques minutes, il y eut une accalmie. Un silence tendu et gêné s'empara de la chapelle. Cette fois, le doyen laissa sa liste de cardinaux dans la chemise. Il ne pouvait se résoudre à subir de nouveau la lente torture de devoir compter les voix une par une. S'il n'avait pas craint de paraître ridicule, il se serait bouché les oreilles.

Ô Seigneur, donnez cette coupe à quelqu'un d'autre !

Lukša tira le premier bulletin de l'urne et le remit à Mercurio, qui le donna à Newby, lequel l'enfila sur son cordon. Eux aussi semblaient moins précis dans leur hâte à venir à bout de leur tâche. Pour la septième fois, l'archevêque de Westminster entama sa litanie.

— Cardinal Lomeli...

Lomeli ferma les yeux. Le septième tour serait sûrement favorable. Dans les Saintes Écritures, sept était le chiffre de la réussite et de l'accomplissement : c'était le jour où Dieu se reposait après la création du monde. Les sept Églises d'Asie ne permettaient-elles pas de compléter du corps du Christ ?

— Cardinal Lomeli...

— Cardinal Tedesco...

Sept étoiles dans la main droite du Christ, sept sceaux du jugement de Dieu, sept anges et sept trompettes, sept esprits devant le trône de Dieu...

— Cardinal Lomeli...

— Cardinal Benítez...

... sept fois le tour de Jéricho, sept immersions dans le Jourdain...

Il continua ainsi le plus longtemps possible, mais ne put occulter totalement la voix bien timbrée de Newby. Il finit par capituler et par l'écouter, mais il n'était plus alors en mesure d'évaluer qui était devant.

— Et voilà qui clôt le septième tour de scrutin.

Il ouvrit les yeux. Les trois cardinaux réviseurs se levaient de leur place et marchaient vers l'autel pour vérifier les chiffres. Il regarda Tedesco, de l'autre côté de l'allée. Le patriarche de Venise tapotait sa liste du bout de son stylo en comptant ses voix. «Quatorze, quinze, seize...» Ses lèvres remuaient, mais son expression restait indéchiffrable. Il n'y avait cette fois aucun murmure de propos échangés. Lomeli croisa les bras et fixa les yeux sur la table en attendant que Newby annonce quel serait son destin.

— Mes frères le résultat du septième tour de scrutin est le suivant...

Lomeli hésita, puis saisit son stylo.

Lomeli 52
Tedesco 42
Benítez 24

Il était devant. Il n'aurait pas été plus sidéré si les nombres lui étaient apparus en chiffres de feu. Mais ils étaient là, inéluctables : il pourrait les examiner aussi longtemps qu'il voudrait, ils ne disparaîtraient pas. Les lois de la psychologie des élections et des scrutins, sinon celles de Dieu, le poussaient impitoyablement vers le bord du précipice.

Il avait conscience de tous les visages tournés vers lui. Il dut s'accrocher au bord de sa chaise pour surmonter l'effort de se mettre debout. Il ne prit pas la peine cette fois d'aller au micro.

— Mes frères, dit-il en élevant la voix pour s'adresser de là où il se trouvait au conclave, aucun cardinal n'a encore obtenu la majorité requise. Nous procéderons donc à un huitième tour cet après-midi. Vous voudrez bien avoir l'amabilité de rester à vos places jusqu'à ce que les maîtres de cérémonie aient ramassé vos notes. Nous quitterons la chapelle le plus rapidement possible. Cardinal Rudgard, vous voulez bien demander que l'on nous ouvre les portes, je vous prie ?

Il resta debout sans bouger pendant que le dernier des cardinaux-diacres s'acquittait de sa tâche. Chacun des pas de l'Américain, qui traversa prudemment les dalles de marbre jonchées de verre du vestibule, s'entendait très clairement. Lorsqu'il frappa contre le panneau de bois et cria «*Aprite le porte ! Aprite le porte !*», sa voix avait des accents désespérés. Dès que Rudgard fut revenu dans la chapelle proprement dite, Lomeli quitta sa place et se dirigea vers la sortie. Il le croisa qui retournait s'asseoir, et tenta de lui adresser un sourire encourageant, mais l'Américain détourna les yeux. Et aucun des cardinaux restés assis ne chercha son regard. Il crut tout d'abord que c'était de l'hostilité. Puis il prit conscience que c'était la première manifestation d'une déférence nouvelle et proprement effrayante : ils commençaient à penser qu'il pouvait être pape.

Il franchit la transenne à l'instant où O'Malley et Mandorff pénétraient dans la Sixtine, suivis par les deux prêtres et les deux moines qui les assistaient. Derrière eux, qui attendaient dans la Sala Regia, Lomeli distingua toute une rangée de gardes du corps et deux gardes suisses.

Mandorff se fraya précautionneusement un chemin parmi les débris de verre, mains tendues vers le doyen.

— Éminence, est-ce que ça va ?

— Grâce à Dieu, personne n'a été blessé, Willi, mais nous devrions nettoyer tout ce verre avant la sortie des cardinaux pour ne pas risquer qu'ils se blessent les pieds.

— Avec votre permission, Éminence ?

Mandorff fit signe aux hommes de la sécurité postés derrière la porte. Quatre d'entre eux entrèrent, munis de balais, saluèrent Lomeli d'un mouvement de tête et entreprirent aussitôt de dégager un passage, en travaillant vite et sans de préoccuper du bruit qu'ils faisaient. Pendant ce temps, les cérémoniaires montèrent la rampe à pas pressés et entreprirent de ramasser les notes des cardinaux dans la chapelle. À leur hâte, il était évident que la décision avait été prise d'évacuer le conclave le plus rapidement possible. Lomeli mit les bras autour des épaules d'O'Malley et de Mandorff et les attira contre lui. Ce contact physique lui fit du bien. Ils ne savaient encore rien des résultats du vote et ne cherchèrent pas à s'écarter ni à conserver une distance respectueuse.

— Où en est-on ?

— C'est grave, Éminence, annonça O'Malley.

— Est-ce qu'on sait ce qui s'est passé ?

— Il semble qu'il y ait eu un attentat suicide et aussi une voiture piégée. Sur la Piazza del Risorgimento. Ils ont visiblement choisi une place pleine de pèlerins.

Lomeli lâcha les deux prélats et resta quelques secondes silencieux, le temps d'assimiler l'horreur de la situation. La Piazza del Risorgimento ne se trouvait qu'à quatre cents mètres de là, de l'autre côté du mur d'enceinte du Vatican. C'était la place publique la plus proche de la chapelle Sixtine.

— Combien de morts ?

— Au moins trente. Il y a aussi eu une fusillade dans la basilique Saint-Marc l'Évangéliste pendant la messe.

— Mon Dieu !

— Et une attaque armée à Munich, Éminence, intervint Mandorff. Dans la Frauenkirche, ainsi qu'une explosion à l'université de Louvain.

— Nous sommes attaqués à travers toute l'Europe, déclara O'Malley.

Lomeli repensa à son entretien avec le ministre de l'Intérieur. Le jeune homme avait parlé d'« opportunités de cibles multiples coordonnées ». C'était sans doute à cela qu'il faisait allusion. Pour un profane, les euphémismes de la terreur étaient aussi universels et déroutants que la messe tridentine. Il se signa.

— Dieu ait pitié de leur âme. Ça a été revendiqué ?

— Pas encore, répondit Mandorff.

— Mais cela vient certainement des islamistes ?

— Plusieurs témoins oculaires de la Piazza del Risorgimento ont malheureusement rapporté que le kamikaze avait crié « Allahu Akbar », aussi n'y a-t-il pas vraiment de doute.

— « Dieu est grand », fit O'Malley en secouant la tête avec dégoût. C'est incroyable comme ces gens salissent le Seigneur !

— Attention, Ray, pas de parti pris, avertit Lomeli. Nous devons garder l'esprit très clair. Une attaque armée à Rome est déjà épouvantable en soi. Mais une attaque délibérée, simultanée, contre l'Église universelle dans trois pays différents, au moment même où nous choisissons un nouveau pape ? Si nous ne nous montrons pas très prudents, le monde verra cela comme un début de guerre de Religion.

— C'*est* le début d'une guerre de Religion, Éminence.

— Et ils nous ont frappés délibérément alors que nous n'avons pas de commandant en chef, souligna Mandorff.

Lomeli se massa le visage. Il s'était préparé à bien des éventualités, mais il n'avait rien envisagé de pareil.

— Seigneur, marmonna-t-il, c'est l'image d'une Église impotente que l'on présente au monde ! De la fumée noire qui s'élève de la place romaine où des bombes viennent d'exploser, et de la fumée noire qui sort de la chapelle Sixtine, au-dessus d'une paire de vitres fracassées ! Mais que pouvons-nous faire d'autre ? Suspendre le conclave serait certainement une façon de montrer notre respect aux victimes, mais cela ne réglerait pas le problème de l'absence du chef – en fait, cela ne ferait que le prolonger. Cependant, accélérer le processus de vote reviendrait à violer la Constitution apostolique...

— Faites-le, Éminence, pressa O'Malley. L'Église comprendra.

— Mais nous risquerions alors d'élire un pape sans légitimité réelle, ce qui serait une catastrophe. S'il y avait le moindre doute quant à la légalité de son élection, ses décisions seraient remises en cause dès le premier jour de son pontificat.

— Il y a un autre problème à considérer, Éminence, fit remarquer Mandorff. Le conclave est censé rester cloîtré et ne pas avoir connaissance des événements du monde extérieur. Les cardinaux électeurs ne devraient pas être informés des détails de ces événements, au cas où cela pourrait interférer avec leur décision.

— Mais enfin, Mandorff, explosa O'Malley, ils ont dû *entendre* ce qui s'est passé !

— Certes, Monseigneur, répliqua Mandorff avec raideur, mais ils ne connaissent pas la nature spécifique de l'attaque portée contre l'Église. On pourrait prétendre que ces atrocités sont en fait un message adressé directement au conclave. Si jamais cela se vérifie, il faut d'autant plus empêcher les cardinaux électeurs d'avoir connaissance de ce qui s'est passé pour ne pas risquer d'influencer leur jugement.

Ses yeux pâles clignèrent à travers ses lunettes en se tournant vers Lomeli.

— Quelles sont vos instructions, Éminence ?

Les agents de sécurité avaient fini de dégager un chemin parmi les bouts de verre et se servaient à présent de pelles pour évacuer les débris dans des brouettes. Le bruit du verre contre la pierre donnait à la Sixtine des échos de zone de guerre – vacarme infernal et sacrilège à entendre dans un tel lieu ! À travers les grilles de la transenne, Lomeli vit les cardinaux en robe rouge se lever derrière les tables et se diriger en file indienne vers le vestibule.

— Ne leur dites rien pour le moment, ordonna-t-il. Si quelqu'un insiste, expliquez-lui que vous obéissez à mes instructions, mais ne soufflez pas mot de ce qui vient de se passer. C'est compris ?

Les deux hommes acquiescèrent.

— Et qu'en est-il du conclave, Éminence ? questionna O'Malley. Continue-t-il simplement comme si de rien n'était ?

Lomeli ne sut pas quoi répondre.

Il quitta rapidement la chapelle Sixtine, dépassa la phalange de gardes qui se pressaient dans la Sala Regia et se réfugia dans la chapelle Pauline. La salle sombre et imposante était déserte. Il ferma la porte derrière lui. C'était ici qu'O'Malley, Mandorff et les maîtres de cérémonie attendaient pendant les sessions du conclave. Les chaises à l'entrée avaient été disposées en cercle. Il se demanda comment ils s'occupaient pendant les longues heures du scrutin. Faisaient-ils des spéculations sur l'élection ? Lisaient-ils ? On aurait presque dit qu'ils avaient joué aux cartes... mais c'était absurde ; ils n'avaient certainement pas joué. Près d'une des chaises, il y avait une bouteille d'eau. Il s'aperçut alors qu'il mourait de soif. Il but longuement puis remonta l'allée en direction de l'autel en s'efforçant de mettre de l'ordre dans ses pensées.

Plus que jamais, les yeux pleins de reproche de saint Pierre sur le point d'être crucifié tête en bas le dévisagèrent depuis la fresque de Michel-Ange. Lomeli continua jusqu'à l'autel, esquissa une génuflexion, puis, pris d'une impulsion soudaine, fit demi-tour et redescendit la moitié de l'allée pour se planter devant la fresque. Une cinquantaine de personnages y étaient représentés, la plupart d'entre eux ayant les yeux rivés sur le corps musclé et à demi nu du saint sur la croix que l'on s'apprêtait à redresser. Seul saint Pierre lui-même regardait hors du cadre, vers le monde des vivants, pourtant – et c'était là tout le génie de l'artiste – sans contempler directement le spectateur mais du coin de l'œil, comme s'il venait juste de vous voir passer et vous défiait de continuer votre chemin.

Lomeli n'avait jamais ressenti de connexion aussi forte avec une œuvre d'art. Il retira sa barrette et s'agenouilla devant la fresque.

Saint Pierre, prince des apôtres, à qui seul ont été données les clés du royaume des cieux, et contre qui les portes de l'enfer ne prévaudront pas, tu es le roc de l'Église et le pasteur du troupeau du Christ. Arrache-moi à l'océan de mes péchés et délivre-moi des mains hostiles qui s'acharnent sur moi. Apporte-moi ton secours, ô bon pasteur, et montre-moi ce que je dois faire...

Il dut prier saint Pierre pendant au moins dix minutes, tellement plongé dans ses pensées qu'il n'entendit même pas les cardinaux traverser la Sala Regia et dévaler les escaliers pour s'engouffrer dans les minibus. Il n'entendit pas non plus la porte s'ouvrir et O'Malley approcher. Un merveilleux sentiment de paix et de certitude s'était emparé de lui. Il savait ce qu'il devait faire.

Seigneur, fais-moi Te servir toujours en Jésus-Christ et, avec Ton secours, au terme d'une vie bonne, fais-moi mériter d'atteindre à la récompense du bonheur éternel dans le royaume des cieux dont Tu es pour toujours le gardien des portes et le berger du troupeau. Amen.

Lomeli n'émergea de sa rêverie que lorsque O'Malley l'appela poliment, et avec une nuance de sollicitude :

— Éminence ?

— Les bulletins sont-ils en train de brûler ? demanda-t-il sans bouger les yeux.

— Oui, Éminence. Une fumée noire, encore.

Lomeli retourna à sa méditation. Trente secondes s'égrenèrent.

— Comment vous sentez-vous, Éminence ? s'enquit O'Malley.

Lomeli détourna à contrecœur son regard de la fresque pour le lever vers l'Irlandais. Il détecta aussi une subtile différence dans son attitude : de l'incertitude, de l'inquiétude, de la timidité. C'était sans doute parce que O'Malley avait vu les résultats du septième tour et compris la situation périlleuse dans laquelle se trouvait le doyen. Lomeli tendit la main, et

O'Malley l'aida à se relever. Il rajusta sa soutane et son rochet.

— Soyez fort, Ray. Contemplez cette œuvre extraordinaire, comme je viens de le faire, et remarquez comme elle est prophétique. Vous voyez ces voiles sombres, en haut du tableau ? Je croyais que c'étaient de simples nuages, mais maintenant, je suis sûr que c'est de la fumée. Un feu brûle quelque part, au-delà de notre champ de vision, et Michel-Ange a choisi de ne pas nous le montrer – un symbole de violence, de combats, de querelles. Et vous voyez la façon dont Pierre lutte pour garder la tête droite et relevée alors même qu'on le suspend à l'envers ? Pourquoi fait-il cela ? Certainement parce qu'il est déterminé à ne pas se soumettre à la violence dont il est victime. Il puise dans ses dernières forces pour montrer sa foi et son humanité. Il cherche à garder son équilibre pour défier un monde qui, pour lui, va se retrouver littéralement sens dessus dessous.

» N'est-ce pas un signe que nous adresse aujourd'hui le fondateur de l'Église ? Le mal cherche à mettre le monde sens dessus dessous, mais alors même que nous souffrons, le saint apôtre Pierre nous recommande de garder notre raison et notre foi dans le Christ ressuscité Notre Sauveur. Nous accomplirons la tâche que Dieu nous a confiée, Ray. Le conclave continue.

17

Universi Dominici Gregis

Lomeli fut ramené à vive allure à la résidence Sainte-Marthe, à l'arrière d'une voiture de police et accompagné par deux gardes du corps. L'un d'eux prit place à l'avant, à côté du chauffeur, l'autre à l'arrière, sur le siège voisin du sien. La voiture accéléra pour sortir de la cour du Maréchal et prit un virage serré. Les pneus crissèrent sur les pavés, puis le véhicule traversa comme une flèche les trois autres cours en enfilade. La lumière du gyrophare lançait des éclairs contre les murs plongés dans l'ombre du Palais apostolique. Lomeli entrevit les visages bleutés des gardes suisses effarés qui se tournaient vers eux. Il saisit sa croix pectorale et passa le pouce contre ses bords aigus. Il se remémorait les paroles d'un cardinal américain, feu Francis George : *Je m'attends à mourir dans mon lit, mon successeur mourra en prison et son successeur mourra en martyr sur la place publique.* Il les avait toujours trouvées hystériques, mais maintenant qu'ils se garaient sur la place, devant la résidence Sainte-Marthe et qu'il dénombrait six autres véhicules de police tous avertisseurs lumineux allumés, il leur reconnaissait des accents de prophétie.

Un garde suisse approcha pour lui ouvrir la portière. L'air frais souffla sur le visage du doyen. Il s'extirpa du véhicule et regarda le ciel. De gros nuages gris ; deux hélicoptères qui bourdonnaient au loin, pareils à de gros insectes noirs prêts à piquer, des missiles dépassant de sous leur ventre ; des sirènes,

271

bien sûr ; puis le dôme massif et imperturbable de Saint-Pierre. La vue familière de la coupole le renforça dans sa décision. Il fendit la meute de policiers et de gardes suisses sans prêter attention à leurs saluts et marques de déférence, et pénétra directement dans le hall de la résidence.

Il y régnait une atmosphère semblable à celle qui l'avait accueilli la nuit de la mort du Saint-Père – cette même stupéfaction mêlée d'inquiétude étouffée, de petits groupes de cardinaux s'attardant pour s'entretenir à voix basse, les têtes se tournant à son entrée. Mandorff, O'Malley, Zanetti et les maîtres de cérémonie se tenaient rassemblés près de la réception. Certains cardinaux avaient déjà pris place dans la salle à manger. Les religieuses patientaient le long des murs, ne sachant trop si elles devaient ou non servir le déjeuner. Lomeli embrassa tout cela d'un coup d'œil. Il convoqua Zanetti d'un signe de l'index.

— J'ai demandé les dernières informations.

— Oui, Éminence.

Il avait réclamé les fait bruts, rien de plus. Le prêtre lui tendit une seule feuille de papier. Lomeli la parcourut rapidement. Ses doigts se crispèrent malgré lui et la froissèrent légèrement. Quelle horreur !

— Messieurs, déclara-t-il d'une voix posée aux assistants, seriez-vous assez aimables pour prier les sœurs de se retirer dans la cuisine, et pour vous assurer que personne ne pénètre ni dans le hall ni dans la salle à manger ? J'ai besoin d'une totale discrétion.

En se dirigeant vers la salle à manger, il repéra Bellini, seul, à l'écart. Il le prit par le bras et chuchota :

— J'ai décidé d'annoncer ce qui vient de se produire. Tu crois que je fais bien ?

— Je ne sais pas. Tu es seul juge. Mais je te soutiendrai quoi qu'il arrive.

Lomeli lui serra le coude et s'avança pour s'adresser à toute la salle.

— Mes frères, lança-t-il d'une voix forte. Vous voulez bien vous asseoir ? Je souhaiterais vous dire quelques mots.

Il attendit que ceux qui s'étaient attardés dans le hall aient gagné leurs places. Lors des derniers repas, à mesure que les cardinaux commençaient à se connaître davantage, il y avait eu des mélanges entre les divers groupes linguistiques. Mais Lomeli remarqua qu'à présent, en temps de crise, chaque groupe se reformait inconsciemment à la position même qui était la sienne lors du premier soir – les Italiens vers les cuisines, les hispanophones au centre, les anglophones plus près du hall d'entrée...

— Mes frères, avant de dire quoi que ce soit sur ce qui s'est passé, je voudrais avoir l'accord du Collège des cardinaux. Aux paragraphes cinq et six de la Constitution apostolique, il est stipulé qu'il est permis dans des circonstances particulières de délibérer sur certaines questions, pourvu que la majorité des cardinaux réunis s'accorde sur la même opinion.

— Puis-je intervenir, Doyen ?

L'homme qui avait levé la main était Krasinski, archevêque émérite de Chicago.

— Bien sûr, Éminence.

— Comme vous, je suis un vétéran de trois conclaves, et je rappellerai qu'au paragraphe quatre de la Constitution, il est également dit que le Collège des cardinaux « ne peut en aucune façon corriger ni modifier les règles pour l'élection du souverain pontife » – je crois que ce sont les termes exacts. Or, il me semble que le simple fait de tenter de tenir cette réunion à l'extérieur de la chapelle Sixtine affecte la procédure.

— Je ne propose aucune modification des règles de l'élection, qui doit à mon avis se poursuivre cet après-midi comme indiqué dans le règlement. La seule chose que je voudrais demander, c'est si le conclave veut savoir ce qui s'est produit ce matin à l'extérieur des murs du Saint-Siège.

— Mais une telle information *affecterait* la procédure !

Bellini se leva.

— Il paraît évident à l'attitude du doyen que quelque chose de grave est survenu et, pour ma part, j'aimerais savoir de quoi il s'agit.

Lomeli lui adressa un regard reconnaissant. Bellini s'assit dans un concert étouffé de «Bien dit» et de «Je suis d'accord».

Tedesco se leva, et la salle se tut aussitôt.

Il posa les mains sur son ventre rebondi — Lomeli songea qu'il semblait s'appuyer sur un mur — et prit tout son temps pour parler.

— Si le problème est aussi grave que cela, ne risque-t-il pas de pousser le conclave à prendre une décision rapide? Une telle pression ne manquerait donc pas, même très légèrement, d'affecter la procédure. Nous sommes ici pour écouter Dieu, Éminences, pas des bulletins d'information.

— Le patriarche de Venise pense sans aucun doute que nous ne devrions pas non plus écouter les explosions, mais nous en avons tous entendu une!

Des rires fusèrent. Tedesco s'empourpra et chercha autour de lui qui avait parlé. C'était le cardinal Sá, archevêque de São Salvador da Bahia — théologien de la libération qui ne comptait pas parmi les amis de Tedesco et de sa clique.

Lomeli avait présidé suffisamment de réunions au Vatican pour savoir qu'il était temps de frapper.

— Puis-je faire une suggestion?

Il jeta un coup d'œil vers Tedesco et attendit. Le patriarche de Venise se rassit de mauvaise grâce.

— Le plus juste est de toute évidence de soumettre la question au vote, aussi, avec votre permission, Éminences, est-ce ce que je vais faire tout de suite.

— Attendez une minute...

Tedesco tenta d'objecter, mais Lomeli ne le laissa pas continuer:

— Tous ceux qui désirent que le conclave soit informé, pourraient-ils lever la main?

Quantité de bras gainés de rouge se dressèrent.

— Et ceux qui sont contre?

Tedesco, Krasinski, Tutino et peut-être une dizaine d'autres levèrent la main sans conviction.

— Le oui l'emporte. Naturellement, ceux qui ne désirent pas entendre ce que je vais vous dire sont libres de sortir.

Il attendit. Personne ne bougea.

— Très bien, conclut-il avant de lisser la feuille de papier. Juste avant de quitter la Sixtine, j'ai demandé que le service de presse, associé aux responsables de la sécurité du Saint-Siège, nous fournisse un compte-rendu de la situation. Voici les faits. À 11 h 20 ce matin, une voiture piégée a explosé Piazza del Risorgimento. Peu après, alors que les gens fuyaient la scène, un individu équipé d'une ceinture d'explosifs s'est fait sauter. D'après de multiples témoins oculaires dignes de foi, il a crié : «Allahu Akbar».

Plusieurs cardinaux émirent un gémissement.

— Au même moment, deux hommes armés ont pénétré dans la basilique Saint-Marc l'Évangéliste pendant la célébration de la messe et ont fait feu sur la congrégation – alors même que des prières étaient dites pour protéger ce conclave. Les forces de sécurité étaient disposées à proximité et, d'après les rapports, les deux assaillants ont été abattus.

»À 11 h 30, soit dix minutes plus tard, il y a eu une explosion à la bibliothèque de l'université catholique de Louvain...

Le cardinal Vandroogenbroek, qui y avait été professeur de théologie, s'écria :

— Oh, mon Dieu, non !

— ... et un homme armé a également ouvert le feu dans la Frauenkirche de Munich. Il semble que l'homme soit toujours retranché à l'intérieur et que la basilique soit encerclée.

»Le nombre des victimes n'est pas encore définitif, mais voici quels sont les derniers chiffres : trente-huit morts sur la Piazza del Risorgimento, douze morts à Saint-Marc, quatre à l'université de Belgique et au moins deux à Munich. Ces chiffres risquent fort, je le crains, d'être revus à la hausse. Les blessés se comptent par centaines.

Il abaissa sa feuille.

— C'est tout ce que je sais pour l'instant. Levons-nous, mes frères, et observons une minute de silence pour ceux qui ont été tués ou blessés.

Lorsque tout serait terminé, il deviendrait manifeste, pour les théologiens comme pour les spécialistes du droit canon, que l'ensemble des règles qui régissaient le fonctionnement du conclave, *Universi Dominici Gregis* – «Tout le Troupeau du Seigneur» –, promulguées par le pape Jean-Paul VI en 1996, appartenait à une époque plus innocente. Cinq ans avant le 11 Septembre, ni le pontife ni ses conseillers n'avaient envisagé la possibilité d'une attaque terroriste multiple.

Quant aux cardinaux rassemblés dans la résidence Sainte-Marthe pour le déjeuner du troisième jour du conclave, rien n'allait de soi. Après la minute de silence, les conversations – étouffées, incrédules, consternées – reprirent lentement dans la salle à manger. Comment pourraient-ils poursuivre leurs délibérations après de tels événements ? Mais en même temps, comment pourraient-ils y mettre un terme ? La plupart des cardinaux s'étaient assis aussitôt après la minute de silence, mais certains restèrent debout, et parmi eux Tedesco et Lomeli. Le patriarche de Venise regardait autour de lui, sourcils froncés, hésitant manifestement sur ce qu'il devait faire. Il suffisait que trois de ses partisans l'abandonnent pour qu'il perde son tiers de blocage au collège électoral. Pour la première fois, il ne paraissait plus aussi confiant.

À l'autre bout de la salle, Lomeli vit Benítez lever une main hésitante.

— Éminence, je voudrais dire quelque chose.

Les cardinaux assis à côté de lui, les Philippins Mendoza et Ramos, réclamèrent le silence afin qu'on puisse l'écouter.

— Le cardinal Benítez voudrait s'exprimer, annonça Lomeli.

Tedesco battit des bras pour marquer sa consternation.

— Enfin, Doyen, on ne peut pas laisser cela virer à la congrégation générale – cette étape est terminée.

— Il me semble que si l'un de nos frères désire nous parler, cela doit être autorisé.

— Mais en vertu de quel article de la Constitution cela serait-il permis ?

— En vertu de quel article cela ne le serait-il pas ?

— Éminence, je veux pouvoir parler !

C'était la première fois que Lomeli entendait Benítez élever la voix. Le ton aigu perça le murmure des conversations. Tedesco haussa les épaules avec exagération et leva les yeux au ciel à l'intention de son camp pour signifier que tout cela prenait un tour ridicule. Mais il n'émit pas d'autre protestation. Le silence se fit dans la salle.

— Merci, mes frères. Je serai bref.

Le Philippin avait les mains qui tremblaient légèrement, et il les serra derrière son dos. Sa voix avait repris sa douceur habituelle.

— Je ne connais rien du protocole de ce Collège, aussi voudrez-vous bien me pardonner. Mais peut-être justement parce que je suis le dernier arrivé parmi vous, j'ai le sentiment que je dois dire quelque chose pour ces millions de fidèles qui sont à l'extérieur de ces murs et qui vont attendre du Vatican des réponses et des directives. Nous sommes tous des hommes de bonne volonté, me semble-t-il... nous tous, n'est-ce pas ?

Il chercha les regards d'Adeyemi et de Tremblay, et leur adressa un signe de tête, puis fit de même avec Tedesco et Lomeli.

— Nos ambitions mesquines, nos sottises et nos désaccords s'évanouissent à côté du mal qui vient de s'abattre sur notre Sainte Mère l'Église.

Plusieurs cardinaux acquiescèrent à mi-voix.

— Si j'ose prendre la parole, c'est seulement parce que deux douzaines d'entre vous ont été assez bons, et j'ajouterais assez aveuglés, pour m'offrir leurs suffrages. Mes frères, je crois que l'on ne nous pardonnerait pas de faire durer cette élection, jour après jour, jusqu'à ce que la Constitution nous autorise à élire un pape à la majorité simple. Après le dernier tour de scrutin, nous avons un chef qui s'impose, et je vous presse de vous unir derrière lui cet après-midi. Ainsi, je demande pour ma part à tous ceux qui ont voté pour moi de transférer leur soutien à notre doyen, le cardinal Lomeli, et d'en faire notre pape dès notre retour à la Sixtine. Merci. Pardonnez-moi. C'est tout ce que je voulais dire.

Avant que Lomeli puisse répondre, Tedesco prit la parole.

— Ah non! protesta-t-il en secouant la tête. Non, non, non! poursuivit-il, alarmé, en agitant ses mains aux petits doigts boudinés et en souriant de façon excessive. C'est exactement ce contre quoi je vous mettais en garde, messieurs! Dans le feu de l'actualité, Dieu a été oublié, et nous réagissons à la pression des événements comme si nous ne représentions rien de plus sacré qu'un congrès politique. Le Saint-Esprit n'est pas à notre disposition et ne vient pas quand on l'appelle, comme un serveur! Mes frères, je vous en supplie, rappelez-vous que nous avons juré devant le Seigneur de donner notre voix à celui que, selon Dieu, nous jugeons devoir être élu, et pas à celui que nous pourrons le plus facilement pousser sur le balcon de Saint-Pierre cet après-midi pour calmer la foule!

Lomeli estima par la suite que, si Tedesco avait su s'arrêter là, il aurait pu rallier l'assemblée à son avis, qui était parfaitement légitime. Mais une fois lancé sur un thème, il n'était pas homme à pouvoir se contenir – c'était ce qui faisait sa gloire et son malheur; c'était ce qui le rendait aussi populaire auprès de ses partisans et pourquoi ils l'avaient aussi persuadé de rester à l'écart de Rome pendant les jours qui avaient précédé le conclave. Il faisait penser à l'homme dans le sermon du Christ : *c'est de l'abondance du cœur que la bouche parle* – et ce quel que soit le trésor de son cœur, bon ou mauvais, sage ou stupide.

— Et de toute façon, continua Tedesco en désignant Lomeli, le doyen est-il l'homme le plus adapté pour gérer cette crise?

Il afficha de nouveau ce sourire grimaçant.

— Je le révère en tant que frère et ami, mais ce n'est pas un pasteur – il n'est pas homme à guérir les cœurs brisés et soigner leurs blessures, encore moins à faire sonner la trompette avec éclat. Pour autant qu'il ait des positions doctrinales à faire entendre, ce sont celles-là mêmes qui nous ont conduits à cette situation d'errance et de relativisme où toutes les fois et lubies passagères se voient accorder la même importance – ce qui fait qu'aujourd'hui, quand nous regardons autour de nous, vous voyez le berceau de l'Église catholique romaine hérissé des mosquées et minarets de Mahomet.

Quelqu'un – Lomeli prit conscience que c'était Bellini – cria :

— C'est une honte !

Tel un bœuf sous l'aiguillon, Tedesco pivota vers lui, le visage enflammé par la colère.

— « C'est une honte », nous dit l'ancien secrétaire d'État. Je suis d'accord : c'est une honte. Imaginez le sang des innocents de la Piazza del Risorgimento ou de la basilique Saint-Marc ce matin ! Croyez-vous que nous n'avons pas notre part de responsabilité ? Nous tolérons l'islam sur nos terres alors qu'ils nous conspuent sur les leurs ; nous les nourrissons dans nos patries alors qu'ils nous exterminent dans les leurs, par dizaines de milliers et, oui, par centaines de milliers – c'est le génocide de notre temps et personne n'en parle. Et voilà qu'ils sont littéralement à nos portes et nous ne faisons rien ! Combien de temps persisterons-nous à nous montrer si faibles ?

Krasinski lui-même tenta de l'apaiser d'un geste de la main, mais Tedesco le repoussa.

— Non, il y a des choses qui demandent à être dites dans ce conclave, et il est temps de le faire. Mes frères, chaque fois que nous nous rendons dans la chapelle Sixtine pour voter, nous passons, dans la Sala Regia, devant une fresque représentant la *Bataille de Lépante* – je l'ai contemplée ce matin – durant laquelle la flotte de la chrétienté, rassemblée par la diplomatie de Sa Sainteté le pape Pie V et fortifiée par l'intercession de

Notre Dame du Rosaire, a vaincu les galères de l'Empire otto-man. C'est ce qui a empêché la Méditerranée de tomber en esclavage entre les mains des forces de l'islam.

» Il nous faudrait un peu de cette fermeté aujourd'hui. Nous devons absolument défendre nos valeurs comme les islamistes défendent les leurs. Nous devons mettre fin à la dérive à laquelle nous assistons pratiquement sans trêve depuis cin-quante ans, soit depuis le concile Vatican II, et qui nous a rendus faibles en face du mal. Le cardinal Benítez parle de ces millions de fidèles qui attendent à l'extérieur de ces murs que nous leur montrions la voie en ces heures terribles. Je suis d'accord avec lui. Notre devoir le plus sacré au sein de notre Sainte Mère l'Église – l'attribution des clés de Saint-Pierre – a été perturbé par la violence au cœur même de Rome. La crise suprême est là, telle qu'annoncée par Notre-Seigneur Jésus-Christ, et nous devons enfin trouver la force de nous redresser pour l'affronter : *Et il y aura des signes dans le soleil, la lune et les étoiles. Sur la terre, les nations seront dans l'angoisse, inquiètes du fracas de la mer et des flots ; des hommes défailliront de frayeur, dans l'attente de ce qui menace le monde habité, car les puissances des cieux seront ébran-lées. Et alors on verra le Fils de l'Homme venant dans une nuée avec puissance et grande gloire. Quand cela commencera d'arriver, redressez-vous et relevez la tête, parce que votre délivrance est proche.*

Lorsqu'il eut terminé, il se signa, baissa la tête et s'empressa de s'asseoir. Il respirait bruyamment. Le silence qui s'ensuivit parut à Lomeli interminable et ne fut enfin brisé que par la voix douce de Benítez.

— Mais mon cher patriarche de Venise, vous oubliez que je suis archevêque de Bagdad. Il y avait un million et demi de chrétiens en Irak avant l'intervention américaine. Ils sont maintenant cent cinquante mille. Mon propre diocèse est presque désert. Voila ce que donnent les armes ! J'ai vu nos Lieux saints bombardés et nos frères et nos sœurs allongés, morts, par rangées entières – au Moyen-Orient et en Afrique. Je les ai réconfortés dans la détresse, et je les ai enterrés, et je peux vous assurer qu'aucun d'eux – pas un seul – n'aurait voulu que l'on réponde à la violence par la violence. Ils sont morts dans l'amour et pour l'amour de Notre-Seigneur Jésus-Christ.

Un groupe de cardinaux – Ramos, Martinez et Xalxo parmi eux – applaudit à tout rompre. Peu à peu, les applaudissements se répandirent à travers la salle, s'étendant de l'Asie à l'Afrique puis à l'assaut des Amériques avant de gagner enfin l'Italie. Tedesco jeta un œil autour de lui avec surprise et secoua la tête d'un air peiné – que ce fût pour déplorer leur folie, pour regretter la sienne, ou les deux, il était impossible de le savoir.

Bellini se leva.

— Mes frères, le patriarche de Venise a au moins raison sur un point. Nous ne sommes plus en congrégation. Nous avons été envoyés ici pour choisir un pape, et c'est ce que nous devrions faire – dans le strict respect de la Constitution apostolique afin qu'il ne puisse y avoir aucun doute quant à la légitimité de l'homme que nous élirons, mais aussi en tenant compte de la notion d'urgence et dans l'espoir que l'Esprit-Saint se manifestera en ce moment d'adversité. Je propose donc que nous renoncions à notre déjeuner – je doute qu'aucun de nous ne se sente beaucoup d'appétit de toute façon – et retournions tout de suite à la chapelle Sixtine pour reprendre notre procédure de vote. Je ne crois pas que cela contrevienne aux lois sacrées, n'est-ce pas, Doyen ?

— Non, absolument pas, répliqua Lomeli, saisissant le filin que lui lançait son vieil ami. Les règles stipulent simplement que deux scrutins doivent être tenus cet après-midi si nécessaire et que, si nous ne parvenons pas à une décision, demain devra être réservé à la méditation.

Il parcourut la salle du regard.

— La proposition du cardinal Bellini de retourner immédiatement à la chapelle Sixtine convient-elle à la majorité du conclave ? Que tous ceux qui sont d'accord veuillent bien le faire savoir, s'il vous plaît ?

Une forêt de bras écarlates se dressa.

— Et ceux qui sont contre ?

Seul Tedesco leva la main, mais tout en regardant de l'autre côté, comme s'il se dissociait de toute l'affaire.

— La volonté du conclave est claire. Monseigneur O'Malley, voulez-vous bien vous assurer que les chauffeurs soient prêts à partir ? Et, père Zanetti, voulez-vous bien informer le service de presse que le conclave est sur le point de procéder au huitième tour de scrutin ?

Tandis que la réunion se dispersait, Bellini chuchota à l'oreille de Lomeli :

— Prépare-toi, mon ami. Tu seras pape avant la fin de l'après-midi.

18

Le huitième tour

La plupart des bus ne furent en fait pas nécessaires. Une impulsion collective et spontanée s'empara du conclave, et les cardinaux qui étaient suffisamment valides pour marcher décidèrent de faire à pied le trajet entre la résidence Sainte-Marthe et la chapelle Sixtine. Ils formèrent une phalange, certains se tenant par le bras, comme s'ils participaient à une manifestation, ce qui d'une certaine façon était le cas.

Et la providence – ou l'intervention divine – voulut qu'un hélicoptère loué conjointement par plusieurs chaînes d'information télévisées soit justement en train de survoler la Piazza del Risorgimento pour filmer les dégâts des explosions. L'espace aérien de la cité vaticane avait été fermé, mais le cameraman put, avec un téléobjectif, filmer la procession des cardinaux à travers la place Sainte-Marthe, au-delà du palais Saint-Charles et du palais de justice, devant l'église Saint-Étienne et le long des jardins du Vatican avant qu'elle ne disparaisse dans l'enfilade des cours du Palais apostolique.

Les images tremblotantes de ces silhouettes vêtues de rouge, diffusées en direct dans le monde entier puis rediffusées inlassablement tout au long de la journée, insufflèrent un peu de courage aux fidèles catholiques. Cette vision donnait une impression de détermination, d'unité et de défi. Elle envoyait aussi de façon subliminale le message qu'il y aurait très bientôt un nouveau pape. De tous les coins de Rome, les pèlerins commencèrent à affluer vers la place Saint-Pierre en prévision d'une annonce. En moins d'une heure, une centaine de milliers de fidèles s'étaient rassemblés.

Tout cela, bien entendu, Lomeli ne l'apprit que plus tard. Pour le moment, il marchait au centre du groupe, étreignant d'une main celle de l'archevêque de Gênes, De Luca, et de l'autre celle de Löwenstein. Il levait son visage vers la lumière pâle du ciel. Derrière lui, d'abord à mi-voix, Adeyemi entonna le Veni Creator de sa voix superbe, bientôt repris par eux tous :

Chasse au loin l'ennemi qui nous menace,
Hâte-toi de nous donner la paix,
Afin que nous marchions sous ta conduite,
Et que nos vies soient lavées de tout péché...

Tout en chantant, Lomeli remercia Dieu. En cette heure de terrible épreuve, dans le décor improbable d'une cour pavée et sans rien de plus inspirant à contempler qu'un mur de brique, il sentait enfin l'Esprit-Saint évoluer parmi eux. Pour la première fois, il se sentit en paix avec l'issue du conclave. S'il devait être élu, qu'il en soit ainsi. *Père, si tu veux, éloigne de moi cette coupe! Cependant, que ce ne soit pas ma volonté, mais la Tienne qui se fasse!*

Sans cesser de chanter, ils gravirent l'escalier menant à la Sala Regia. Tandis qu'ils franchissaient le sol de marbre, Lomeli leva les yeux vers la grande fresque de Vasari représentant la *Bataille de Lépante*. Comme toujours, son attention fut attirée par le coin inférieur droit, où une représentation grotesque de la mort en squelette rudimentaire brandissait une faux. Derrière la mort, les flottes rivales de la chrétienté et de l'islam étaient en ordre de bataille. Il se demanda si Tedesco pourrait à nouveau supporter de regarder ce tableau. Les eaux de Lépante avaient à coup sûr englouti ses espoirs de devenir pape aussi complètement qu'elles l'avaient fait avec les galères de l'Empire ottoman.

Dans le vestibule de la Sixtine, les débris de verre avaient été retirés. Des plaques de bois étaient empilées et n'attendaient plus que d'obstruer les fenêtres. Les cardinaux montèrent la rampe deux par deux, franchirent la transenne et prirent l'allée moquettée pour se disperser derrière les tables et gagner leurs sièges. Lomeli avança jusqu'au micro et attendit que le conclave fût installé. Il avait l'esprit parfaitement clair et réceptif à la présence de Dieu. *La semence de l'éternité est en moi. C'est avec son aide que je peux sortir de la quête sans fin ; je peux écarter tout ce qui ne fait pas partie de la maison de Dieu ; je peux faire silence et me rassembler afin de pouvoir répondre honnêtement à Son appel : «Je suis là, Seigneur.»*

Lorsque les cardinaux eurent tous repris leurs places, il fit un signe de tête à Mandorff, qui se tenait à l'entrée de la chapelle. L'archevêque inclina son crâne chauve en réponse, puis quitta la chapelle, accompagné d'O'Malley et suivi par les maîtres de cérémonie. La clé tourna dans la serrure.

Lomeli commença l'appel.

— Cardinal Adeyemi ?

— Présent.

— Cadinal Alatas ?

— Présent...

Il ne se pressa pas. La litanie des noms était une incantation, et chaque nom une marche les rapprochant de Dieu. Lorsqu'il eut terminé, il baissa la tête. Le conclave se leva.

— Ô Père, afin que nous puissions par notre ministère et notre exemple veiller sur Ton Église, accorde à Tes serviteurs paix et sérénité, discernement et courage pour chercher à connaître Ta volonté et Te servir de toute notre âme. Par Jésus, le Christ, Notre-Seigneur...

— Amen.

Les rites du conclave, qui avaient paru si étranges trois jours plus tôt, étaient à présent aussi familiers aux cardinaux qu'une messe du matin. Les scrutateurs s'avancèrent sans attendre d'être appelés et préparèrent l'urne et la patène sur l'autel pendant que Lomeli retournait s'asseoir. Il ouvrit la chemise, sortit son bulletin, décapuchonna le stylo et contempla le vide. Pour qui devait-il voter ? Pas lui-même – pas encore, pas après ce qui s'était produit au dernier tour. Cela ne laissait qu'un seul candidat possible. Il garda un instant son stylo en suspens au-dessus du bulletin. Si on lui avait dit quatre jours plus tôt qu'il voterait au huitième tour pour un homme qu'il n'avait jamais rencontré, dont il ne savait même pas qu'il était cardinal et qui demeurait encore en grande partie un mystère, il aurait qualifiée l'idée de saugrenue. Et pourtant, c'est ce qu'il fit. D'une main ferme, en lettres majuscules, il inscrivit : BENÍTEZ. Et quand il le relut, étrangement, le nom lui parut légitime, de sorte que, quand il se leva et brandit son bulletin plié pour que tous puissent le voir, il put prononcer son serment d'un cœur léger.

— Je prends à témoin le Christ Seigneur, qui me jugera, que je donne ma voix à celui que, selon Dieu, je juge devoir être élu.

Il le déposa alors sur la patène, qu'il renversa dans l'urne.

Pendant que le reste du conclave votait, Lomeli s'occupa en lisant la Constitution apostolique. Elle figurait parmi les documents imprimés fournis à chaque cardinal. Il voulait s'assurer d'avoir bien en tête la procédure de ce qui allait suivre.

Chapitre sept, paragraphe quatre-vingt-sept : dès qu'un candidat avait obtenu la majorité des deux tiers, le dernier des cardinaux-diacres ferait ouvrir les portes afin que Mandorff et O'Malley apportent les documents nécessaires. Ensuite, Lomeli, en tant que doyen, demanderait au candidat élu : «Acceptez-vous votre élection canonique comme souverain pontife ?» Et aussitôt qu'il aurait reçu le consentement, il lui demanderait : «De quel nom voulez-vous être appelé ?» Alors Mandorff, faisant fonction de notaire et ayant comme témoins deux cérémoniaires qui seraient appelés à ce moment-là, rédigerait un procès-verbal de l'acceptation du nouveau pontife et du nom qu'il aurait pris.

Après l'acceptation, l'élu était immédiatement Évêque de l'Église de Rome, vrai Pape et Chef du Collège épiscopal ; il acquérait *de facto* et pouvait exercer le pouvoir plein et suprême sur l'Église universelle.

Un mot d'assentiment, un nom donné, une signature apposée et c'était fait : la gloire était dans la simplicité.

Le nouveau pape se retirerait alors dans la sacristie qu'on appelait la Chambre des Larmes pour revêtir la tenue pontificale. Pendant ce temps, on installerait le trône papal dans la Sixtine. Dès qu'il serait revenu dans la chapelle, les cardinaux électeurs s'avanceraient « selon les règles fixées pour rendre hommage et pour faire acte d'obédience » vers le nouveau pontife. Une fumée blanche serait envoyée dans la cheminée. Du balcon surplombant la place Saint-Pierre, Santini, préfet de la Congrégation pour l'éducation catholique, qui était aussi le premier des cardinaux-diacres, annoncerait au peuple « *Habemus papam* » − « Nous avons un pape » − puis, peu après, le nouveau pontife apparaîtrait au monde entier.

Et si, songea Lomeli − cette possibilité même était trop écrasante pour qu'il laisse son esprit l'envisager complètement, mais il aurait été irresponsable de sa part de ne pas le faire du tout − si la prédiction de Bellini se réalisait et que la coupe lui revienne, que se passerait-il alors ?

Dans cette éventualité, il reviendrait à Bellini, en tant que premier des cardinaux par l'ordre et par l'ancienneté, de lui demander par quel nom il voudrait être appelé.

Cette idée donnait le vertige.

Au début du conclave, quand Bellini l'avait accusé d'ambition et avait assuré que tout cardinal savait en secret quel nom il choisirait s'il était élu, Lomeli avait nié. Mais à présent − que Dieu lui pardonne sa dissimulation − il s'avouait qu'il avait toujours eu un nom à l'esprit, même s'il avait consciencieusement évité de le prononcer, même dans sa tête.

Il savait qui il voudrait être depuis des années.

Il serait Jean.

Jean, en l'honneur du saint disciple, et du pape Jean XXIII, sous le pontificat révolutionnaire duquel il était sorti de l'adolescence ; Jean, parce que cela annoncerait son intention d'être un réformateur ; et Jean, parce que c'était un nom traditionnellement lié à des pontificats très courts, et qu'il était certain de ne pas régner longtemps.

Il serait Jean XXIV.

Le nom sonnait juste. Il avait l'air vrai.

Lorsqu'il s'avancerait sur le balcon, sa première action serait de donner la Bénédiction apostolique *Urbi et Orbi* – « à la ville de Rome et à l'univers » – mais il devrait ensuite dire quelque chose de plus personnel, pour apaiser et inspirer les millions de personnes qui l'écouteraient et attendraient ses directives. Il faudrait qu'il soit leur berger. Il se rendit compte avec stupéfaction que cette perspective ne le terrifiait pas. Les paroles de Notre-Seigneur Jésus-Christ lui étaient venues toutes seules : *Ne cherchez pas avec inquiétude comment parler ou que dire : ce que vous aurez à dire vous sera donné sur le moment.* Malgré tout, pensa-t-il (le bureaucrate en lui n'étant jamais très loin), mieux valait se préparer tout de même un peu. C'est ainsi que, pendant les vingt dernières minutes du scrutin, cherchant parfois l'inspiration dans la voûte de la Sixtine, Lomeli esquissa les grandes lignes de ce qu'il pourrait dire en tant que pape pour rassurer son Église.

Les cloches de Saint-Pierre sonnèrent trois coups.

Le vote était terminé.

Le cardinal Lukša souleva l'urne pleine de bulletins de l'autel et la présenta aux deux côtés de la chapelle avant de la secouer assez fort pour que Lomeli entende les papiers remuer à l'intérieur.

Il faisait désormais très froid. Des fenêtres brisées descendit un son étrange, immense et doux... un murmure, un soupir. Les cardinaux s'entre-regardèrent. Ils ne comprirent pas tout de suite ce que c'était. Lomeli, lui, la reconnut tout de suite.

C'était la rumeur des dizaines de milliers de fidèles rassemblés sur la place Saint-Pierre.

Lukša présenta l'urne au cardinal Newby. L'archevêque de Westminster y plongea la main, en sortit un bulletin et dit à voix haute :

— Un...

Il se tourna vers l'autel, laissa tomber le bulletin dans une deuxième urne puis revint vers Lukša et répéta l'opération.

— Deux...

Le cardinal Mercurio, les mains jointes en prière contre sa poitrine, remuait légèrement la tête tandis qu'il suivait chaque mouvement.

— Trois...

Jusqu'à cet instant, Lomeli s'était senti détaché, voire serein. Mais à présent, chaque bulletin semblait serrer une bande invisible autour de sa poitrine, et il avait de plus en plus de mal à respirer. Même lorsqu'il essaya de se concentrer avec des prières, tout ce à quoi il parvint fut à entendre la lente et inéluctable psalmodie des chiffres. Elle s'éternisa tel un supplice de la goutte d'eau jusqu'à ce que, enfin, Newby pioche le dernier bulletin.

— Cent dix-huit.

Dans le silence, montant et descendant au loin comme une vague gigantesque, leur parvint de nouveau la rumeur étouffée des fidèles.

Newby et Mercurio quittèrent l'autel et se rendirent dans la Chambre des Larmes. Lukša attendit, muni de la nappe blanche. Ils revinrent avec la table et il la recouvrit soigneusement, caressant l'étoffe, la lissant bien à plat avant de prendre l'urne pleine de bulletins sur l'autel et de la poser avec révérence au milieu. Newby et Mercurio installèrent les trois chaises. Newby prit le micro sur son trépied, et les trois scrutateurs s'assirent. Dans toute la chapelle Sixtine, le cardinaux s'agitèrent sur leur siège et cherchèrent leur liste de candidats. Lomeli ouvrit sa chemise. Sans y faire attention, il positionna la pointe de son stylo devant son nom.

— Le premier bulletin est en faveur du cardinal Benítez.

Son stylo remonta la colonne pour cocher le nom de Benítez, puis revint au sien. Le doyen attendit sans lever les yeux.

— Cardinal Benítez.

Cette fois encore, le stylo remonta la feuille, cocha le nom puis revint à sa position de départ.

— Cardinal Benítez.

Cette fois, après avoir fait son petit trait, Lomeli redressa la tête. Lukša plongeait la main au fond de l'urne pour en exhumer un bulletin. Il le tira, le déplia, nota un nom et donna le papier à Mercurio. L'Italien inscrivit à son tour le nom puis remit le bulletin à Newby. Celui-ci le lut et se pencha sur la table pour parler dans le micro.

— Cardinal Benítez.

Les sept premiers bulletins dépouillés furent tous en faveur de Benítez. Le huitième fut pour Lomeli, et quand le neuvième le fut aussi, le doyen pensa que la première série en faveur de Benítez n'était peut-être qu'un de ces hasards de la distribution qui avait été monnaie courante durant tout le conclave. Mais lorsque survint une nouvelle salve de Benítez, Benítez, Benítez, il sentit la grâce de Dieu l'abandonner. Au bout de quelques minutes, il se mit à compter les voix du Philippin, tirant un grand trait après chaque paquet de cinq. Dix paquets de cinq. Benítez obtenait cinquante et une voix... cinquante-deux... cinquante-trois...

À partir de là, il ne s'occupa même plus de son propre total. Soixante-quinze... soixante-seize... soixante-dix-sept...

Alors que Benítez approchait du seuil qui ferait de lui un pape, l'air de la Sixtine parut se tendre, comme si ses molécules étaient soudain attirées par une force magnétique. Des dizaines d'autres cardinaux se tenaient penchés par-dessus leur table et faisaient le même calcul.

Soixante-dix-huit... soixante-dix-neuf... *quatre-vingts!*

Il y eut un grand soupir collectif, une demi-ovation de mains plaquées contre les tables. Les scrutateurs interrompirent leur compte et levèrent les yeux pour voir ce qui se passait. Lomeli se leva à moitié pour regarder Benítez, tout au bout de l'allée. Il avait le menton collé à la poitrine et semblait prier.

Le décompte du scrutin reprit.

— Cardinal Benítez...

Lomeli saisit la feuille de papier sur laquelle il avait griffonné quelques notes en vue de son discours, et la déchira en tout petits morceaux.

Après la lecture du dernier bulletin – le hasard voulut qu'il ait été en sa faveur – Lomeli se rassit et attendit que scrutateurs et réviseurs récapitulent les chiffres officiels. Par la suite, lorsqu'il essaya de décrire ses émotions à Bellini, il raconta qu'il avait eu l'impression d'avoir été brièvement soulevé du sol par un grand vent et emporté en tournoyant dans les airs, puis d'avoir été projeté brusquement à terre pendant que le vent soulevait quelqu'un d'autre.

— J'imagine que c'était l'Esprit-Saint. La sensation était à la fois terrifiante, enivrante et très certainement inoubliable – je suis heureux de l'avoir ressentie –, mais une fois qu'elle s'est dissipée, je n'ai éprouvé rien d'autre que du soulagement.

C'était la vérité, plus ou moins.

— Éminences, commença Newby dans le micro, voici le résultat du huitième tour de scrutin...

Par habitude, Lomeli reprit son stylo pour la dernière fois et inscrivit les chiffres :

Benítez 92
Lomeli 21
Tedesco 5

La fin de l'annonce de Newby se perdit dans les applaudissements, et nul n'applaudit plus fort que Lomeli. Il regarda autour de lui en saluant et en souriant. Il y eut quelques vivats. En face de lui, Tedesco finit par frapper dans ses mains très lentement, comme s'il battait la mesure d'un chant funèbre. Lomeli n'en applaudit que plus fort et se leva, mouvement qui fut suivi par tout le conclave. Benítez fut le seul à rester assis. Avec les cardinaux derrière et à côté de lui qui l'ovationnaient, les yeux baissés vers lui, il paraissait, en cet instant de triomphe, encore plus petit et décalé qu'auparavant – une silhouette fragile, la tête encore courbée en prière, le visage dissimulé par une longue mèche de cheveux noirs, comme la première fois que Lomeli l'avait vu avec son chapelet, dans le bureau de sœur Agnès.

Lomeli monta à l'autel, son exemplaire de la Constitution apostolique à la main. Newby lui tendit le micro. Les applaudissements se turent, et les cardinaux se rassirent. Il remarqua que Benítez n'avait toujours pas bougé.

— La majorité nécessaire ayant été atteinte, le dernier cardinal-diacre veut-il bien appeler le maître des célébrations liturgiques et le secrétaire du Collège ?

Il attendit que Rudgard soit dans le vestibule et demande qu'on ouvre les portes. Une minute plus tard, Mandorff et O'Malley apparurent à l'entrée de la chapelle. Lomeli s'engagea dans l'allée et se dirigea vers Benítez. Il eut conscience de l'expression qu'affichèrent les visages de l'archevêque et du prélat. Ils se tenaient discrètement contre la transenne et le dévisageaient avec étonnement. Ils avaient supposé qu'il serait pape et ne comprenaient pas ce qu'il faisait. Lomeli arriva au niveau du Philippin et s'arrêta devant lui pour lui lire l'article de la Constitution.

— Au nom de l'ensemble du Collège cardinalice, je vous demande, cardinal Benítez, acceptez-vous votre élection canonique comme souverain pontife ?

Benítez parut ne pas avoir entendu. Il ne releva pas la tête.

— L'acceptez-vous ?

Un long silence s'ensuivit tandis que plus d'une centaine d'hommes retenaient leur souffle, et il vint à l'esprit de Lomeli qu'il allait peut-être refuser. Seigneur, quelle catastrophe ce serait ! Mais Benítez dit alors à voix basse :

— Puis-je vous citer, Éminence, la Constitution apostolique rédigée par saint Jean-Paul II lui-même ? «Je prie celui qui sera élu de ne pas se dérober à la charge à laquelle il est appelé, par crainte de son poids, mais de se soumettre humblement au dessein de la volonté divine. Car Dieu qui lui impose la charge le soutient par Sa main, pour que l'élu ne soit pas incapable de la porter.»

Enfin, Benítez releva la tête. Il y avait dans ses yeux sombres un éclat résolu. Il se leva.

— J'accepte.

Des exclamations spontanées de joie jaillirent de part et d'autre de la chapelle, suivies par d'autres applaudissements. Lomeli sourit et se tapota le cœur pour montrer son soulagement.

— De quel nom voulez-vous être appelé ?

Benítez attendit un instant, et Lomeli devina soudain la raison de son détachement apparent : il avait passé les dernières minutes à chercher quel nom de pape il allait prendre. Il devait être le seul cardinal à être entré en conclave sans avoir un nom déjà à l'esprit.

D'une voix ferme, Benítez répondit alors :

— Innocent.

19

Habemus papam

Le choix de ce nom prit Lomeli au dépourvu. Tirer un nom de pape d'une vertu – innocence, piété, clémence – plutôt que d'un saint était une tradition qui s'était perdue des générations plus tôt. Il y avait eu treize papes appelés Innocent, mais aucun d'eux au cours des trois derniers siècles. Cependant, plus il y réfléchit, même durant ces quelques premières secondes, plus il fut frappé par la justesse de ce choix – par son symbolisme en ce moment de violence, et par l'audace de la déclaration d'intention qu'il impliquait. Ce nom semblait promettre à la fois un retour à la tradition et une façon de s'en écarter – exactement le genre d'ambiguïté dont la Curie raffolait. Et il allait à la perfection à ce Benítez gracieux et juvénile, cet homme digne à la voix si douce.

Le pape Innocent XIV – le pape du tiers-monde tant attendu ! Lomeli loua intérieurement le Seigneur. Une fois de plus, miraculeusement, Dieu les avait guidés vers le bon choix.

Il s'aperçut que les cardinaux s'étaient remis à applaudir, pour manifester leur approbation à ce nom. Il s'agenouilla devant le nouveau Saint-Père. Avec un sourire inquiet, Benítez se leva, se pencha par-dessus la table et tira Lomeli par la mozette pour lui signifier de se remettre debout.

— C'est vous qui devriez être à cette place, chuchota-t-il. J'ai voté pour vous à chaque tour, et j'aurai besoin de votre conseil. J'aimerais que vous restiez doyen du Collège.

Lomeli saisit la main de Benítez en se relevant.

— Et mon premier conseil, Votre Sainteté, lui répondit-il à mi-voix, serait de ne pas promettre de charge pour le moment.

Il fit signe à Mandorff.

— Monseigneur, voudriez-vous avoir l'amabilité de faire venir vos témoins et de dresser le procès-verbal de l'acceptation ?

Il recula pour qu'ils puissent accomplir ces formalités. Ce serait l'affaire de cinq minutes. Le document était déjà rédigé ; il suffisait que Mandorff insère les noms et prénoms de Benítez, son nom pontifical, et la date du jour, puis que le nouveau Saint-Père appose sa signature et que les témoins contresignent.

Ce ne fut que lorsque Mandorff eut placé le document sur la table et entrepris de remplir les espaces vides que Lomeli remarqua O'Malley. L'Irlandais contemplait fixement l'acte d'acceptation, comme s'il était en transe.

— Monseigneur, l'appela Lomeli, pardon de vous interrompre...

Comme le secrétaire du Collège cardinalice ne réagissait pas, il réessaya :

— Ray ?

O'Malley se tourna enfin vers lui. Il avait une expression perdue, presque effrayée.

— Je crois que vous devriez commencer à récupérer les notes des cardinaux. Plus vite nous pourrons allumer les poêles, plus vite le monde saura que nous avons un pape. Ray ? répéta-t-il en tendant la main avec sollicitude. Vous allez bien ?

— Pardon, Éminence. Oui.

Mais Lomeli voyait pourtant qu'O'Malley faisait un gros effort pour agir comme s'il n'y avait pas de problème.

— Qu'est-ce qu'il y a ?

— Je ne m'attendais tout simplement pas à cette issue...

— Non, mais c'est tout aussi merveilleux. Écoutez, ajouta le doyen en baissant la voix, si c'est ma situation qui vous inquiète, mon cher ami, laissez-moi vous assurer que je n'éprouve que du soulagement. Dieu nous a accordé Sa miséricorde. Notre nouveau Saint-Père fera un bien plus grand pape que je ne l'aurais jamais été.

— Oui.

O'Malley parvint à émettre un demi-sourire crispé et fit signe aux deux cérémoniaires qui ne servaient pas de témoins au procès-verbal de ramasser les notes des cardinaux. Il s'avança de quelques mètres dans la chapelle puis s'immobilisa et revint rapidement sur ses pas.

— Éminence, j'ai un grand poids sur la conscience.

C'est à cet instant que Lomeli sentit de nouveau les vrilles de l'angoisse lui enserrer la poitrine.

— Mais de quoi parlez-vous?

— Puis-je m'entretenir avec vous en privé?

O'Malley saisit Lomeli par le coude et chercha à l'entraîner vivement vers le vestibule.

Lomeli vérifia d'un regard si quelqu'un les observait. Les cardinaux avaient tous les yeux rivés sur Benítez. Le nouveau pape avait signé l'acte d'acceptation et quittait sa place pour la sacristie, où on devait l'habiller. Lomeli céda à contrecœur à la pression du prélat et se laissa entraîner de l'autre côté de la transenne, dans l'entrée froide et déserte de la chapelle. Il leva les yeux. Le vent s'engouffrait par les fenêtres privées de vitres, et le soir tombait déjà. Le pauvre homme ne s'était de toute évidence pas encore remis du traumatisme de l'explosion.

— Mon cher Ray, dit-il, pour l'amour du ciel, calmez-vous.

— Pardon, Éminence.

— Dites-moi simplement ce qui vous trouble. Nous avons beaucoup à faire.

— Oui, j'ai conscience maintenant que j'aurais dû vous parler plus tôt, mais je croyais que c'était sans importance.

— Poursuivez.

— Le premier soir, quand j'ai apporté au cardinal Benítez les affaires de toilette qui lui manquaient, il m'a dit que je n'aurais pas dû prendre la peine de lui chercher un rasoir, car il ne se rasait jamais.

— Quoi ?

— Il souriait en disant cela et, pour être franc, avec tout ce qui se passait, je n'y ai pas prêté attention. Enfin, Éminence, ce n'est pas si rare, si ?

Lomeli plissa les yeux pour le dévisager, sans comprendre.

— Ray, je suis désolé, mais je ne vois pas du tout ce que vous voulez dire.

Il se rappela confusément avoir vu le rasoir dans son emballage, quand il avait soufflé la bougie dans la salle de bains de Benítez.

— Mais avec ce que j'ai découvert sur la clinique en Suisse...

Sa voix se perdit, désespérée.

— La clinique ? répéta Lomeli.

Soudain, les dalles de marbre semblèrent se liquéfier sous ses pieds.

— Vous voulez parler de l'hôpital de Genève ?

O'Malley secoua la tête.

— Non, Éminence, c'est justement le problème. Il y avait un truc qui me turlupinait sans que je sache quoi. Alors, cet après-midi, quand j'ai vu qu'il y avait une possibilité pour que le conclave se tourne vers le cardinal Benítez, j'ai décidé de vérifier. Ce n'est pas un hôpital normal. C'est bien une clinique privée.

— Quel domaine ?

— Elle est spécialisée dans ce qu'ils appellent la réatribution sexuelle.

Lomeli retourna au plus vite dans le corps principal de la chapelle. Les maîtres de cérémonie progressaient le long des rangées de tables, ramassant le moindre bout de papier. Les cardinaux étaient encore assis à leurs places et bavardaient tranquillement. Seul le siège de Benítez était vide, ainsi que le sien. Le trône pontifical avait été dressé devant l'autel.

Le doyen remonta toute l'allée de la Sixtine jusqu'à la sacristie et frappa à la porte. Le père Zanetti l'entrouvrit.

— On est en train d'habiller Sa Sainteté, murmura-t-il.

— Il faut que je lui parle.

— Mais, Éminence...

— Père Zanetti, s'il vous plaît !

Déconcerté par son ton, le jeune prêtre le dévisagea un instant puis disparut. Lomeli entendit des voix à l'intérieur, puis la porte s'ouvrit furtivement, et il se glissa dans la pièce. La petite chambre voûtée évoquait le magasin d'accessoires d'un théâtre. Elle était encombrée de vêtements hors d'usage en plus de la table et des chaises dont s'étaient servis les scrutateurs. Benítez, déjà revêtu de la soutane pontificale de soie moirée blanche, se tenait bras écartés, comme cloué sur une croix invisible. Le tailleur de la maison Gammarelli se tenait agenouillé à ses pieds, la bouche hérissée d'épingles, si concentré sur son ourlet qu'il ne leva pas les yeux.

Benítez adressa à Lomeli un sourire résigné.

— Il semble que même la plus petite soit encore trop grande.

— Puis-je vous parler seul à seul, Votre Sainteté ?

— Bien sûr, répliqua Benítez en baissant les yeux vers le tailleur. Avez-vous terminé, mon fils ?

La réponse émise entre les dents serrées sur les épingles fut inintelligible.

— Laissez-cela, ordonna sèchement Lomeli. Vous pourrez terminer plus tard.

Le tailleur chercha autour de lui et cracha ses épingles dans une boîte en fer-blanc, puis il dégagea son aiguille et coupa avec ses dents le mince fil de soie blanche.

— Vous aussi, mon père, ajouta Lomeli à l'adresse de Zanetti.

Les deux hommes s'inclinèrent et sortirent.

Dès que la porte fut refermée, Lomeli déclara :

— Vous devez me parler de ce traitement, dans la clinique de Genève. Quelle est votre situation ?

Il avait anticipé des réactions diverses – dénégations furieuses, confessions éplorées. Mais Benítez parut plus amusé qu'inquiet.

— Je dois vraiment, Doyen ?

— Oui, Votre Sainteté, vous le devez vraiment. Dans moins d'une heure, vous serez l'homme le plus célèbre du monde. Nous pouvons être certains que les médias vont essayer de dénicher tout ce qu'il y aura à trouver sur vous. Vos frères ont le droit de savoir ce qu'il en est avant. Alors, permettez-moi de répéter ma question : quelle est votre situation ?

— Ma situation, comme vous l'appelez, est la même que ce qu'elle était quand j'ai été ordonné prêtre, la même que quand j'ai été ordonné archevêque et la même que quand j'ai été créé cardinal. La vérité, c'est qu'il n'y a pas eu de traitement à Genève. Je l'ai envisagé. J'ai prié pour savoir quoi faire, et puis j'ai tout abandonné.

— Et en quoi aurait-il consisté, ce traitement ?

Benítez poussa un soupir.

— Je crois que les termes cliniques sont chirurgie correctrice de la fusion des grandes et petites lèvres, et une clitoropexie.

Lomeli s'assit sur la chaise la plus proche et enfouit la tête dans ses mains. Après un instant, il eut conscience de Benítez approchant une chaise de la sienne.

— Permettez-moi de vous expliquer en toute vérité, dit doucement Benítez. Je suis né dans une famille très pauvre des Philippines, dans un endroit où les garçons sont beaucoup plus valorisés que les filles – une préférence qui, malheureusement, sévit encore dans le monde entier. Ma difformité, si c'est ainsi qu'il faut l'appeler, était telle qu'il était très facile et très naturel pour moi de passer pour un garçon. Mes parents ont cru que j'étais un garçon. *J'ai* cru que j'étais un garçon. Et comme la vie au séminaire est extrêmement pudique – vous êtes bien placé pour le savoir – avec une véritable aversion pour le dénuement des corps, je n'avais aucune raison de soupçonner quoi que ce soit, et les autres non plus. Et il va sans dire que j'ai toujours rigoureusement respecté mon vœu de chasteté.

— Alors vous ne vous êtes jamais douté de rien. En soixante ans ?

— Non, jamais. À présent, bien sûr, avec le recul, je me rends compte que mon ministère en tant que prêtre, que j'ai principalement exercé auprès de femmes qui souffraient d'une façon ou d'une autre, était probablement le reflet inconscient de mon état naturel. Mais je n'en avais absolument pas conscience à l'époque. Quand j'ai été blessé dans cette explosion, à Bagdad, je suis allé à l'hôpital, et c'est là que j'ai subi pour la première fois un examen médical complet. À l'instant où l'on m'a exposé les faits, j'ai été atterré, naturellement. Les ténèbres s'abattaient sur moi ! J'avais l'impression d'avoir vécu toute ma vie en état de péché mortel. J'ai offert ma démission au Saint-Père, sans lui en donner les raisons. Il m'a invité à Rome pour en discuter et a cherché à m'en dissuader.

— Et vous lui avez donné les raisons de votre démission ?

— À la fin, oui. Il a bien fallu.

Lomeli le dévisagea. Avec incrédulité.

— Et il a jugé acceptable que vous puissiez continuer votre ministère ?

— Il m'a laissé décider. Nous avons prié ensemble dans sa chambre pour que Dieu nous guide. J'ai fini par décider de subir l'intervention et de quitter le ministère. Mais à la veille de prendre l'avion pour la Suisse, j'ai changé d'avis. Je suis tel que Dieu m'a fait, Éminence. Il m'est apparu que je pécherais davantage en corrigeant Son œuvre qu'en laissant mon corps tel qu'il était. Alors j'ai annulé mon rendez-vous et je suis rentré à Bagdad.

— Et le Saint-Père s'est contenté de permettre ça ?

— Il faut le croire. Après tout, il m'a créé cardinal *in pectore* en sachant parfaitement qui j'étais.

— Mais il avait dû perdre l'esprit ! s'exclama Lomeli.

On frappa à la porte.

— Pas maintenant ! cria Lomeli.

— Entrez ! lança tout de même Benítez.

C'était Santini, le premier cardinal-diacre. Lomeli se demanda souvent par la suite ce qu'il avait dû penser : le Saint-Père tout juste élu et le doyen du Collège des cardinaux assis côte à côte sur des chaises, leurs genoux se touchant presque, plongés dans ce qui était visiblement une intense conversation.

— Pardonnez-moi, Votre Sainteté, dit Santini, mais quand voulez-vous que je sorte sur le balcon pour annoncer votre élection ? Il y a, paraît-il, deux cent cinquante mille personnes sur la place et dans les rues adjacentes, ajouta-t-il avec un regard implorant en direction de Lomeli. Nous attendons de brûler les bulletins, Doyen.

— Donnez-nous encore une minute, Éminence, pria Lomeli.

— Naturellement, répondit Santini, qui salua et se retira.

Lomeli se massa le front. La douleur était revenue derrière son œil, plus aveuglante encore qu'auparavant.

— Votre Sainteté, combien de personnes sont au courant de votre pathologie ? Mgr O'Malley l'a devinée, mais il jure qu'il n'en a soufflé mot à personne à part moi.

— Alors il n'y a que nous trois. Le médecin qui m'a soigné à Bagdad a péri dans un bombardement peu après m'avoir examiné, et le Saint-Père est mort.

— Qu'en est-il de la clinique de Genève ?

— Je ne m'étais inscrit que pour une consultation préliminaire, et sous un nom d'emprunt. Je n'y suis jamais allé. Personne ne se doute là-bas que j'étais leur patient potentiel.

Lomeli se redressa contre le dossier de sa chaise et réfléchit à l'impensable. Mais n'était-il pas écrit dans Matthieu, chapitre 10, verset 16 : *Montrez-vous donc prudents comme les serpents et candides comme les colombes...* ?

— Je pense qu'il y a une chance raisonnable de pouvoir garder le secret à court terme. O'Malley peut être nommé archevêque et envoyé quelque part... il ne parlera pas ; je peux me charger de lui. Mais à long terme, Votre Sainteté, la vérité finira par se savoir, vous pouvez en être sûr. Je crois me souvenir qu'il y a eu une demande de visa pour la Suisse, où figure l'adresse de la clinique, cela pourra émerger un jour. Vous allez vieillir, et aurez besoin de soins médicaux − il faudra bien vous faire examiner, à ce moment-là. Vous pourriez avoir une crise cardiaque. Et vous finirez par mourir, et votre corps sera embaumé...

Ils restèrent un moment silencieux. Enfin, Benítez ajouta :

— Oh, et puis évidemment, nous oublions quelqu'un d'autre, qui connaît ce secret.

— Qui ça ? questionna Lomeli en le regardant avec inquiétude.

— Dieu.

Il était près de 17 heures lorsqu'ils sortirent de la sacristie. Le service de presse du Vatican fit ensuite savoir que le pape Innocent XIV avait refusé de recevoir les promesses d'obédience assis sur le trône pontifical, mais qu'il avait tenu à accueillir chaque cardinal électeur individuellement, debout devant l'autel. Il les embrassa tous chaleureusement, en particulier ceux qui avaient à un moment rêvé d'être à sa place : Bellini, Tedesco, Adeyemi, Tremblay. Il eut pour tous un mot de réconfort et d'admiration ; et il assura chacun de son soutien. Par cette manifestation d'amour et de pardon, il fit comprendre à tous les hommes présents dans la chapelle Sixtine qu'il n'y aurait pas de récriminations − que nul ne serait démis et que l'Église affronterait les jours et les années de péril qui les attendaient dans un esprit d'unité. Un sentiment commun de soulagement les envahit, et Tedesco lui-même ne put que le reconnaître. Le Saint-Esprit avait fait son œuvre. Ils avaient choisi l'homme qu'il fallait.

Conclave

Dans le vestibule, Lomeli regarda O'Malley fourrer les sacs en papier remplis des notes et autres traces écrites du conclave dans le poêle rond, puis y mettre le feu. Les secrets brûlèrent rapidement. Alors, dans le poêle carré, il glissa une cartouche de chlorate de potassium, de lactose et de colophane. Lomeli suivit lentement des yeux le conduit jusqu'à l'endroit où il sortait par la fenêtre sans vitre pour s'élever dans le ciel obscur. Il ne put voir la cheminée ni la fumée blanche, mais seulement le reflet pâle du projecteur sur les ombres de la voûte, suivi un instant plus tard par le rugissement lointain de centaines de milliers de voix clamant leur joie et leur espoir.

Remerciements

Au début de mes recherches, j'ai demandé au Vatican l'autorisation de visiter les lieux utilisés pendant les conclaves et qui restent en permanence fermés au public. Je voudrais dire toute ma reconnaissance à Mgr Guillermo Karcher, du Bureau des célébrations liturgiques du souverain pontife, pour avoir organisé ma visite, et à la Signora Gabrielle Lalatta pour m'avoir accompagné avec toute son expertise. J'ai également interviewé nombre de catholiques haut placés, dont un cardinal qui a participé à un conclave. Nos conversations ont été cependant tout à fait officieuses, et je ne peux donc les remercier que collectivement et non nominalement. J'espère qu'ils ne seront pas trop consternés par le résultat.

Je me suis appuyé sur le travail de beaucoup d'auteurs et journalistes. J'aimerais citer en particulier : John L. Allen, *All the Pope's Men* ; *Conclave* ; John Cornwell, *A Thief in the Night : The Mysterious Death of Pope John Paul I; A Pope in Winter : The Dark Face of John Paul II's Papacy* ; Peter Hebblethwaite, *Jean XXIII : le pape du concile* ; *The Year of Three Popes* ; Richard Holloway, *Leaving Alexandria : A Memoir of Faith and Doubt* ; Austen Ivereigh, *François le Réformateur* ; Jean XXIII : *Journal de l'âme : dans le secret des jours d'un pape* ; Sally Ninham : *Ten African Cardinals* ; Gianluigi Nuzzi : *Chemin de croix* ; *Sa Sainteté : Scandale au Vatican* ; Gerald O'Collins SJ : *On the Left Bank of the Tiber* ; Cormac Murphy-O'Connor, *An English Spring* ; John Peter

Pham, *Heirs of the Fisherman. Behind the Scenes of Papal Death and Succession*; Marco Politi, *François parmi les loups*; John Thavis, *Les Dessous du Vatican*.

Je voudrais aussi remercier, une fois encore, mes éditeurs à Londres et à New York, Jocasta Hamilton et Sonny Mehta pour leurs sages conseils et leur enthousiasme sans faille; Joy Terekiev et Christiana Moroni de Mondadori à Milan, qui ont aidé à organiser ma visite au Vatican; et, comme toujours, mon traducteur allemand, Wolfgang Müller, qui a toujours l'œil aussi acéré pour traquer les erreurs.

Enfin, je voudrais dire encore mon amour et ma gratitude à ma famille – mes enfants, Holly, Charlie (à qui ce livre est dédié), Matilda et Sam, et par-dessus tout, ma femme, Gill : toujours ma première lectrice. *Semper fidelis.*

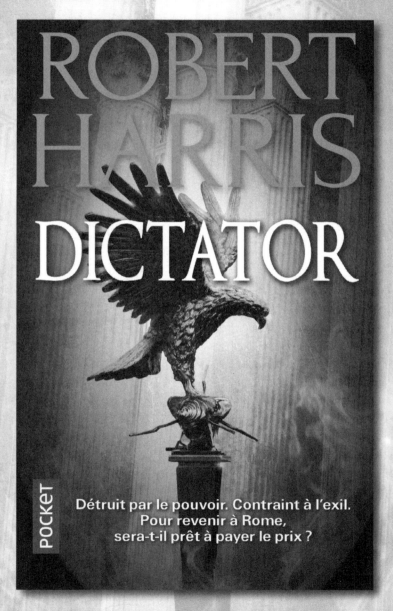

ROBERT HARRIS

DICTATOR

POCKET

Détruit par le pouvoir. Contraint à l'exil.
Pour revenir à Rome,
sera-t-il prêt à payer le prix ?

En librairie le 18 mai 2017

Pour en savoir plus
sur les Éditions Plon
(catalogue complet, auteurs, titres,
revues de presse, vidéos, actualités…),
vous pouvez consulter notre site Internet
www.plon.fr
et nous suivre sur les réseaux sociaux

 **Editions Plon**

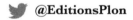 **@EditionsPlon**

La photocomposition de cet ouvrage
a été réalisée par
GRAPHIC HAINAUT
30, rue Pierre Mathieu
59410 Anzin

Achevé d'imprimer en mai 2017
par Normandie Roto Impression s.a.s.
61250 Lonrai
N° d'impression : 1701842

Imprimé en France